Politik im Taschenbuch, Band 8

Hans Matthöfer

Agenda 2000

Vorschläge zur Wirtschafts- und Gesellschaftspolitik

Verlag J.H.W. Dietz Nachf.

Für Traute
mit Dank für Liebe, Treue
und unermüdliche Unterstützung

ISBN 3-8012-0193-7

In der Raste 2, D-5300 Bonn 1
Umschlag: Manfred Waller, Reinbek
unter Verwendung eines Fotos von Jesko Sander
Gesamtherstellung: Ebner Ulm

Printed in Germany 1993

Inhaltsverzeichnis

Frei und menschenwürdig leben

Was ist zu tun?

Wer sich nur mit Tagesproblemen beschäftigt, hilft den Menschen nicht, Veränderungen ihrer Lebensbedingungen zu verstehen oder aktiv zu beeinflussen. Was ich im folgenden beschreibe, soll einige größere Zusammenhänge und langfristige wirtschaftliche und gesellschaftliche Entwicklungslinien aufzeigen, die uns Maßstäbe für tagespolitische Entscheidungen geben. Diese Agenda ist ein Minimalprogramm; sie zeigt auf, was in Deutschland und in der Welt verwirklicht werden muß, wenn wir auch in Zukunft frei und menschenwürdig leben wollen.

Fordern ist leicht, das weiß man ja. Schwieriger ist es, Gefordertes zu verwirklichen, insbesondere unter den verfestigten Kräfteverhältnissen, Meinungsstrukturen, Institutionen und Traditionen der Bundesrepublik, die wegen ihrer offenen Grenzen noch stärker als andere Länder von weltweiten Veränderungen abhängt. Wer sich auf Politik einläßt, muß wissen, daß man die Schwierigkeiten nicht unterschätzen darf, in der Wirklichkeit bürokratischer und politischer Entscheidungsfindung Erkenntnisse aus Modellvorstellungen in praktisches Handeln umzusetzen.

Viele Widerstände erschweren die Durchsetzung politischer Ziele in der Wirklichkeit: der Koalitionspartner, der politische Gegner, die Interessengruppen, die öffentliche und veröffentlichte Meinung, ausländische Freunde und Bündnispartner. Technische Schwierigkeiten, Zwangsläufigkeiten oder eigene Fehler kommen hinzu. Oft sind die äußeren Umstände zu ungünstig, die Zeit, in der man Einfluß hat, zu kurz, die Apathie der Freunde zu groß, der Widerstand der Gegner zu stark; oder die eigene Überzeugungs-, Durchsetzungs- und Durchhaltekraft reicht einfach nicht aus.

Man kann noch so viel über ein Problem wissen, sich noch so bemühen, es zu durchdenken: Wenn die Überzeugungskraft nicht ausreicht, weil man auf verhärtete Interessen oder tiefsitzende Vorurteile stößt, hilft der gute Wille nichts. Sind Interessen und Besitzstände im Spiel, bedarf es erheblicher Kräfte, Widerstände zu überwinden. Das habe ich z. B. bei meinem in den frühen 80er Jahren gescheiterten Versuch erfahren, durch stärkere Besteuerung der Importenergien Öl und Erdgas deren Verbrauch zu drosseln und Mittel zu bekommen

- für energiesparende, die Umwelt schützende und strukturverändernde Investitionen,
- für die Modernisierung der Wirtschaft,
- für Beschäftigungsmaßnahmen,
- für die Verbesserung der Leistungsbilanz und
- für die Stabilisierung des DM-Wechselkurses gegenüber dem Dollar.

Es ging also darum, die wirtschaftlichen Rahmenbedingungen im Sinne einer ökologisch ausgerichteten Beschäftigungs- und Strukturpolitik zu beeinflussen. Außerdem sollte der Bundesbank Raum für investitionsanreizende Zinssenkungen gegeben werden.

Auch die Wirtschaftswissenschaft hat sich dieser Zeitströmung, Probleme zu vereinfacht darzustellen, nicht entziehen können. Das zeigt der fruchtlose Dogmenstreit in den 70er Jahren um Nachfragepolitik hier, Angebotspolitik dort; oder der Hang zur Vernachlässigung der Wechselwirkungen zwischen den verschiedenen Bereichen des sozialen Lebens. Das gilt besonders für die oft vollständige Ausklammerung der Auswirkungen des technischen Fortschritts auf den verschiedenen Gebieten menschlicher Beziehungen.

Sozialdemokraten haben sich viel vorgenommen. Sie wollen in den nächsten Jahren

- den erreichten Stand geistiger und politischer Freiheit, sozialer Sicherheit und wirtschaftlichen Wohlstands bewahren, gegen alle Angriffe verteidigen und auf mehr Menschlichkeit hin weiterentwickeln; die *gesamte* Bundesrepublik zu einem sozialen Rechtsstaat machen und nach der Einigung der Deutschen die wirtschaftlichen und sozialen Gräben zwischen West- und Ostdeutschland überwinden; gleiche Ausgangschancen für alle Bürgerinnen und Bürger herstellen; allen – ungeachtet unterschiedlicher Herkunft – durch Ausbau und Fortentwicklung des Schul-, Ausbildungs- und Fortbildungswesens gleiche Möglichkeiten freier und eigenverantwortlicher Entfaltung geben; die nächsten Schritte auf dem Wege zur Gleichstellung der Frauen durchzusetzen, um überlieferte Benachteiligungen abzubauen und Frauen gleichwertige Möglichkeiten in Beruf, Familie und in öffentlichen Ämtern Funktionen zu sichern; für mehr Gerechtigkeit sorgen, die soziale Sicherheit festigen, sich stärker um benachteiligte Randgruppen kümmern;
- Vollbeschäftigung wiederherstellen, Preisstabilität gewährleisten und die hierfür einzusetzenden finanz- und wirtschaftspolitischen Instrumente des Staates verbessern; den Anteil der öffentlichen Hände am Sozialprodukt erhöhen, ihn wirkungsvoller verwenden, Dezentralisierung unterstützen;
- die persönliche Sicherheit der Bürger, vor allem in den Städten, gewährleisten; einen internationalen Feldzug gegen Rauschgiftmafia, Drogenhandel und Bandenkriminalität organisieren;
- Arbeitnehmern mehr Rechte geben, z. B. durch mehr Mit-

bestimmung am Arbeitsplatz; versuchen, den Wandel der Technik zu steuern und seine Folgen besser vorhersagen zu können; die natürliche Umwelt besser schützen; dazu beitragen, daß wir die Welt weniger vergiften und verschmutzen oder Rohstoffe und Energie verschwenden; qualitatives Wirtschaftswachstum anstreben; die Klimakatastrophe verhindern;

- die Schwierigkeiten überwinden, welche die Einigung Europas und die Umwälzungen in der Weltwirtschaft hervorrufen; die europäische Gemeinschaft als unverzichtbare Grundlage für Frieden, Freiheit, sozialen und wirtschaftlichen Fortschritt weiter ausbauen; das europäische Währungssystem vollenden; die demokratischen Kräfte in den Ländern des ehemaligen Ostblocks und überall in der Welt unterstützen;[1] Diktaturen bekämpfen; die wirtschaftliche, politische und kulturelle Unabhängigkeit der Völker der Dritten Welt sichern, ihnen wirksam helfen und jedes Vormachtstreben ablehnen;[2] gemeinsam mit unseren Bündnispartnern überall in der Welt ein stabiles militärisches Gleichgewicht auf möglichst niedrigem Niveau anstreben und die Last der Rüstungskosten – auch zugunsten der Entwicklungshilfe – weiter vermindern; Spannungen abbauen, den Frieden sichern; unsere Entspannungs-, Abrüstungs- und Friedenspolitik unter neuen Bedingungen weiterführen; vor allem verhindern, daß neue Atommächte entstehen.

---

1 „Die Bedingungen, unter denen Sozialdemokraten in der zerfallenen, von ökonomischen und sozialen Krisen geschüttelten früheren Sowjetunion ihre Partei aufbauen und nach Gestaltungsmöglichkeiten suchen, sind – selbst im Vergleich zu den neuen Bundesländern – extrem ungünstig. Um so mehr verdienen die Frauen und Männer, die sich dieser Aufgabe stellen, für ihr Engagement unseren vollen Respekt und unsere Unterstützung." *Hans-Jochen Vogel*, „VORWÄRTS" (1992) 5, 10.

2 Ich bleibe bei „Dritte Welt", obwohl uns die Zweite abhanden gekommen ist.

Die Punkte aus diesem Aufgabenkatalog, die ich hier ausführlicher behandele – Vollbeschäftigung, qualitatives Wirtschaftswachstum, Humanisierung der Arbeit, Entwicklungspolitik –, beziehen sich zum einen auf die in den Industriestaaten – insbesondere in Deutschland – erforderlichen Wirtschaftsreformen, zum anderen auf das, was in den Ländern der Dritten Welt geschehen muß und schließlich drittens auf Ziele und Formen der Entwicklungshilfe, die vom Norden in den Süden fließt.

Technischer Fortschritt, Wirtschaft, Gesellschaft

„Im letzten Jahrhundert ... hat die gesamte menschliche Umwelt eine radikale Umwandlung erfahren, hauptsächlich unter dem gewaltigen Einfluß, den die mathematischen und physikalischen Wissenschaften auf die Technologie genommen haben. ... Seit dem Zeitalter der Pyramiden sind keine physikalischen Veränderungen von derartigen Ausmaßen in so kurzer Zeit vor sich gegangen. Sie alle bewirkten wiederum Veränderungen in der menschlichen Persönlichkeit und noch radikalere Transformationen stehen uns bevor, wenn dieser Prozeß unvermindert und ohne korrektive Eingriffe weitergeht."[3]

Lewis Mumford, den ich hier zitiere, bezweifelt nicht, daß Technik und technischer Fortschritt das Bewußtsein des einzelnen und der Gesellschaft beeinflussen. Wer würde das heute auch bestreiten? Und doch war dies vor gar nicht langer Zeit – als *Karl Marx* seine materialistische Geschichts-

3 *Lewis Mumfords* „Mythos der Maschine – Kultur, Technik und Macht", Frankfurt am Main 1977, 13.

auffassung formulierte – noch eine revolutionäre Vorstellung. Technischer und wissenschaftlicher Fortschritt oder – wie *Marx* umfassender sagte – die Entwicklung der Produktivkräfte sind danach die treibende Kraft der Geschichte. Selbst jene, die bei der Abwägung von Vor- und Nachteilen der technischen Entwicklung eher zu Pessimismus neigen, kommen nicht umhin, ihre alles durchdringende Veränderungskraft anzuerkennen.

Marx schilderte als erster Zusammenhänge zwischen dem wissenschaftlichen, technischen und organisatorischen Fortschritt bzw. der Entwicklung der Produktivkräfte und den darauf beruhenden, damit verbundenen oder dadurch bewirkten Veränderungen der wirtschaftlichen und gesellschaftlichen Strukturen sowie den entsprechenden Veränderungen der menschlichen Wahrnehmung der Wirklichkeit und der Formen und Inhalte des Bewußtseins. Er faßte seine Theorie im Vorwort zur „Kritik der politischen Ökonomie" 1859 wie folgt kurz zusammen:

„In der gesellschaftlichen Produktion ihres Lebens gehen die Menschen bestimmte, notwendige, von ihrem Willen unabhängige Verhältnisse ein, Produktionsverhältnisse, die einer bestimmten Entwicklungsstufe ihrer materiellen Produktivkräfte entsprechen. Die Gesamtheit dieser Produktionsverhältnisse bildet die ökonomische Struktur der Gesellschaft, die reale Basis, worauf sich ein juristischer und politischer Überbau erhebt, und welcher bestimmte, gesellschaftliche Bewußtseinsformen entsprechen. Die Produktionsweise des materiellen Lebens bedingt den sozialen, politischen und geistigen Lebensprozeß überhaupt."

Mumford weist zwar den *materiellen* Produktionsinstrumenten nicht die wegweisende Funktion in der menschlichen Entwicklung zu, spricht aber davon, daß im vergangenen Jahrhundert „plötzlich eine Unmenge neuer mechanischer

Erfindungen emporwucherte, die die alten Prozesse und Institutionen wegfegten und die traditionelle Anschauung sowohl der menschlichen Grenzen als auch der technischen Möglichkeiten veränderten".[4]

Marx beschreibt, was geschieht, wenn die Produktivkräfte auf einer gewissen Stufe ihrer Entwicklung in Widerspruch zu den bestehenden Produktionsverhältnissen geraten:

„Aus Entwicklungsformen der Produktivkräfte schlagen diese Verhältnisse in Fesseln derselben um. Es tritt dann eine Epoche sozialer Revolution ein. Mit der Veränderung der ökonomischen Grundlage wälzt sich der ganze ungeheure Überbau langsamer oder rascher um. In der Betrachtung solcher Umwälzungen muß man stets unterscheiden zwischen der materiellen naturwissenschaftlichen treu zu konstatierenden Umwälzung in den ökonomischen Produktionsbedingungen und den juristischen, politischen, religiösen, künstlerischen oder philosophischen Formen, worin sich die Menschen dieses Konflikts bewußt werden und ihn ausfechten. So wenig man das, was ein Individuum ist, nach dem beurteilt, was es sich selbst dünkt, ebensowenig kann man eine solche Umwälzungsepoche aus ihrem Bewußtsein beurteilen, sondern muß vielmehr dieses Bewußtsein aus den Widersprüchen des materiellen Lebens, aus dem vorhandenen Konflikt zwischen gesellschaftlichen Produktivkräften und Produktionsverhältnissen erklären."

Diese Überlegung erwies sich als ungemein fruchtbar. Die vielen erforderlichen Vermittlungsstufen jedoch und die Kompliziertheit der bunten Vielfalt des Lebens erlaubten keine einfache und schlüssige empirische Bestätigung. Wie steigende Produktivität menschlicher Arbeit die Struktur

4 *Lewis Mumford*, a.a.O., 14.

einer Wirtschaft und Preis- und Beschäftigungsstrukturen verändert, ist jedoch theoretisch gut zu erklären und empirisch belegt:[5]

Technischer Fortschritt in einem Wirtschaftszweig steigert die Produktivität der Arbeit, senkt die Kosten und Preise und erhöht so den Absatz. Wegen der psychologischen Nachfragestruktur der Verbraucher stößt dieser Prozeß nach einer gewissen Zeit auf unüberwindbare Schranken. Wenn z. B. die Nachfrage nach Nahrungsmitteln gesättigt ist und die Qualität der Nahrungsmittel einen gewissen Stand erreicht hat, steigern Preissenkungen den Absatz der Landwirtschaft nicht mehr. Produktivitätszunahmen bewirken dann, daß die Beschäftigung in dem betreffenden Wirtschaftszweig zurückgeht.

Der Anteil der Landwirtschaft an der Gesamtbeschäftigung verminderte sich demzufolge in einigen Ländern von über 90 Prozent zu Beginn des 19. Jahrhunderts auf weniger als fünf Prozent – trotz enorm gesteigerter Produktion. Die beschäftigungssuchenden Menschen wanderten vom Land in die Industrie und – als sich dort der gleiche Vorgang wiederholte – aus der Industrie in den Dienstleistungs- und Informationssektor der Wirtschaft. Es leuchtet ein, daß diese gewaltigen Verschiebungen der Wirtschafts- und Beschäftigungsstrukturen und die damit verbundenen Veränderungen von Lebensstandard, Lebenserwartung, Arbeitsweisen, Gewohnheiten, Siedlungsstrukturen, Reisemöglichkeiten sowie des Gesundheits- und Bildungsniveaus geeignet sind, Institutionen und das Bewußtsein der Gesellschaft grundlegend zu verändern.

Einzelne technische Fortschritte, wie Setzen mit beweglichen Lettern, die Druckerpresse, der mechanische Webstuhl, die Erfindung und massenhafte Verbreitung mechanischer

---

5 Siehe vor allem: *Jean Fourastié*, „Die große Hoffnung des zwanzigsten Jahrhunderts", 2. Aufl., Köln 1969.

oder elektronischer Zeitmeßgeräte, der Dampfmaschine, der Fotografie, des Automobils und Telefons oder der umfassende Prozeß der Mechanisierung beeinflußten und prägten das Bewußtsein des einzelnen und der Gesellschaft. Aber auf welche Weise die Entfaltung der Produktivkräfte auf juristische, politische, künstlerische oder philosophische Bewußtseinsinhalte einwirkt, ist schwerer darzustellen oder zu belegen.

Helmut Schmidt äußerte einige Vermutungen darüber, wie die Erfindung des Fernsehens auf unser politisches System wirkt:

„Die Situation hat sich wesentlich verändert durch den Übergang von einer zeitungslesenden Gesellschaft zu einer Fernsehgesellschaft. ... Das hängt sicher damit zusammen, daß man mit der modernen Technik glaubt, durch die Abendnachrichten innerhalb von weniger als zwölf Minuten informiert zu sein. ... Der Wechsel von einer Demokratie, in der das gedruckte Wort den Ausschlag gab, zu einer Demokratie, in der das gesendete Bild mit ein paar Worten dazu den Ausschlag gibt, ist kategorisch. Das ist ein anderer Typus von Gesellschaft und wird vermutlich zu einem anderen Typus von Demokratie führen."[6]

Das öffentliche Bewußtsein wirkt seinerseits auf die Entwicklung der Produktivkräfte zurück. *Marx*, der die dialektische Untersuchung gesellschaftlicher, wirtschaftlicher und geschichtlicher Zusammenhänge als Grundlage seiner Methode verstand, unterstellte solche Wechselwirkungen als selbstverständlich. *Engels* meinte später, nach der materialistischen Geschichtsauffassung sei die ökonomische Basis „das *in letzter Instanz* bestimmende Moment in der Ge-

6 Interview mit *Jutta Roitsch* und *Roderich Reifenrath*, „FRANKFURTER RUNDSCHAU", 12. 9. 1992, 8.

schichte der Produktion und Reproduktion des wirklichen Lebens". Mehr hätten weder *Marx* noch er je behauptet.

Zwar ist der Begriff „Entwicklung der Produktivkräfte" bei *Marx* umfassender als der des „technischen Fortschritts". Die gewaltigen Produktivitätssteigerungen und andere Leistungen des kapitalistischen Wirtschaftssystems – *Marx* bekam geradezu leuchtende Augen, wenn er sie schilderte, etwa im „Kommunistischen Manifest" von 1848 – sind jedoch auch mit diesem erweiterten Begriff nicht hinreichend zu erklären, wenn man nicht zusätzliche Ursachen einbezieht.[7]

Marx verfolgte – im Gegensatz zu vielen Nachfolgern – die Entwicklung der Technik seiner Zeit eingehend und genau. Er sagte richtig voraus, wie sich die Produktionstechnik entwickeln werde, so zum Beispiel im Kapitel „Maschinerie und große Industrie" im 1. Band des „KAPITAL".[8] Unter seinen Epigonen – oder unter den bekannteren „bürgerlichen" Ökonomen, vielleicht mit Ausnahme von *Schumpeter* und *Usher* – studierte kaum einer so intensiv wie er, was sich in Wissenschaft und Technik ereignete, obwohl doch ohne eine genaue Kenntnis der Beeinflussung wirtschaftlicher Vorgänge durch technische Entwicklungen nicht richtig zu verstehen ist, was in einer Wirtschaft wirklich vor sich geht.

„Die Entwicklung industrialisierter Volkswirtschaften kann nicht auf Statistiken über das Wachstum des Sozialproduktes, der Industrieproduktion, des Kapitalstocks, Investitionen, Beschäftigung usw. reduziert werden... Grundlage dieser statistischen Aggregate sind das Wachstum völlig neuer Industrien und Technologien und der Niedergang äl-

7 Vgl. z. B. *Nathan Rosenberg/L. E. Birdzell, Jr.*, „How the West Grew Rich – The Economic Transformation of the Industrial World", New York 1986.
8 Vgl. *Nathan Rosenberg*, „Marx as a student of technology", in „Inside the black box – Technology and economics", Cambridge, Mass. 1982, 34–54.

terer und viele gesellschaftliche und institutionelle Änderungen in der Struktur von Industrie und Regierung." *Christopher Freeman* u. a.[9]

Nur wenige Beiträge zur Theorie des historischen Materialismus untersuchten die *tatsächlichen* Veränderungen der Produktivkräfte und ihren Einfluß auf wirtschaftliche Strukturen und das gesellschaftliche Bewußtsein. (Die Frage heißt also: Wie hat welche Entwicklung welcher Produktivkräfte welche Produktionsverhältnisse und welche gesellschaftlichen Bewußtseinsinhalte verändert?) Dabei wäre es für die von uns angestrebte Technologiefolgenabschätzung nicht unwichtig, könnte sie sich auf Ergebnisse solider empirischer Untersuchungen über den Einfluß der Produktivkräfte auf die Strukturen von Wirtschaft und Gesellschaft, auf Inhalte und Formen des Bewußtseins und deren Rückwirkung auf die Technik stützen.

Nach dem Zusammenbruch des Sowjetsystems

Das korrupte und leistungsunfähige Wirtschaftssystem des Nachstalinismus wurde im Gefolge der Perestrojka *Gorbatschows* durch revolutionsähnliche Bewegungen der unterdrückten Bevölkerung beseitigt, vor allem deshalb, weil die in ihm herrschenden Produktionsverhältnisse zunehmend die Entwicklung der Produktivkräfte behinderten. Der damit einhergehende Zerfall zentraler Autoritäten setzte nationalstaatliche Entwicklungen frei, die den beschriebenen Prozeß abermals beschleunigten. 1986 sagte ich dazu:

---

9 „Unemployment and Technical Innovation – A Study of Long Waves and Economic Developments", Westport, Con. 1982, ix.

„Technischer Fortschritt und die Entwicklung der Produktivkräfte werden in den sogenannten sozialistischen Ländern zu einem gesellschaftlichen Bewußtsein führen, das in zunehmendem Maße die augenblickliche autoritäre, bürokratische, korrupte und ineffiziente Organisationsform der Produktionsverhältnisse als Fessel für den weiteren wirtschaftlichen und gesellschaftlichen Fortschritt empfindet.

Auch in diesen Ländern – Marx würde sich bestätigt sehen – werden die Produktivkräfte die Fesseln der sie behindernden Produktionsverhältnisse sprengen. Es ist nicht einzusehen, warum in der Sowjetunion und in den anderen Ostblockstaaten der technische Fortschritt grundsätzlich andere Voraussetzungen und andere Folgen haben sollte als in den westlichen Demokratien.

Die UdSSR wird entweder hoffnungslos im internationalen Wettbewerb zurückfallen oder aber sie muß weitgehende marktwirtschaftliche Elemente einführen, Macht- und Verwaltungsstrukturen dezentralisieren, Meinungs- und Informationsfreiheiten und Mit- und Selbstbestimmungsrechte für Arbeitnehmer und Betriebsleitungen zugestehen. Will man die gewünschten und notwendigen Produktivitätssteigerungen erreichen, so erfordert dies die breite Einführung und Nutzung der neuen Kommunikations- und Informationstechniken. Dadurch würde aber eine dynamische Bewegung in Gang gesetzt, die von der herrschenden Parteibürokratie kaum mehr kontrolliert werden könnte."[10]

Die Bürokratenkasten der Sowjetunion und der mit ihr verbundenen Länder glaubten, mit polizeistaatlichen Mitteln die Verbraucher knapphalten zu können, um trotz aller Planungsfehler, schludrigen Managements und passiven Wi-

---

10 *Hans Matthöfer*, „Technischer Fortschritt und gesellschaftliches Bewußtsein", Vortrag, Jahreshauptversammlung der Arbeitsgemeinschaft Industrieller Forschungsvereinigungen, Bonn-Bad Godesberg, 6. 5. 1986.

derstands der Bevölkerung mit einem möglichst großen Teil des Volkseinkommens Streitkräfte, Polizei und Staatssicherheitsdienste zu finanzieren sowie neue Industrien und öffentliche Infrastrukturen aufzubauen. Sie opferten das konkrete Lebensglück ganzer Generationen der falschen Hoffnung, nach dieser Übergangszeit über eine Industrie verfügen zu können, deren Leistungsfähigkeit die der kapitalistischen Wirtschaft übersteigen würde.

Aber diese Strategie trug den Keim ihres Scheiterns in sich. Nicht nur kosteten die Unterdrückungs- und Militärapparate enorme Summen, die für Wachstumsinvestitionen nicht mehr verfügbar waren, die allgegenwärtige gängelnde Reglementierung und der Meinungsterror behinderten oder zerstörten vor allem jede menschliche Kreativität. Wie eine nasse Decke legte sich eine alle Initiativen hemmende Stimmung über die Gesellschaft.

Die Knappheit fast aller Güter des Lebensbedarfs zwang zu zeitraubendem, nervtötendem Schlangestehen. Hysterische Spionen- und Agentenfurcht behinderte den für wissenschaftliche und technische Fortschritte erforderlichen freien und öffentlichen Meinungsaustausch. Man lebte weitgehend aus der übernommenen Struktur, die zerfiel und verkam, beutete die Umwelt aus, verunreinigte, verwüstete und zerstörte sie.

Die anfängliche Computer-Euphorie zentraler Planer zerstob, als die zunehmende Leistungsfähigkeit von Netzwerken kleiner Computer einen Austausch von Informationen möglich machte, der von der Geheimpolizei nicht mehr hätte kontrolliert werden können. Die Zeiten, in denen man die Zahl der Vervielfältigungsapparate auf das Notwendigste beschränkte, Schreibproben von allen Schreibmaschinen archivierte, den Umfang des Telefonnetzes so festlegte, daß geheimdienstliche Überwachung möglich blieb, waren vorbei, als moderne Kommunikationsmöglichkeiten die Produktivität im Westen beträchtlich voranbrachten.

Soviel freie Kommunikation konnte man unmöglich zugestehen, ohne die Grundlagen der eigenen Macht zu gefährden. Diese „Avantgarde des Proletariats" litt unter zunehmendem Realitätsverlust. Ihre Geisteshaltung war nicht mehr mit rationalpolitischen, sondern nur noch mit psychiatrischen Kategorien zu erklären. Ihre Angehörigen unterwarfen sich einem mystischen „Willen der Partei", ignorierten die Wirklichkeit, verfälschten die Wahrheit, ließen feige und opportunistisch unzählig viele Menschen, darunter eigene „Genossinnen und Genossen", wegen der absurdesten „Verbrechen" verdammen und elendig umbringen, ohne den Fetzen eines Beweises, wider besseres Wissen und gegen jede Logik.

Dieses Verhalten konnte man nur verachten. Deshalb ging es um entschlossenen Widerstand gegen den Machtanspruch und gegen die unheilvollen Praktiken der Nomenklatura, denn die Verbrechen beruhten nicht auf Irrtümern oder Übergangsschwierigkeiten. Die Grausamkeiten, Hinterhältigkeiten und Verlogenheiten *Stalins* und der ihm treu ergebenen und ihn verherrlichenden Funktionärskaste waren systemimmanent und lebten im Nachstalinismus fort. Sie konnten auch nicht nach und nach in dem Maße verschwinden, in dem das System sich angeblich dem in der Theorie erträumten Endzustand näherte. Wegen

- der verhängnisvollen Rolle des Stalinismus in der Geschichte des menschlichen Fortschritts, der brutalen, bürokratischen Praktiken der Sowjetunion und deren abschreckender Wirkung auf das politische Bewußtsein westlicher Arbeitnehmer sowie
- der feindlichen und spalterischen Politik der von der Sowjetunion gestützten und ihr hörigen Parteien (in Ost und West), die die Mehrheitsfähigkeit demokratischer sozialistischer Kräfte in Europa und anderswo entscheidend be- und verhinderten und

– weil die Stalinisten den „Sozialdemokratismus" immer als ihren Hauptfeind betrachteten,

stelle ich heute befriedigt fest: Der verdiente, erbärmliche Zusammenbruch dieser Systeme ist auch ein Sieg der Sozialdemokratie über politische Arroganz, historische Anmaßung, menschenverachtenden Zynismus und brutale Unterdrückung politischer Gegner.

Europa in der Welt

Der Zusammenbruch der Ostblock-Diktaturen und das folgende Übergangschaos machen noch deutlicher, wie wichtig die Europäische Gemeinschaft als starke Kraft für Frieden und Demokratie in der Welt ist. Europa muß im Bündnis mit den Vereinigten Staaten und Japan die demokratischen Reformkräfte im früheren Ostblock und in der Dritten Welt stärken und Voraussetzungen für das schaffen, was getan werden muß, um in der ganzen Welt Elend, Arbeitslosigkeit, Wohnungsnot, Krankheit und Analphabetismus zu beseitigen und die Umwelt zu schützen.

„Die Europäische Gemeinschaft soll durch eine gemeinsame Außenpolitik dem Frieden dienen, ihren Völkern in den internationalen Beziehungen mehr Gewicht verleihen ... Statt in militärischer Stärke findet sie ihre Identität als weltweit gefragter Partner für Handel und Industrie, für Technik und Wissenschaft, für eine intakte Umwelt und eine dauerhafte Entwicklung der Dritten Welt." *Berliner Programm der SPD (1989).*

Seit Gründung der Europäischen Gemeinschaft entstand ein zunehmend einheitlicher werdendes Wirtschaftsgebiet mit neuen Größenordnungen für Handel, Gewerbe, Industrie und Landwirtschaft. Das Europäische Währungssystem von 1979 (EWS) war wichtig, um binnenmarktähnliche Verhältnisse in der Gemeinschaft zu erreichen. Wir sollten es trotz aller zeitweiligen Rückschläge weiterentwickeln, den ECU stärken und dem EWS neue Aufgaben übertragen. Vielleicht sichert dann in einigen Jahren die geplante gemeinsame Währung das Zusammenwachsen der europäischen Wirtschaften, eine bessere Arbeitsteilung zwischen den Völkern und damit einen höheren Lebensstandard.

Fast alle Länder der Gemeinschaft leiden – in verschiedenen Formen – unter wirtschaftlichen Schwierigkeiten. Krisenbranchen wie Landwirtschaft, Schiffbau, Stahl und Textil sind nur die Spitze des Eisbergs. Die Landkarte der Arbeitslosigkeit von Irland und Schottland über Wales, Belgien, die ostdeutschen Länder bis hin zum Mezzogiorno Italiens und den Notstandsgebieten Spaniens und Griechenlands (von der assoziierten Türkei gar nicht zu reden) zeigt die Breite der zu bewältigenden Probleme, zu deren Lösung jedes Land für sich und die Europäische Gemeinschaft beitragen müssen. Europa muß sich in einer offenen Welt mit technisch-ökonomischen Wettbewerbern von alten Traditionen verabschieden und mehr Kräfte darauf verwenden, neue Wege zu suchen.

Es ist unsinnig, wenn eine Gemeinschaft von Industriestaaten mehr als die Hälfte ihres Haushalts für die Landwirtschaft ausgibt, vorwiegend, um Überschüsse zu finanzieren. Subventionierte Agrarproduktionen und deren Ausfuhr in Drittländer verschwenden nicht nur Mittel, die für eine vernünftige Strukturpolitik und für die Förderung von Forschung, Wissenschaft und Technik fehlen, sie gefährden auch die Einbettung in die internationale Arbeitsteilung und vergiften durch Pflanzenschutzund Düngemittel Böden und Grundwasser.

Die Geschichte lehrt: Unabhängigkeit, Einfluß, Sicherheit und Wohlstand eines Landes oder ganzer Weltregionen hängen davon ab, ob es gelingt, die jeweils neuesten wissenschaftlichen Methoden und Techniken zu beherrschen und weiterzuentwickeln. Will Europa zu Frieden, Freiheit und Fortschritt in der Welt beitragen, muß es auch technisch und wissenschaftlich eine starke und führende Kraft bleiben.

Europas Chance sind und bleiben seine schöpferischen Menschen, die in Unternehmen, Universitäten, staatlichen Forschungszentren, in anderen Organisationsformen von Wissenschaft und technischer Entwicklung, durch intensivierten Austausch und bessere finanzielle Ausstattung günstigere Arbeitsbedingungen finden sollten.

Europas Einfluß würde schwächer, wenn es sich einmauerte und den weltweiten Strukturwandel nicht zur Kenntnis nähme. Ein solches Sich-von-der-Welt-Abschirmen müßte auch scheitern, denn die Armutsflüchtlinge aus Osteuropa und den Ländern der Dritten Welt werden auf jeden Fall ihren Weg in diese Wohlstandsfestung finden.

Auf dem Wege in die Informationsgesellschaft

Abschnitte der Menschheitsgeschichte werden oft nach dem Werkstoff benannt, der die Technik seiner Zeit prägte, etwa die Stein-, Bronze- und Eisenzeit. Heute werden riesige Informations- bzw. Datenmengen in Sekundenschnelle verarbeitet und um die Welt befördert. Zum ersten Mal arbeiten die Menschen mit einem Rohstoff, der „nicht nur beliebig ersetzbar und erneuerbar ist, sondern sich quasi selbst beständig erneuert und vervollkommnet. Die Gefahr liegt nicht mehr darin, daß ... (er uns) ausgeht, sondern eher, daß wir in seiner Flut ertrinken".[11]

Zunehmende Möglichkeiten, weltweit schnell Informatio-

---

11 *John Naisbitt*, „Megatrends – 10 Perspektiven, die unser Leben verändern werden", Bayreuth 1982, 40/41.

nen auszutauschen, verflechten die Weltwirtschaft stärker, betten die einzelnen Volkswirtschaften enger in die internationale Arbeitsteilung ein und erhöhen den Austausch von Gütern und Diensten und damit die gegenseitige Abhängigkeit.

Nachrichtentechnik und Informationsverarbeitung bewegen sich Hand in Hand mit der Internationalisierung der Geldmärkte und der sich zunehmend von realen Wirtschaftsvorgängen ablösenden Kapitalbewegungen, Devisentransaktionen oder Kursschwankungen. Die Arbeits-, Lebens- und Freizeitwelt informatisiert sich unübersehbar. Begriffe wie Mikro- und Optoelektronik, Telearbeit, Mustererkennung, integrierte Daten-, Text- und Bildkommunikation wurden Teil der Alltagssprache. Einzeltechnologien ergänzen sich gegenseitig und verschmelzen miteinander. Büro- und Fertigungsautomatisierung verbinden sich zu einer einheitlichen Technologie.

Niemand kann genau wissen, wie sich die mit Macht durchsetzende Informatisierung auswirken wird. Sie steigert sicher die Produktivität der Arbeit und verändert die Rolle des Menschen in der Produktion. Er hat es zunehmend mit Maschinensystemen zu tun, die sich selbst steuern und überwachen, und kann sich weitgehend auf Planung, Diagnose und Reparatur beschränken. Die Fähigkeit, auf kleinstem Raum zu niedrigen Kosten komplexe logische Funktionen erfüllen zu können, wird industrielle Arbeit, öffentliche Dienstleistungen und Produkte des täglichen Bedarfs nachhaltiger verändern, als wir es uns heute vorstellen.

Informatisierung ist nur ein Teil der neuen Welle technischen Fortschritts, die auf uns zurollt. Selbstverständlich wird sich die Technik auch auf vielen anderen Gebieten (Transport-, Umwelt-, Laser-, Verfahrens-, Werkstoff-, Gen-, Biotechnologien usw.) weiterentwickeln. Das darf man auf keinen Fall aus den Augen verlieren. Schon in der Diskussion über die Folgen der Automation in den 60er und 70er

Jahren wurde der Fortschritt auf anderen Gebieten der Technik weniger beachtet, obwohl doch andere, nicht minder bedeutsame Entwicklungen in ihrer kombinierten Wirkung die Produktivität ähnlich zu steigern geeignet waren wie die Automation.[12]

Die Umschichtung weg von der industriellen Produktion hin zu Dienstleistungen stellt sich bei näherem Hinsehen zunehmend als eine Verschiebung zu informationsintensiven Tätigkeiten dar. Allerdings ist fraglich, ob sich die starke Zunahme an Arbeitsplätzen für die Produktion industriell erzeugter Güter in der ersten Hälfte dieses Jahrhunderts in den nächsten Jahrzehnten in Form einer vergleichbaren Zunahme von Arbeitsplätzen im informationsintensiven privaten Dienstleistungsbereich wiederholen wird und ob wir die zunehmende Nachfrage der Verbraucher nach öffentlichen Dienstleistungen, deren Befriedigung eine zunehmende Anzahl von Beschäftigten in diesem Bereich erfordert, inflationsfrei finanzieren können. Es zeichnet sich eine Entwicklung ab, in der wir viel bewußter als bisher strukturpolitisch handeln müssen, um Beschäftigung zu sichern. Dies gilt in Deutschland besonders für die sechs östlichen Bundesländer.

---

12 Vgl. *Hans Matthöfer*, „Technological Change in the Metal Industries. A survey of U. S. technical literature", Paris (OEEC) 1961, und „Ein Vorausblick auf den technischen Fortschritt in der Stahlindustrie", „GEWERKSCHAFTS-NACHRICHTEN" (EPA-OEEC), Paris [1960] 28, 11–19.

Vollbeschäftigung

Vollbeschäftigung und Wirtschaftswachstum

Seit dem Zusammenbruch des sowjetischen Wirtschaftssystems und der poststalinistischen Diktaturen erscheint es noch dringlicher, die Gesellschaften in der westlichen Welt zu menschlichen Gemeinschaften der wahrhaft Freien und Gleichen weiterzuentwickeln. Es darf nicht der Eindruck entstehen, nach dem Scheitern der Zentralverwaltungswirtschaften sei das kapitalistische Wirtschaftssystem, so wie wir es jetzt haben, ein nicht mehr überschreitbarer Höhepunkt menschlicher Entwicklung oder es sei wegen des Wegfalls der Systemkonkurrenz sogar ein Abbau vermeintlich überflüssiger „sozialer Wohltaten" gerechtfertigt.

„Ohne eine Änderung der Rahmenbedingungen und der Spielregeln der von uns praktizierten Ökonomie können keine der uns bedrängenden Probleme – der Friedenssicherung, des Ressourcenschutzes, der Mitweltverträglichkeit und der Herstellung und Bewahrung wirtschaftlicher, gesellschaftlicher und kultureller Ausgewogenheiten zwischen Menschen und Völkern – gelöst werden.

Bei der jetzigen Wirtschaftsweise lassen wir nämlich irrtümlicherweise die wesentliche und notwendige Einbettung des Menschen in seine natürliche Mitwelt außer acht, weil wir aus der beobachteten relativen Robustheit des stetig gewachsenen und hochausgetesteten Ökosystems den fatalen Fehlschluß ziehen, die Umwelt sei ein unendlich ergiebiges und unendlich nachsichtiges Medium, aus dem wir einerseits Ressourcen für unsere wachsende Produktion und unseren üppigen Lebensstil nach Belieben entnehmen, und in das wir andererseits die dabei entstehenden Abfälle folgenlos abkippen können." *Hans-Peter Dürr*[13]

Wer die Bedingungen für die freie Entfaltung einzelner Bürger verbessern will, muß vor allem für eine umweltverträgliche Vollbeschäftigung aller Arbeitswilligen sorgen. Arbeitslosigkeit ist keine Bedrohung, der wir hilflos gegenüberstehen. Der Staat muß zielstrebig, entschlossen und frei von Vorurteilen handeln, wenn sich Beschäftigungseinbrüche abzeichnen. Daß auf diesem Gebiet in Ostdeutschland viel versäumt wurde, macht die Lage dort besonders schwierig.

Fataler als die wirtschaftlichen Folgen der Arbeitslosigkeit – Einkommens- und Steuerausfälle, Nachfrageverringerung, Belastung des Sozialversicherungssystems – ist es, wie Arbeitslosigkeit auf einzelne Arbeitnehmer und ihre Familien, auf Sozialprestige und Selbstwertgefühl der Betroffenen wirkt. Menschliche Arbeitszeit ist Lebenszeit, die unabänderlich verrinnt. Sie kann nicht wie Wasser in der Leitung je nach Bedarf auf- oder zugedreht werden.

Es ist nicht nur wirtschaftlich vernünftig, Beschäftigung zu sichern, sondern auch moralisch verpflichtend. Und die soziale Verpflichtung gegenüber Arbeitslosen drückt sich nicht allein in der Höhe des Arbeitslosengeldes aus. Sie beginnt in der Wirtschafts- und Finanzpolitik, die bestrebt sein sollten, Arbeitslosigkeit zu vermeiden. Solidarität und besondere Fürsorge gebühren Arbeitnehmergruppen, die unverhältnismäßig stark beschäftigungslos und zudem nicht gut organisiert sind, um ihre Interessen zu vertreten (Frauen, Jugendliche, Ausländer, ältere Arbeitnehmer, Behinderte, Arbeitslose mit gesundheitlichen Einschränkungen, Dauerarbeitslose, weniger gut Qualifizierte usw.).

---

13 „Ökologische Zähmung der widerspenstigen Ökonomie – Vorschläge für eine Änderung der Rahmenbedingungen und Spielregeln unserer Wirtschaftsweise", „FRANKFURTER RUNDSCHAU", 13. 7. 1992, 8.

Unter menschenwürdigen Bedingungen ist Arbeit eben nicht nur Mühe und Anstrengung. Sie bereichert das Leben, indem sie Befriedigung und Selbstverwirklichung ermöglicht. Es gibt zwar keine Allheilmittel für Wachstum, Vollbeschäftigung oder Wohlstandsmehrung, schon gar nicht kurzfristig wirksame, jedoch gut begründbare Annahmen über die einzuschlagende Richtung. Einige davon beschreibe ich:

- gleichgewichtiges Wachstum von Investitionen und Verbrauch,
- vorausschauende Industrie- und Strukturpolitik,
- Schaffung einer leistungsfähigen öffentlichen Infrastruktur,
- Förderung kleiner und mittlerer Unternehmen,
- verstärkte Sorge um benachteiligte Randgruppen der Gesellschaft,
- qualitatives Wirtschaftswachstum,
- ausgeglichene Leistungsbilanz,
- erhöhter Anteil der öffentlichen Hände am Volkseinkommen und
- mehr Arbeitsplätze zur Befriedigung der zunehmenden Nachfrage der öffentlichen Dienstleistungen,
- kapazitätsorientierte öffentliche Kreditaufnahme,
- Förderung von Wissenschaft, Forschung, Innovationen, Entwicklung neuer Technologien,
- Aufbau einer Prognosekapazität usw.

Ein Volk kann seinen Lebensstandard und seine soziale Sicherheit nur bewahren durch die stets erneute, tätige Besinnung auf die eigene Leistungskraft, verbunden mit der Fähigkeit, den sozialen Frieden zu erhalten und Minderheiten zu integrieren. Die Ausgangslage dafür ist in Deutschland nicht schlecht, und dies nicht nur in den alten Bundesländern, die über eine überwiegend hervorragende Infrastruktur verfügen. Die Verhältnisse im Osten werden sich bessern, auch wenn die Talsohle im Prozeß der langwierigen und schmerzhaften Anpassung wegen der groben Fehler der jetzigen Bundesregierung noch nicht erreicht ist. Die soziale und wirtschaftliche Teilung wird überwunden werden.

Die Dichte der industriellen Ballungsräume schafft Standortvorteile, die die Transportkosten für Rohstoffe zum Teil wettmachen. Die Bundesrepublik liegt mitten in einem der größten Märkte der Welt; sie war bisher eines der stabilsten und sozial spannungsfreiesten Industrieländer; sie hat qualifizierte, flexible, motivierte Facharbeiter, Kaufleute, Ingenieure, Wissenschaftler sowie risikobereite und anpassungsfähige Unternehmen, die ihre Chancen in ständiger Qualitätsverbesserung, in besseren Produktionstechnologien oder in neuen Produkten sehen; sie hat moderne Gewerkschaften, die immer, wenn es darauf ankommt, bemerkenswertes gesamtgesellschaftliches und wirtschaftliches Verantwortungsbewußtsein zeigen; sie hat moderne Parlamente auf allen Ebenen und leistungsfähige Verwaltungen.

Bis zur weltweiten Krise, die in den 70er Jahren begann, herrschte in der alten Bundesrepublik Vollbeschäftigung. Dazu trugen bei

- neue Instrumente zur Globalsteuerung von Bestimmungsgrößen der Wirtschaftstätigkeit;
- Kaufkraft schaffende Lohn- und Gehaltserhöhungen, die ungefähr dem Produktivitätswachstum entsprachen, und
- kürzere Arbeitszeiten: 40-Stunden-Woche, mindestens sechs Wochen Jahresurlaub, längere Ausbildungszeiten, Bildungsurlaub für verschiedene Gruppen, niedrigere Altersgrenze in der Rentenversicherung, Freistellungen für Betriebsratsmitglieder, Jugendvertreter, Sicherheitsbeauftragte, Schwerbeschädigtenobleute usw., längerer Mutterschaftsurlaub, längere innerbetriebliche Aus-, Weiterbildungs-, Umschulungs-, Pausen- und Erholungszeiten.

Auch andere gewerkschaftliche Erfolge trugen zum positiven Wirtschaftsergebnis bei: Verbesserter Kündigungs-, Jugend-,

Behinderten- und Mutterschutz; mehr Sicherheitsfachkräfte und Betriebsärzte; Lohnfortzahlung im Krankheitsfall; mehr Mitbestimmung; Rationalisierungsschutzabkommen; verbessertes Arbeitslosengeld und Arbeitslosenhilfe; Lohnfortzahlung im Krankheitsfall, Kurzarbeitsregelung; Beschäftigungssicherung in der Bauwirtschaft; erhöhter Schutz vor Unfällen und Berufskrankheiten.

In nur 30 Jahren verminderte sich die effektive Arbeitszeit von etwa 42 auf knapp 33 Wochenstunden. Zugleich versechsfachte sich das Volkseinkommen und der Wohlstand der Bevölkerung.[14] Der Anteil der Ausfuhr am Sozialprodukt – ein guter Gradmesser für die Leistungsfähigkeit einer Wirtschaft – hat sich in dieser Zeit mehr als verdoppelt.

Gleichgewichtiges Wachstum von Investitionen und Massenkaufkraft

Vom öffentlichen Bereich abgesehen, entscheiden Unternehmer über Investitionen, und zwar nach betriebswirtschaftlichen Berechnungen und Gewinnerwartungen, die von vielen Umständen abhängen: Kosten und Kostenerwartungen, Verbrauchernachfrage, Marktentwicklung, Exportchancen, Wettbewerbsveränderungen, der Bereitschaft, Neues zu erproben und am Markt durchzusetzen. Niemand ist gezwungen, sich unternehmerisch zu betätigen, andere zu beschäftigen oder neue Arbeitsplätze zu schaffen.

Es werden nur dann zusätzliche Arbeitsplätze in ausreichender Zahl geschaffen und bestehende gesichert, wenn die Verwendungsseite des Sozialprodukts zugunsten von Investitionen umstrukturiert wird, um unter anderem die Wirt-

---

14 *Kurt Biedenkopf* in: *Meinhard Miegel* (Hg.), „Technik 2000 – Chance oder Trauma?", Stuttgart 1982, 24.

schaft umfassend zu modernisieren, Energie und Rohstoffe sparsamer zu verwenden, mehr Umweltschutz zu gewährleisten, die berufliche Aus- und Fortbildung zu fördern sowie humanere Arbeitsbedingungen zu schaffen.

Weil Investitionen positive Beschäftigungswirkungen haben, werden sie besonders in Krisenzeiten vom Staat begünstigt. Gelingt es aber nicht, sie betriebswirtschaftlich zu rechtfertigen, d. h. dem durch die wachsenden Kapazitäten größer werdenden Angebot auch eine steigende Nachfrage gegenüberzustellen und ihnen dadurch ihren privatkapitalistischen Sinn zu geben, so bewirken sie nicht Wohlstandssteigerung, sondern Lagervermehrung, Preisdruck, Wirtschaftsrückgang oder Krise.

Um in Deutschland ausreichend Arbeitsplätze zu schaffen, muß der Anteil privater *und* öffentlicher Investitionen am Sozialprodukt zunehmen. Amerikanische Untersuchungen zeigen eine eindeutig positive Beziehung zwischen öffentlichen und privaten Investitionen. Die Politik der Reagan- und Bush-Jahre, öffentliche Infrastrukturinvestitionen besonders in den Innenstädten und den Wohngebieten großer Minderheiten zu vernachlässigen, hat der amerikanischen Wirtschaft schwer geschadet. Es ist ja auch leicht, bei den Investitionen in die öffentliche Infrastruktur (Straßen, Eisenbahnen, Flugplätze, Telekommunikations- und Versorgungsnetze usw.) zu sparen, weil die nachteiligen Auswirkungen einer solchen Politik nicht sofort, sondern nur sehr langsam und mit starker Verzögerung erkennbar werden.

Die Verwendung des Sozialprodukts muß sich also dadurch ändern, daß die Investitionen stärker als der Verbrauch wachsen, und zwar bei gleichzeitiger Steigerung der Masseneinkommen, d. h. des privaten Verbrauchs. Wachstum erfordert stetig zunehmende Massenkaufkraft. Zwischen Investitionsquote, Kapazitätszuwachs, Wachstum der Masseneinkommen, Nachfrageentwicklung, Lagerbildung, Absatzerwartungen und neuen Investitionsentscheidungen gibt es im gleichgewichtigen Wachstumsprozeß notwendige und nicht willkürlich zu verändernde Beziehungen.[15]

Der Schlüssel zu Wachstum und Beschäftigung liegt nicht *nur* bei den Investitionen. Niemand würde investieren, wenn er erwartete, daß Güter oder Dienstleistungen, die er zusätzlich zur Verfügung stellt, keine Abnehmer finden. Wenn die Verbrauchereinkommen in den unteren Einkommensgruppen sinken oder stagnieren, gleichzeitig aber Gewinne oder Einkommen der oberen Einkommensgruppen, deren Sparquote höher ist, steigen, bringt diese Umverteilung von unten nach oben Investoren nach einer gewissen Zeit dazu, sich zu fragen, warum sie zusätzlich investieren sollen, wenn sie schon jetzt nicht alles absetzen können. Ihre Antwort ist klar. Sie investieren nicht.

Sollen Investitionen angeregt werden, dürfen auch die Gewinne einen bestimmten Prozentsatz nicht unterschreiten. Unternehmer betonen regelmäßig die Bedeutung höherer Gewinne als Voraussetzung für Investitionen. Gewerkschafter verweisen dagegen auf die Notwendigkeit höherer Kaufkraft, um die Nachfrage zu stützen. Sie bestreiten, daß eine zu Gunsten der Unternehmer verbesserte Einkommensverteilung zusätzliche Investitionen bewirkt. So paradox es klingen mag: Beide – Unternehmer und Gewerkschafter – haben recht.

Marx nennt das „Distribution auf antagonistischer Basis", d. h., wenn nur 100 Prozent zu verteilen sind, muß einer von seinem Anteil abgeben, wenn ein anderer mehr bekommt. Er meint, es sei „eine reine Tautologie zu sagen, daß die Krisen aus Mangel an zahlungsfähiger Konsumtion oder zahlungsfähigen Konsumenten hervorgehen. Andere Konsumarten als zahlende kennt das kapitalistische System nicht."

---

15 *Hans Matthöfer*, „Beeinflussung volkswirtschaftlicher Rahmenbedingungen durch die Finanzpolitik im Sinne einer ökologisch ausgerichteten Beschäftigungs- und Strukturpolitik", Vortrag im Universitätsseminar der Wirtschaft, Schloß Gracht, 5042 Erftstadt (Liblar) am 6. 12. 1983.

Und weiter: „Will man aber dieser Tautologie einen Schein tieferer Begründung dadurch geben, daß man sagt, die Arbeiterklasse erhalte einen zu geringen Teil ihres eigenen Produkts, und dem Übelstand werde mithin abgeholfen, sobald sie einen größeren Anteil davon empfängt, ihr Arbeitslohn folglich wächst, so ist nur zu bemerken, daß die Krisen jedesmal gerade vorbereitet werden durch eine Periode, worin der Arbeitslohn allgemein steigt und die Arbeiterklasse realiter wirklich größeren Anteil an dem für die Konsumtion bestimmten Teil des jährlichen Produkts erhält." Er fährt fort: „Es scheint also, daß die kapitalistische Produktion vom guten oder bösen Willen unabhängige Bedingungen einschließt, die jene relative Prosperität der Arbeiterklasse nur momentan zulassen, und zwar immer nur als Sturmvogel einer Krise."

Wirtschaftswachstum hängt also nicht nur von einer erhöhten Nachfrage ab. Es kommt vor allem auch auf Faktoren an, die die Produktivität bestimmen: Investitionen, Innovationen, Initiative, Risikobereitschaft, Wettbewerb und sozialer Friede. *Marx* erwartet sogar negative Folgen für Investitionsentscheidungen, wenn wachsende Anteile der Löhne und Gehälter Gewinnspannen vermindern. Investitionsanreize zu zerstören, indem man Gewinnspannen zusammendrückt, trägt also nicht zur Vollbeschäftigung bei. Diese setzt ein richtiges Verhältnis zwischen Investitionen und Verbrauch voraus. Man braucht sowohl Investitionen in bestimmter Höhe als auch stetig steigende Masseneinkommen. Nicht immer findet sich das richtige Verhältnis von selbst, schon gar nicht im geschlossenen Kreislauf einer Wirtschaft. Deshalb kann man nicht darüber sprechen, wie man Beschäftigung am besten sichert, ohne die übrigen Faktoren der wirtschaftlichen Entwicklung – Überschüsse oder Defizite der Leistungsbilanz, die Sparquote, die Kreditschöpfung (für investive wie konsumtive Zwecke) oder die Nettokreditaufnahme des Staates usw. – zu berücksichtigen.

Höhere Löhne und Gehälter bedeuten nicht nur steigende Kaufkraft für die Arbeitnehmer. Sie bewirken beschleunigte Produktivitätsfortschritte, indem sie es wirtschaftlich lohnend machen, bekannte technische Neuerungen anzuwenden, oder Unternehmer veranlassen, bisher unberücksichtigte Rationalisierungsmöglichkeiten zu nutzen.

Niemand bezweifelt, daß die Höhe der Löhne und Gehälter Neueinstellungen oder Rationalisierungsmaßnahmen beeinflußt. Richtung und Ausmaß dieser Beeinflussung im konkreten Falle abzuschätzen, ist Aufgabe von Gewerkschaften und Arbeitgebern, die sachverständig im jeweiligen Zuständigkeitsbereich über Löhne, Gehälter, Arbeitszeit, Arbeitsbedingungen, Urlaub, Arbeitsplatzsicherheit usw. entscheiden und zwischen gesamt- und betriebswirtschaftlichen Interessen und den Belangen der Arbeitnehmer einen Ausgleich schaffen. Diese Verantwortung kann und sollte ihnen der Staat schon aus Gründen der Zweckmäßigkeit nicht abnehmen.

Strukturpolitik

Wenn wir nicht wollen, daß durch Arbeitslosigkeit verunsicherte Menschen sich in den Sackgassen des Irrationalismus und Radikalismus verrennen, müssen wir versuchen, die von den weltweiten wirtschaftlichen und politisch-sozialen Veränderungen ausgelösten Bewegungen vorauszusehen, sie in geeigneter Form zu steuern und negative Auswirkungen durch eine aktive Strukturpolitik so klein wie möglich zu halten. Dafür können die öffentlichen Hände

- ein leistungsfähiges Bildungssystem bereitstellen,
- kleine und mittlere Unternehmen fördern,
- kostspielige, aber überflüssige Bürokratien abbauen,

- Hindernisse und Widerstände gegen strukturellen Wandel vermindern oder ganz abbauen,
- Wissenschaft, Forschung und die Entwicklung neuer Technologien fördern, die Bedingungen für Technologietransfer und Innovationen in der Wirtschaft verbessern,
- Anreize für zukunftsbezogene, arbeitsplatzschaffende Investitionen geben,
- einen soliden Rahmen für investitions- und innovationsstarkes Wachstum schaffen, an dem sich die Wirtschaft orientieren kann, etwa in Form einer vorausschauenden Strukturpolitik oder vernünftiger steuerlicher Rahmenbedingungen,
- Modelle für die Integration des unvermeidlichen Zustroms von Ausländern, insbesondere aus den Ländern Osteuropas, entwerfen und verwirklichen.

Besonders in den neuen Bundesländern drängt sich die Frage auf, wer die Entwicklung der Lebensverhältnisse eigentlich steuert. Ein großer Teil der Beschäftigungsprobleme in der früheren DDR ist darauf zurückzuführen, daß es die CDU/CSU-geführte Bundesregierung aus ideologischen Gründen oder aus Unverständnis unterließ, eine vorausschauende Politik für diese Länder zu entwerfen. Obwohl niemand mehr so tut, als greife der Staat nicht in die Wirtschaft ein, ist die Regierung *Kohl* offenbar außerstande, sich eine Beschäftigung schaffende Industriepolitik konkret vorzustellen.

„Im Westen funktioniert das System deshalb, weil wir zwar die Teuersten sind in Europa, aber auch die Besten. Das heißt: Wir haben die beste Infrastruktur, die beste Forschung, die höchste Wertschöpfung pro Arbeitsplatz. Wenn wir jetzt kraft politischer Entscheidungen ein Hochlohnland aus den neuen Bundesländern gemacht haben, müssen wir auch den Mut haben zu sagen, daß wir in einem ungeheuren Tempo die Infrastruktur der Forschung ausbauen müssen, nicht nur die Autobahnen und die Telefonleitungen. Wir brauchen eine Forschungs-Infrastruktur, eine Technologie-Infrastruktur, eine arbeitsteilige Mittelstandspolitik.

Wir müssen im Grunde alles fördern, was ganz rasch Arbeitsplätze mit hoher Wertschöpfung schafft. Das heißt aber auch, daß nicht mehr 80 Prozent der Menschen in der Produktion arbeiten können wie bisher, sondern nur noch 40 Prozent und 60 Prozent im Dienstleistungsbereich. Erst dann haben wir wettbewerbsfähige Strukturen ... Wer diese politischen Vorgaben gesetzt hat, der muß anschließend Industriepolitik machen, ob ihm das paßt oder nicht ... Wir tun es nämlich ohnehin, machen aber einen großen Fehler: Wir betreiben Industriepolitik für den Friedhof. Das heißt, wir tragen kranke Branchen vor dem Friedhof mit Steuergeldern hin und her. Wir machen aber viel zuwenig Industriepolitik bei der Geburtsstation, also bei den innovativen neuen Unternehmen." *Lothar Späth*[16]

Der zweite, gleichfalls ideologisch motivierte schwere Fehler war die Durchsetzung des Grundsatzes: Rückgabe vor Entschädigung.

„Die Postulierung, daß früherer Bodenbesitz jetzt an die Enkel zurückgegeben werden soll, ist eine Schnapsidee gewesen. Natürlich sollen die Enkel ihren Erbanspruch nicht verlieren. Sie kann man entschädigen. Das Gesetz, das die Entschädigung regelt und die Summen bestimmt, die gezahlt werden müssen, und die Bewertung der restlichen Vermögensbestandteile vornimmt, wäre noch im Jahre 2001 rechtzeitig ergangen. Das war nicht dringlich, ist aber zur Dringlichkeit gemacht worden." *Helmut Schmidt*[17]

---

16 „TOP-BUSINESS" (1992) 5, 62.
17 „FRANKFURTER RUNDSCHAU", a.a.O.

Die staatliche Verantwortung für Beschäftigung und Preisstabilität ist weithin unbestritten. Auch wer wirtschaftliche Erfolge gern privatisiert, zögert meist nicht, den Staat für Risiken, Gefahren und Rückschläge verantwortlich zu machen. Wer die Rolle des Staates im wirtschaftlichen Strukturwandel nüchtern einschätzt, weiß allerdings, daß dem Staat hier zwar eine bedeutende, keineswegs aber die alleinige Verantwortung zukommt.

Der Optimismus, Wachstum sei zusammen mit Vollbeschäftigung, stabilen Preisen und außenwirtschaftlichem Gleichgewicht nur durch Globalsteuerung machbar, wie er sich Mitte der 60er Jahre im Stabilitäts- und Wachstumsgesetz ausdrückte, ist spätestens seit Beginn der 80er Jahre nicht mehr gerechtfertigt. Wirtschaftstätigkeit und Beschäftigung sind eingebettet in von uns nicht oder nur begrenzt steuerbare internationale Zusammenhänge: Fragen der internationalen Verflechtung unserer Wirtschaft, ihrer Abhängigkeit von Energie- und Rohstoffeinfuhren, die Wettbewerbsfähigkeit auf den Weltmärkten, aber auch auf dem deutschen Markt gegenüber ausländischen Wettbewerbern.

Niemand kann ernsthaft erwarten, daß der Markt als gegenwartsbezogenes und einzelwirtschaftlich zugeschnittenes Such- und Entscheidungssystem ohne Vorgaben die richtigen Weichen für die Zukunft der gesamten Wirtschaft stellt. Ich würde zum Beispiel auf dem Wege zur Vollbeschäftigung im vereinten Deutschland gern den Kräften des Marktes vertrauen, wenn ich sicher wäre, daß diese Kräfte richtige Antworten nicht nur auf eine sich verändernde Nachfrage finden, sondern auch auf die Probleme von Arbeitslosigkeit, Rohstoff- und Energieverknappung und Umweltverschmutzung sowie die steigende Nachfrage nach öffentlichen Dienstleistungen und regionale und sektorale Strukturprobleme.

Schon immer schrumpften Wirtschaftszweige, wuchsen oder verschoben sich gegeneinander – mit all dem Elend der zwischen die Mühlsteine des Wandels geratenen Menschen, mit Arbeitslosigkeit, Betriebsaufgabe, dem Zwang zum Umzug, vielfach mit der Erfahrung, daß das für den bisherigen Beruf erworbene Wissen kaum mehr etwas wert war. Derartige Verschiebungen greifen tief in Lebensformen und familiäres Schicksal von Millionen Arbeitnehmern und kleinen Selbständigen ein.

Sie sind oft vom Zwang begleitet, in einer fremden Umgebung eine neue Existenz aufzubauen. Erzwungener Wohnungswechsel belastet Arbeitnehmer und ihre Familien schwer (auch wenn sie von Ost- nach Westdeutschland übersiedeln): den angestammten Wohnort verlassen, die Schule der Kinder wechseln, was ihrer Entwicklung abträglich sein kann, den Freundes-, Bekannten- und Kollegenkreis verlieren, neue freundschaftliche Beziehungen knüpfen müssen, Unsicherheit und Zweifel haben, ob es gelingt, sich in einer fremden Umgebung an einem neuen Arbeitsplatz zu behaupten und durchzusetzen. Die Qualität neuer Arbeitsplätze, Chancen, die dort geboten werden, Leistungsfähigkeit und Interessen zu entfalten, werden deshalb für die Mobilitätsbereitschaft der Arbeitnehmer immer wichtiger.

Beschäftigungs- und Wachstumspolitik bezieht sich nicht nur auf die richtige Dosierung von Haushaltsumfang, Staatsdefiziten und Steuerentlastungen. Umstellungsprobleme, Strukturwandel und Mobilität rücken in den Vordergrund. Ursachen des Strukturwandels sind u. a.

- Änderungen der Technik, der Produktivität und der Kosten,
- Verschiebungen in der Nachfrage im In- oder Ausland,
- Engpässe und Knappheiten bei Produktionsmitteln oder Arbeitskräften,
- Verlagerungen in der internationalen Arbeitsteilung,
- nachhaltige Veränderungen und Schwankungen im Wechselkursgefüge,

- notwendig werdende weltweite Spezialisierungen der Produktion,
- gesteigerte Wettbewerbsfähigkeit sogenannter Schwellenländer, die wegen ihrer Niedriglöhne billiger produzieren können,
- verstärkte protektionistische Tendenzen in einigen Ländern.

Volle Beschäftigung und dauerhaftes Wachstum bedingen deshalb ständigen Strukturwandel. Der Staat muß ihn durch Forschungs-, Technologie-, Finanz-, regionale sowie sektorale Strukturpolitik fördern und steuern und Bedingungen schaffen, unter denen er möglichst reibungslos und ohne unzumutbare Belastungen oder Opfer für Arbeitnehmer oder andere Betroffene ablaufen kann. Förderung und Durchsetzung technologischer Innovationen als Teil der Modernisierung der Wirtschaft sind in Deutschland angesichts der Strukturveränderungen in der Weltwirtschaft zentrale Aufgaben der Politik.

Der Staat muß deshalb den Prozeß der Umstrukturierung fördern, Widerstände überwinden und wirtschaftliche und soziale Kosten möglichst klein halten. Niemand will dabei die Autonomie der Unternehmen einschränken oder neue Bürokratien schaffen, den Unternehmen in ihre Entscheidungen hineinreden. Der Staat kann aber in einer weltweit verflochtenen, arbeitsteiligen Wirtschaft sich nicht darauf beschränken, Folgen von Fehlentwicklungen nur im nachhinein zu beseitigen. Unternehmerischer Eigeninitiative muß er allerdings die erste und führende Rolle sichern. Keineswegs darf er Unternehmen bevormunden oder Bestandsgarantien abgeben. Er muß einen Rahmen schaffen, in dem für die Unternehmen volkswirtschaftliche Vernunft und betriebswirtschaftliche Rentabilität übereinstimmen.

Viele Länder leiden heute unter dauerhafter Arbeitslosigkeit verbunden mit hoher Inflation. Wir wissen seit Jahrzehnten, daß die *Keynes*'schen Politikanweisungen allein nicht mehr ausreichen, um hier Abhilfe zu schaffen. Wir brauchen neue Analyse-, Prognose-, Diagnose- und Lenkungsmöglichkeiten, denn Ursachen von Krisen und Arbeitslosigkeit vorausschauend anzugehen und sie zu verhindern, ist bisher nur unzureichend möglich. Wir konnten Krisenauswirkungen nur auffangen und eindämmen. Jetzt brauchen wir eine zukunftsbezogene Modernisierungspolitik, die mit geschärftem Problemverständnis auf einer besseren Informationsgrundlage und mit verbesserten Instrumenten eingesetzt wird, ohne jedoch die Vorteile der Marktsteuerung zu gefährden.

Strukturpolitik, Forschungs- und Technologiepolitik, die die Ursachen der Unterbeschäftigung angreifen, schließen Marktwirtschaft – dort, wo Märkte wirklich funktionieren – keineswegs aus. Im Gegenteil, sie ergänzen sie und bedingen ihren Erfolg. Sozialdemokraten müssen aber aufpassen, wie sie hier argumentieren. Es wäre gefährlich, wenn andere sich damit profilieren könnten, daß sie Marktwirtschaft, Wettbewerb, unternehmerische Freiheit und Verantwortung verteidigen, wohingegen Sozialdemokraten sich in die Ecke drängen ließen, als plädierten sie für staatliche Bürokratien und Dirigismus. Sozialdemokraten müssen klarmachen, daß der Begriff der Demokratie auch einschließt, daß das freie Volk die Richtung bestimmt, die seine Wirtschaft nehmen soll.

Wie schnell eine Wirtschaft wächst, hängt mit davon ab, ob Arbeitskräfte und Kapital möglichst reibungslos aus Wirtschaftszweigen mit niedriger in solche mit höherer Produktivität wandern. Dazu ist es unumgänglich, Übergangsschwierigkeiten notleidender Industrien oder wirtschaftlich schwacher Gebiete rechtzeitig zu lösen und nicht – vielleicht gar, um konservative Wählerpotentiale zu erhalten – Arbeitskräfte in Bereichen mit niedriger Ergiebigkeit zu binden, zum Beispiel in der Landwirtschaft. Wer Anpassung aufhält, muß wissen, daß er auf Wachstum verzichtet.

Strukturelle und konjunkturelle Veränderungen beeinflussen sich wechselseitig. Konjunkturschwächen legen verborgene Strukturmängel offen. Ein Nachfragerückgang trifft strukturschwache Bereiche, die unzureichend an Kosten- und Nachfragebedingungen angepaßt sind, viel stärker und schneller. Strukturmängel beschleunigen den Abschwung, weil wegen der verzögerten Anpassung Arbeitskräfte zu einem Zeitpunkt freigesetzt werden, in dem stärkere Bereiche weniger aufnahmefähig sind. Konjunkturpolitik muß daher Strukturfragen mit einbeziehen.

Entlassung von Arbeitskräften und hohe Arbeitslosenzahlen in bestimmten Gebieten fordern die Solidarität der Gemeinschaft heraus. Das soziale Netz, in Jahrzehnten geschaffen, ist Voraussetzung dafür, daß wir Umstellungen und Anpassungen bewältigen, die uns technischer Wandel, veränderte weltwirtschaftliche Bedingungen sowie die Einigung Deutschlands und Europas abverlangen.

Wenn wir zulassen, daß in schwierigen Zeiten Errungenschaften gesellschaftlichen Fortschritts aufgegeben werden, fordern wir die Arbeitgeber geradezu dazu auf, Arbeitsplatzunsicherheit als Mittel im Kampf um Löhne, Gehälter und Arbeitsbedingungen einzusetzen. Deshalb muß man auch alle Forderungen ablehnen, Besitzstände der Arbeitnehmer abzubauen, um durch Sonderopfer die soziale Einheit Deutschlands zu finanzieren. (Die harte Haltung der Unternehmer und konservativer Politiker in den Tarifauseinandersetzungen 1992, die Forderungen nach Einführung eines Karenztages und andere verbale Anschläge auf den sozialen Frieden zeigen, daß viele von ihnen offenbar die Zeit für gekommen halten – nun da sie die Gewerkschaften als Verbündete gegen den Kommunismus nicht mehr benötigen –, auch in Deutschland eine langfristig angelegte Offensive zu beginnen, um den gewerkschaftlichen Einfluß zu vermindern.)

Wir kommen nicht umhin, sparsamer mit Energie und Rohstoffen umzugehen und durch alle verfügbaren Instrumente Druck in diese Richtung auszuüben. Das heißt, neue Verfahren zu finden, um Energie zu gewinnen oder die Rohstoffversorgung zu sichern und verstärkt in Industrien zu investieren, die im Verhältnis zur Wertschöpfung wenig Energie und Rohstoffe verbrauchen. Zukunftstechnologien wie Datenverarbeitung, elektronische Bauelemente, Lasertechnik, Gentechnologie usw. in neuen Verfahren und Systemen zusammenzufassen, könnte dafür und auch für die Ausfuhr wichtig sein.

Für das rohstoffarme, bevölkerungsreiche, industriell erfahrene Deutschland ist die sicherste Erfolgsgrundlage, technische Kenntnisse in Form von Industrieerzeugnissen oder als Ingenieurleistung auszuführen. Worauf sonst sollten wir bauen, wenn nicht auf die Fähigkeit unserer Wissenschaftler, Ingenieure, Techniker, Kaufleute und Facharbeiter, neue Problemlösungen für unsere und fremde Märkte zu finden? Lizenzen, Patente, Verfahrenstechniken, Entwürfe, Blaupausen auszuführen, bedeutet jedoch nicht, daß wir uns jemals auf den Export dieser Leistungen beschränken könnten.

Die Industrie muß Anlagen mit einem hohen Maß an technischen Kenntnissen verkaufen, die wegen der weltweiten Industrialisierung zunehmend nachgefragt werden. Um die dafür erforderlichen Kenntnisse und Fähigkeiten vorweisen zu können, müssen wir solche Anlagen auch im Inland betreiben. Ausfuhrchancen, die wegen unseres verhältnismäßig kleinen Heimatmarktes wichtig für unseren Wohlstand sind, liegen bei spezialisierten Investitionsgütern (z. B. Produktionsanlagen mit zugehörigem Systemwissen), hoch entwickelten Produktionshilfsmitteln (z. B. aus dem Bereich der Chemie oder Metallurgie), Infrastruktursystemen, Produkten mit hohem Technologieanteil und anderen wissensintensiven Dienstleistungen und nicht zuletzt im Verkauf technischer Beratung.

Diese „Produkte" sind für die Beschäftigung in Deutschland besonders wichtig, denn die Industrie produziert um so personalintensiver – vor allem im Hinblick auf hochqualifizierte Arbeitskräfte –, je neuer die angewandte Technik ist und je weniger sie bereits zur Massenproduktion eingesetzt wird. Erst allmählich, wenn die Technik standardisiert ist, das Produkt vom Markt aufgenommen und weltweit in größerem Maßstab nachgefragt wird, wandert die zunehmend kapitalintensive Herstellung in sogenannte Anschlußländer. Wir sollten also Güter möglichst in der arbeitsintensiven Entwicklungs- und Innovationsphase herstellen, um später die von Grund auf selbst entwickelte Herstellungstechnologie mit den entsprechenden Ausrüstungen in Anschlußländer liefern zu können.

Deutschland hat schwer einzuholende Wettbewerbsvorteile bei Gütern, die sich durch technische Qualität oder Qualität des Designs auszeichnen, mit besonderer Sorgfalt hergestellt sind und deren Erwerb wegen der Ausgewogenheit und technischen Reife der Einzelkomponenten mit einem gewissen Prestige verbunden ist. Zuverlässig eingehaltene Lieferverträge, Wartungs- und Bedienungsfreundlichkeit, lange Lebensdauer kommen hinzu. Bei diesen Qualitätserzeugnissen dürften der Ausbildungsstand der Beschäftigten, ihre berufliche Motivation, Erfahrung und Sorgfalt entscheidend sein. Auf solche Ansprüche können in Deutschland die Textil-, die optische und feinmechanische Industrie, der Fahrzeug- und Maschinenbau, sogar die Unterhaltungselektronik eingehen, letztere allerdings in stets geringerem Maße.

Offene Grenzen schaffen Anpassungsprobleme für einzelne Wirtschaftszweige. Textil- und Bekleidungsbranche haben gezeigt, wo in einer solchen Lage Chancen für die einheimische Industrie liegen: Sie muß neue, hochwertige Produkte und neue Herstellungsverfahren entwickeln und die Vorteile von Markt- und Verbrauchernähe ausschöpfen. Es wäre bei auftretenden Schwierigkeiten falsch, lebensunfähige Unternehmen zu erhalten oder ihren Bestand zu garantieren, nur weil sie eine gewisse Größe haben oder darauf verweisen, Arbeitsplätze seien gefährdet. Statt dessen wären Diversifizierung, neue Produktionsverfahren und Techniken zu unterstützen.

Andererseits kann es aber aus Gründen der Vorsorge oder zur langfristigen Sicherung der Wettbewerbsfähigkeit notwendig sein, Industriezweigen oder einzelnen Unternehmen über eine lange Zeit hinweg zu helfen. Beispiele dafür sind Flugzeugbau, Steinkohle, elektronische Datenverarbeitung und Mikroelektronik.

Auf jeden Fall ist es richtig, wenn der Staat Verantwortung im wirtschaftlichen Wandel übernimmt. In Japan z. B. hat sich die Regierung auf direkte Forschungsförderung und Organisation industrieller Zusammenarbeit bei Forschung und Entwicklung konzentriert. Sie fördert das Entstehen neuer Technologien durch vielfältige Hilfen, Subventionen, Entwicklungskredite und Steuervergünstigungen und arbeitet dabei unmittelbar mit der Industrie zusammen.

Amerikaner und Japaner liegen auf einigen technischen Gebieten an der Spitze: Die USA hatten und haben im Vergleich zur Bundesrepublik große militärische Forschungs- und Entwicklungsaufwendungen (auch in der Raumfahrt), die den größten Teil dieser Kosten der Elektronikindustrie abdecken. Von den 68 Milliarden Dollar, die im US-Haushalt für 1991 für diese Zwecke vorgesehen waren, gingen nur vier Prozent in die allgemeine wissenschaftliche, alles andere in die militärische Forschung.[18]

„In den letzten 50 Jahren waren die Militärausgaben die wichtigste Einzeltatsache des Wirtschaftslebens der USA. Verteidigungsdollar haben ganze Industrien gestützt, von den Raumfahrtfirmen in Südkalifornien bis zu den High-Tech-Waffen-Produzenten in Neu-England. Das Pentagon ist

18 „THE ECONOMIST", 25. 7. 1992, 21.

immer noch der größte Einkäufer des Landes für Güter und Dienstleistungen, die größte Finanzquelle für Forschungs- und Entwicklungsmittel und der größte Arbeitgeber. Einschnitte in den Verteidigungshaushalt haben dazu beigetragen, die augenblickliche Rezession zu verlängern: Die verminderten Verteidigungsausgaben sind für ein Drittel des Rückgangs der Industrieproduktion in den letzten 18 Monaten verantwortlich." *Michael J. Mandel*[19]

Japan unterstützte seine Elektronikindustrie durch eine konsequente Industriepolitik. In beiden Ländern gab es einen großen, homogenen, innovationsorientierten Anwendungsmarkt für elektronische Bauelemente. Vieles von dem, was in Japan zum Erfolg führte, würden jedoch manche, die auf seine langen Arbeitszeiten verweisen (und diese als Erfolgsrezept mißdeuten), in Deutschland als ordnungspolitisch unzulässige Investitionslenkung verdammen.

„Die japanische Regierung war bemerkenswert erfolgreich in der Förderung von Forschung und Entwicklung, inbesondere angesichts ihres verhältnismäßig kleinen Anteils an den Gesamtausgaben für diese Zwecke. Teilweise sind allerdings die Regierungsausgaben in den Haushaltsansätzen wegen der beachtlichen steuerlichen Anreize für private industrielle Forschungsausgaben zu niedrig dargestellt. Wichtiger war, daß die japanische Regierung als Koordinator und Ermöglicher von Forschungsprojekten handelte, ohne notwendigerweise die Hauptquelle für die Finanzierung zu sein. Die Regierung verhindert ineffiziente Doppelforschung und fördert die Verbreitung von Forschungsergebnissen durch eine aggressive Stützung der Forschungszusammenarbeit zwischen den Unternehmen." *Steven K. Vogel*[20]

---

19 „Dueling over the Peace Dividend", „BUSINESS WEEK", 20. 4. 1992.
20 „Japanese High Technology, Politics, and Power", Berkeley 1989, 15–17.

Daran, daß Deutschland auf dem Gebiet der Mikroelektronik nachhinkt, sind führende FDP-Politiker nicht unschuldig. Schon in den 70er Jahren blockierten die FDP-Bundeswirtschaftsminister entsprechende Forschungsprojekte. 1980 schlug ich in den Koalitionsverhandlungen ein Mikroelektronikprogramm von etwa 800 Millionen DM jährlich vor. Das Geld wäre gut angelegt gewesen. Mein Vorschlag wurde von den FDP-Vertretern *Hans-Dietrich Genscher* und Dr. *Otto Graf Lambsdorff* mit einem Argument abgelehnt, das etwa so lautete: „Wir haben doch die Wahl nicht mit der Ablehnung der direkten Forschungsförderung gewonnen, um jetzt einem solchen Riesenprogramm zuzustimmen."[21]

1992 – als es schon zu spät war – schreibt *Konrad Seitz*, Ministerialdirektor und Leiter des Planungsstabes im damals noch von *Genscher* geleiteten Auswärtigen Amt, in einem Beitrag über „Die japanisch-amerikanische Herausforderung – Europas Hochtechnologieindustrien kämpfen um ihr Überleben":

„Wie lange noch können die ‚alten' Industrien unseren Wohlstand sichern? Wir müssen mit ihnen mehr und mehr gegen die neu entstehenden Industrieländer in der Dritten Welt konkurrieren, die ungleich niedrigere Löhne haben. Aber vor allem: Wir sind, um diese Industrien und Produkte auf modernstem Stand zu halten, immer mehr angewiesen auf die Zulieferung der elektronischen Komponenten aus Übersee. Werden wir stets die neuesten Komponenten bekommen, und werden wir sie zur rechten Zeit bekommen?

Die deutsche Industrie rühmt sich zu Recht, im System-Know-how, also im Wissen, wie man Maschinen und Industrieanlagen baut, an der Spitze der Welt zu stehen. Aber

21 Bundeskanzler *Kohl* war noch 1992 dieser Meinung. In einem Interview mit „BUSINESS WEEK" (18. 5. 1992, 20) erklärte er: „I don't see anything saying we have a large, state-subsidized program to promote chips and electronics. I dont believe that would be succesful."

kann man die modernsten Systeme entwickeln, wenn man nicht von Anfang an weiß, welche Komponenten in Japan entstehen werden? ... Was geschieht, wenn die deutschen und europäischen Systemverwalter nicht mehr selbst in der Lage sein sollten, diese höchstintegrierten Chips zu fertigen? Wenn sie japanische Halbleiterhersteller um Fertigung bitten müssen, die ihrerseits in großen vertikalen Elektrokonzernen integriert sind, die gleichfalls Systeme produzieren? ... Kann man unter solchen Umständen wirklich wettbewerbsfähig bleiben?"[22]

Selbstverständlich nicht, deshalb arbeitet Siemens ja auch – als zweitbeste Lösung – auf diesem Gebiet mit IBM und Toshiba zusammen. *Seitz* kommt zu einer richtigen Schlußfolgerung, die 1980 von den FDP-Vertretern nicht akzeptiert wurde:

„Das ordoliberale Credo unserer Wirtschaftspolitik lautet: Aufgabe des Staates in der Wirtschaft ist es, die Voraussetzungen für einen freien Wettbewerb zu schaffen und diesen funktionsfähig zu halten. Er hat dagegen nichts mit der Frage zu tun, in welche Richtung sich eine Volkswirtschaft entwikkelt, welche Technologien und Industrien in ihr entstehen. Diese Frage wird einzig und allein vom Markt beantwortet. ... wir leben nicht mehr in den 50er oder 60er Jahren. ... Heute leben wir in einer ungeheuren Umbruchszeit. Die neuen Hochtechnologien stellen uns vor ganz andere Bedingungen als die Technologien der Vergangenheit. Sie erfordern oft Milliarden an Entwicklungskosten und sie erfordern Planungshorizonte von 10 bis 20 Jahren. Mit solchen Aufgaben aber ist das einzelne Unternehmen überfordert. Der Fortschritt vom Industriezeitalter in die Informationswirtschaft

22 „Aus Politik und Zeitgeschehen", Beilage zur Wochenzeitung „DAS PARLAMENT", 28. 2. 1992, 3–15.

braucht die Mitwirkung des Staates, braucht eine marktkonforme Industriepolitik."

Es kommt hinzu, daß der Markt allein technische Fortschritte nicht in allen Bereichen in den Dienst der Allgemeinheit stellen kann. Er beeinflußt Nebenfolgen industrieller Produktion wie Umweltschädigung zum Beispiel nicht. Gesundheitsvorsorge, Bildung, Kommunikation, Verkehrswesen und die übrige öffentliche Infrastruktur liegen außerhalb seines Wirkungsbereichs. Die Wissenschaften und unsere technischen Fähigkeiten bergen aber eine Fülle vom Markt unausgeschöpfter Möglichkeiten, um Lebensbedingungen zu verbessern: Man könnte zum Beispiel

- Abwässer und Abgase besser filtern,
- Lärm dämmen,
- Materialverschleiß verringern,
- Unfallgefahren am Arbeitsplatz oder im Straßenverkehr mindern,
- das Gesundheitswesen in Vorsorge, Diagnose und Behandlung leistungsfähiger und rationeller machen und
- Krankheiten bekämpfen, denen die Menschen heute noch hilflos ausgesetzt sind,
- Umweltverschmutzung, physische und psychische Überlastung am Arbeitsplatz vermindern und
- die Möglichkeiten des einzelnen z. B. durch bessere Wohnungen oder Kommunikationsmöglichkeiten erweitern.

Die Notwendigkeit einer Unternehmensstruktur-Politik

95 Prozent aller Unternehmen in der alten Bundesrepublik sind Klein- und Mittelbetriebe. Sie erbringen 50 Prozent des Umsatzes und mehr als 40 Prozent der Investitionen der gewerblichen Wirtschaft. Sie sind genauso wichtig für den technischen Fortschritt und die praktische Nutzung neuer technischer Ideen wie Großunternehmen. Der Staat muß die Innovationskraft der mittelständischen Industrie anregen und unterstützen, denn:

- In ihnen finden sich etwa 60 Prozent der Industriearbeitsplätze, die durch unterlassene Anpassungen bedroht würden.
- Eine breite Schicht kleiner und mittlerer Unternehmen ist essentiell für eine auf Wettbewerb beruhende marktwirtschaftliche Ordnung. Ihre Anpassungsfähigkeit, unternehmerische Dynamik und Innovationsbereitschaft erschließen zusätzliche Wachstumschancen.
- Verbrauchernähe und anpassungsbereite kleine und mittlere Unternehmen gehen besonders schnell auf sich verändernde Bedürfnisse und Verbraucherwünsche ein.
- Das Handwerk mit seinen etwa 4,7 Millionen Unternehmen ist wichtig für die Qualität künftigen Wachstums, zum Beispiel bei der Rückbesinnung auf längerlebige und reparaturfreundlichere Produkte, um alte Bauten zu erhalten, schonender mit Energie und Rohstoffen umzugehen und im Hinblick auf Verbraucherwünsche, die durch industrielle Massenproduktion nicht befriedigt werden.
- Handwerk und Handel sind unverzichtbar für die berufliche Ausbildung.
- In der Vielzahl und Vielfalt kleinerer Unternehmen und selbständiger Existenzen verwirklicht sich die Freiheit zu

beruflicher Selbständigkeit und unternehmerischer Tätigkeit.

Wir in der Bundesrepublik haben es dem kapitalistischen Konzentrationsprozeß nie erlaubt, ungehindert sein Werk zu tun. Deshalb haben wir mit Hilfe einer ganzen Batterie positiver und negativer Maßnahmen für eine ausgewogenere Unternehmensstruktur gesorgt. Heute sind konzentrationsfördernde Einflüsse, wie Kostensenkung durch Massenproduktion in großen Serien, schon lange nicht mehr so wichtig wie früher. Spezialisierung und Individualisierung begünstigen mittlere und kleinere Unternehmen.

Wer sich eine bewegliche Unternehmensstruktur wünscht, in der Erfindergeist und Schöpferkraft ohne bürokratische Hemmnisse zum Zuge kommen, sollte sie fördern und stützen. Gerade die *erstmalige* Nutzung von Ergebnissen der Forschung bei Klein- und Mittelunternehmen erfolgt oft schneller und reibungsloser als bei großen Unternehmen, wobei die Anbindung solcher Unternehmen an kapitalstarke Konzerne diese positiven Eigenschaften nicht notwendig beeinträchtigt.

Durch Beratung, Gemeinschaftsforschung, Projektförderung und Wagnisfinanzierung sollte der Staat dazu beitragen, die Chancen kleiner und mittlerer Unternehmen zu verbessern. Die eigentliche Schwierigkeit für ihre Innovationsfähigkeit liegt darin, rechtzeitig zu erfahren und zu erkennen, welche technischen Entwicklungen neue Marktchancen eröffnen, wie sie lernen können, sich ihrer zu bedienen und wie sie an das erforderliche Risikokapital kommen.

Neue Techniken (z. B. die numerische Steuerung von Werkzeugmaschinen) ermöglichen es, kleinere Stückzahlen, ja Einzelstücke kostengünstig herzustellen. Dies führt – bei steigender Verbraucherneigung zur Diversifizierung und bei mehr Informationen über weltweite Einkaufs- und Angebotsmöglichkeiten – tendenziell zum Niedergang der herkömmlichen Massenproduktion. Mit steigendem Lebensstandard wächst der Sinn für die Qualität von Gütern und Dienstleistungen. Technischer Fortschritt, höherer Lebensstandard, gestiegene Bildungschancen, mehr Freizeit, der Drang der Menschen nach mehr Individualität und Freiheit erhöht die Neigung der Anbieter und Verbraucher zu Spezialisierung, Vielfalt und Originalität. Das gilt für Häuser, Gärten, Wohnungen, Kleidung, Essen und Trinken (zu Hause oder im Restaurant), Hobbys, Sport und anderen Freizeitbetätigungen, Unterhaltung, Urlaub, Arbeitsleben, Bildung und Weiterbildung, künstlerische Aktivitäten oder Beteiligung am Kulturleben, Lesestoff, Gesundheitsvorsorge.

Ich wünsche mir eine Wirtschaftsordnung, die so bunt wie möglich ist, in der sich jeder selbständig machen kann, der die Fähigkeiten dazu hat und sich in einem großen Unternehmen nicht wohl fühlt, auch wenn er dafür hinzunehmen hat – jedenfalls am Anfang und vielleicht für lange Zeit –, daß er länger arbeiten muß und weniger verdient.

Die Wirtschaft braucht für ihre Erneuerung und ihren Fortschritt immer wieder Menschen, die ein eigenes Unternehmen auf die Beine stellen und – zum Beispiel zur Befriedigung des wachsenden Bedarfs an Rat und Hilfe – einen freien Beruf ergreifen. Die Zahl kleiner Unternehmen wird auf jeden Fall wieder zunehmen,

- weil der Anteil der Dienstleistungen am Volkseinkommen weiter wächst,
- weil es für risikofreudige junge Leute leichter wird, ein eigenes Geschäft aufzumachen, und
- weil Großbetriebe aus Kostengründen Aufgaben ausgliedern und sie an kleinere selbständige Zulieferer übertragen.

Öffentliche Kreditaufnahme

Staatliche Kreditaufnahme gleicht Einnahmeausfälle im Wirtschaftskreislauf aus, die entstehen, wenn mehr gespart als investiert wird. Für Volkswirte ist das seit der Krise der frühen 30er Jahre (und seit *John Maynard Keynes*) eine gesicherte Erkenntnis. Nun ist es leider nicht so, daß die Zusammenhänge von Wachstum des Sozialprodukts, Beschäftigung, Innovationen, Zukunftsinvestitionen, öffentlichen Haushalten und Kreditfinanzierung überall verstanden werden. Oft werden Ansprüche, die man an einen sparsamen und fürsorglichen Hausvater stellen muß, auf das Verhalten des Gesamtstaates übertragen, auch wenn dies in Wirklichkeit schädlich sein sollte. In einer wachsenden Wirtschaft ist eine kontrolliert wachsende Kreditaufnahme zur Finanzierung von Infrastrukturmaßnahmen und Zukunftsinvestitionen normal und vernünftig.

Mit vielfältigen Hilfen und Anstößen, die ohne eine angemessene Kreditaufnahme nicht zu finanzieren wären, muß der Staat dafür sorgen, daß die Wirtschaft sich rechtzeitig nach innen und außen an Veränderungen anpaßt. Ohne eine jährliche Kreditaufnahme des Staates von etwa 1,5 bis zwei Prozent des Bruttosozialprodukts läuft der Kreislauf einer kapitalistischen Wirtschaft nicht reibungslos und rund.

Die *Brüning*sche Sparpolitik vor 60 Jahren führte zum Zusammenbruch des wirtschaftlichen Kreislaufs im Deutschen Reich. Banken und Unternehmen machten Konkurs; Produktion und Investitionen gingen zurück; 1932 hatte Deutschland über sechs Millionen Arbeitslose. Niedrige Löhne und Gehälter sollten Kosten senken, um ausländische Wettbewerber abzuwehren. Man kürzte Ausgaben, um die öffentlichen Haushalte den sinkenden Steuereinnahmen anzupassen, und verminderte die öffentlichen Investitionen. Dies schwächte die Nachfrage und führte zum Verlust weiterer Arbeitsplätze. Die Regierung sparte noch verbissener – ein

Teufelskreis mit schrecklichem Ende. 1932 war die Arbeitslosigkeit größer als in vergleichbaren Industrieländern und führte im Ergebnis zum Durchbruch *Hitlers* an die Macht.[23]

Als die Große Koalition in den 60er Jahren durch das Gesetz zur Förderung von Stabilität und Wachstum der Wirtschaft staatliche Verantwortung für Vollbeschäftigung anerkannte, war dies eine grundlegende Neuorientierung gegenüber den Zeiten, als man nicht berücksichtigen konnte oder wollte, wie sich die über die öffentlichen Kassen geleiteten Finanzströme gesamtwirtschaftlich auswirken, oder die entscheidende Aufgabe der Finanzpolitik darin sah, den Haushalt auszugleichen.

Öffentliche Nettokreditaufnahme ist gerechtfertigt, wenn sie
- Arbeitslosigkeit vermindert, die nicht nur sinnlose Verschwendung, sondern oft genug für die Betroffenen eine menschliche Tragödie und nicht wieder einholbare, unwiderruflich verlorene Lebenszeit ist;
- Beschäftigung sichert oder
- Engpässe auflöst, die der Schaffung von Arbeitsplätzen entgegenstehen;
- für eine leistungs- und wettbewerbsfähige Wirtschaftsstruktur sorgt.

Sie ist sofort zu verringern, wenn Aufschwungkräfte ausgelöst werden und die konjunkturelle Erholung einsetzt, was erfahrungsgemäß aber nur selten gelingt. Kreditaufnahme bei nicht ausgelasteten Kapazitäten – sowohl der Arbeits-

---

23 Das war meine erste wichtige politische Erfahrung. Aufgewachsen im Ruhrgebiet in einem Bochumer Arbeiterviertel mit starkem polnischem Einfluß, immunisiert gegen nazistische Einflüsse durch ein dichtes und intaktes katholisches Milieu, konnte mir der Zusammenhang zwischen der Massenarbeitslosigkeit der frühen 30er Jahre und dem Sieg der Nationalsozialisten nicht entgehen. Mein Vater bekam nach siebenjähriger Arbeitslosigkeit erst 1936 in einem Rüstungsbetrieb Arbeit als Kranführer. Er erklärte mir die enge Beziehung zwischen der Überwindung der kapitalistischen Krise durch Kriegsvorbereitung und der dadurch in Deutschland erreichten Vollbeschäftigung.

kräfte als auch der Maschinen und Anlagen – ist etwas anderes als Kreditaufnahme bei Vollbeschäftigung. Dann darf man nicht mehr Kredite aufnehmen als in normalen Zeiten, weil das nicht zu einem höheren Sozialprodukt beitrüge, niemand zusätzlich beschäftigt würde und nur die Preise steigen würden.

Nach 1945 war eine hohe Sparquote erforderlich, um die riesigen Investitionen im zerstörten Deutschland zu finanzieren, Millionen von Heimkehrern und Aussiedlern einzugliedern, die Bevölkerung mit Strom, Wasser, Gas und Verkehrsleistungen zu versorgen sowie die Fernmelde- und andere Infrastrukturen auszubauen usw.

Sparen wurde mit Zuschüssen und steuerlichen Prämien belohnt, und alle fanden das gut. Daß zuviel gespart werden kann, läßt sich nur schwer vermitteln. Es gibt jedoch ein Übersparen, wenn die Investitionen nicht hoch genug sind, um alle Spargelder zu nutzen. Der Staat zahlt dann Prämien, damit gespart wird, und nimmt anschließend dasselbe Geld als Kredit wieder auf, um die gesparten Milliarden in den Wirtschaftskreislauf zurückzuschleusen, und zahlt dafür (ihn in Gegenwart und Zukunft belastende) Zinsen.

Keynes zeigte, daß bestimmte Globalgrößen der Wirtschaft im richtigen Verhältnis zueinander stehen müssen, daß, wenn die private Nachfrage zurückgeht, der Staat sie durch Kreditaufnahme stützen muß. Das reicht aber nicht: Man muß Kaufkraft schaffen und *gleichzeitig* die Ursachen der Schwierigkeiten angreifen. Die Regierung *Schmidt* stellte mit gezielten Hilfen für Problemgruppen des Arbeitsmarktes und bestimmter Regionen sowie zur Förderung kleiner und mittlerer Unternehmen und zur Unterstützung des technischen Fortschritts Kaufkraft zur Verfügung, um Nachfrage zu stützen, und leitete sie in Problembereiche und Problemregionen. Dies war den Betroffenen gut deutlich zu machen – im Ruhrgebiet, im Saarland oder an der Küste, den Beschäftigten der Stahlindustrie, der Bundesbahn und des

Bergbaus, bei Schwerbehinderten oder Jugendlichen, die wegen mangelnder Berufsbildung keinen Arbeitsplatz fanden.

1980 unterstützte die Springer-Presse den CDU/CSU-Wahlkampf mit einer Kampagne über eine wegen der staatlichen Kreditaufnahme angeblich notwendige Währungsreform. Das sollte insbesondere ältere Sparer verunsichern und eine Kapitalflucht aus der Bundesrepublik auslösen. (Dabei ist die Kreditaufnahme von 1981/82 nicht zu vergleichen mit der unübersichtlichen, in Schatten- und Nebenhaushalten getarnten Schuldenpolitik der jetzigen Regierung.) Man verglich u. a. die Schulden der Bundesrepublik mit den Schulden *Hitlers* am Ende des Zweiten Weltkrieges.

Da solche „Was wäre gewesen, wenn?"-Diskussionen manchmal durchaus nützlich sein können, nehme ich den Vergleich auf. Die Deutschen hatten 1933 nach meiner Meinung zu entscheiden: Wollten sie es so machen wie die Schweden, wo Sozialdemokraten die Mehrheit hatten, oder wollten sie *Hitler* wählen? Mit Ausnahme der Linksparteien und des Zentrums liefen die meisten Wähler – vor allem der konservativen Parteien – zu *Hitler* über.

Was wäre geschehen, frage ich, wenn sie sich 1932 oder 1933 für die Sozialdemokraten entschieden hätten? Wenn die ungeheuren Mittel, die Nazideutschland verschleuderte: für den Aufbau der Wehrmacht, den West-, Ost- und Atlantikwall, die Feldzüge in Polen, Frankreich, Belgien, Holland, Norwegen, Nordafrika, Italien, den Angriff auf die Sowjetunion, den U-Boot-Krieg im Atlantik, die Bombardierung Großbritanniens, den Rückzug aus den besetzten Gebieten, die Zerstörung Deutschlands durch eigene Truppen und durch die alliierten Bombardierungen – Opfer, die zugleich Not, Verstümmelung und Tod für viele Millionen bedeuteten –, wenn man alles dieses auf den Auf- und Ausbau Deutschlands konzentriert hätte? Wir hätten aus unserem Vaterland das schönste Land der Erde machen können.

Die Thatcher-Jahre in Großbritannien haben gezeigt, daß

es möglich ist, weniger Kredite aufzunehmen, wenn man Investitionen in die Infrastruktur – Wohnungsbau, Straßen, Kommunikationsnetze, Bildungswesen usw. – unterläßt und zusieht, wie sie verrottet und verkommt.[24] Wenn man dann noch öffentliches Eigentum verschleudert und Sozialleistungen abbaut, kann man vorübergehend in die Nähe eines ausgeglichenen Haushalts kommen, aber die langfristigen Ergebnisse einer solchen Politik sind verheerend. Als Finanzminister habe ich mehrfach gesagt, die Konservativen würden in der Bundesrepublik mit ihrer Politik mehr Arbeitslosigkeit *und* höhere Haushaltsdefizite herbeiführen. Das hat sich leider – auch vor der Einigung Deutschlands – als richtig bestätigt.

Noch etwas: Gegner beschäftigungssichernder Kreditaufnahme behaupten, sie belaste kommende Generationen. Wenn man prüft, ob man Belastungen in die Zukunft verschieben kann, so ist zwischen realen und finanziellen Vorgängen zu unterscheiden. Real wird jede Investition nur durch Konsumverzicht der jeweiligen Generation ermöglicht. Vorleistungen belasten die jetzige zugunsten künftiger Generationen.

Dagegen ist die Rückzahlung vom Staat aufgenommener Kredite ein Vorgang, der sich zwischen unterschiedlichen Gruppen der jeweiligen Generation abspielt: Die Steuerzahler der nächsten Generation zahlen an die Inhaber staatlicher Schuldverschreibungen usw. der nächsten Generation. Eine Übertragung von Lasten von einer Generation auf die nächste findet nicht statt.

---

24 Ähnlich in den USA: „Zwölf Jahre republikanischer Herrschaft haben nichts dazu beigetragen, die Not der Innenstädte zu lindern. Im Gegenteil: Nicht nur sind die alten Probleme wie Armut, Arbeitslosigkeit, Verbrechen, Gewalttätigkeit, der Zerfall der Familien und uneheliche Geburten heute schlimmer als je zuvor; sie haben sich durch neue Übel wie Aids, Rauschgift und Obdachlosigkeit zu einem teuflischen Gebräu vermischt, vor dem die amerikanische Gesellschaft ratlos steht." *Carola Kaps*, „Arbeitsethos, Fürsorge und Resignation", „FRANKFURTER ALLGEMEINE ZEITUNG", 13. 5. 1992, 15.

Kredite aus dem Ausland können jedoch – im Gegensatz zur internen Verschuldung – Lasten in die Zukunft verschieben. Durch Zinsen und Tilgungen zur Bedienung dieser Anleihen werden Ansprüche auf Güter und Dienste ins Ausland übertragen, denen keine Gegenleistung gegenübersteht. Solche Gelder sind also nur produktiv zu verwenden, damit sie uns in die Lage versetzen, die Mittel für die Rückzahlung zu verdienen.

In einem anderen Sinne, den unsere konservativen Gegner aber nicht meinten, beuten wir in der Tat zukünftige Generationen aus: Indem wir nämlich in zwei oder drei Generationen Öl verbrennen, das sich in Millionen von Jahren bildete; indem wir Luft und Wasser verschmutzen, Rohstoffe in einem Verschwendungsrausch verbrauchen; Unmassen von Kohlendioxid in die Luft blasen und eine Klimakatastrophe riskieren.

Finanzierung der Erfüllung staatlicher Aufgaben über Kredite ruft bei vielen Ängste wach, die von der jeweiligen Opposition meist noch geschürt werden. Wie so oft, nutzen auch in dieser Diskussion Vernunftargumente der Fachleute nur wenig. Tiefsitzende Ängste lassen sich so nicht beschwichtigen. Solche psychologischen Barrieren gegen vernünftige Maßnahmen sind kaum veränderbar. Man muß mit ihnen leben und doch das Richtige tun. Das führt uns jedoch zu einem weiteren, im Grunde unlösbaren Problem. Wenn auch die öffentliche Kreditaufnahme die beschriebenen positiven Wirkungen haben kann, so muß man sich doch fragen: „Wo ist die Logik einer Politik ..., die einen Konjunkturabschwung mit öffentlichen Kreditaufnahmen bekämpft, deren Zins- und Tilgungslasten in späteren Jahren zu begleichen sind, obwohl die dann bestehende Konjunkturlage zum Zeitpunkt der Kreditaufnahme völlig unüberschaubar ist? Beschäftigungspolitisch richtiges Verhalten der öffentlichen Hände wird wegen der Zins- und Tilgungsfolge möglicherweise zum späteren Zeitpunkt falsch."[25] Ich war mir dieses Dilemmas immer bewußt. So sagte ich z. B. am 1. Juni 1978 im Bundestag:[26]

„Wir müssen sorgfältig darauf achten, daß die Defizite der öffentlichen Hand nicht zu einer zu großen Bürde für die vor uns liegenden Jahre werden. Schon jetzt ist mit einer hohen Belastung durch Zinsen und Tilgungen zu rechnen, die den finanzwirtschaftlichen Spielraum künftiger Haushalte in geradezu besorgniserregender Weise einschränkt. Dabei wissen wir heute noch nicht, wann wieder eine bessere konjunkturelle Lage einen deutlichen Abbau der Kredite zuläßt."

Wenn nicht andere Möglichkeiten gefunden werden, besteht hier tatsächlich – ähnlich wie beim Wechsel vom Abzug eines Kinderfreibetrages vom steuerbaren Einkommen zur gesonderten Auszahlung des Kindergeldes – die Gefahr, daß die für die Transferzahlungen aufzubringenden Steuern das Gefühl einer drückenden Steuerlast noch einmal erhöhen.

Bei aller Würdigung der positiven Wirkung öffentlicher Kreditaufnahmen sind darüber hinaus auch die Verteilungswirkungen der Zinszahlungen zu bedenken, die über Banken und Kapitalsammelstellen vor allem den oberen Einkommensschichten zufließen und im wesentlichen von Arbeitnehmern in Form von Steuern aufgebracht werden. Sie gleichen einen guten Teil dessen aus, was wir mit der Steuer- und Sozialpolitik den unteren Einkommensgruppen zuwenden. Aber so ist das in der Wirtschafts- und Finanzpolitik. Es gibt kaum eine Entscheidung, die nicht ihre zwei Seiten hat. Was richtig ist, läßt sich nur im Einzelfall aus dem Zusammenhang der dann jeweils gegebenen Umstände entscheiden. Kredit-

---

25 *Klaus von Dohnanyi* (Hg.), „Notenbankkredit an den Staat?", Baden-Baden 1986, Vorwort, 8.

26 Bundestagsprotokoll, (8)93, 7356.

aufnahme zum Beispiel bei niedrigem Gesamtschuldenstand und entsprechend niedriger Zinsbelastung, hoher Sparquote, Leistungsbilanzüberschuß und niedrigen Zinsen ist die eine Sache, bei hohem Schuldenstand, hoher Zinsbelastung, niedriger Sparquote, Leistungsbilanzdefizit und hohen Zinsen aber eine ganz andere.

Währungspolitik

Eine größtmögliche Preisstabilität ist die beste Wachstumsvoraussetzung; Geldwertverschlechterung kann oder darf kein Mittel der Beschäftigungspolitik sein, denn sie ist ihr größter Feind.

In der Unabhängigkeit der Bundesbank und der sich daraus ergebenden Übervater-Rolle des Zentralbankrates in der Geldpolitik liegt jedoch ein Problem für mein Verständnis von Demokratie. Das vom Volke frei gewählte Parlament verzichtet in der Geld- und Währungspolitik weitgehend darauf, den entscheidenden Einfluß auszuüben, obwohl es von seinen Wählern für die Ergebnisse dieser Politik verantwortlich gemacht wird. Das Parlament tut dies gewissermaßen aus Feigheit vor dem Freunde, weil es sich nicht zutraut, gegenüber finanziellen Forderungen der Wählerschaft oder engstirnigen, aber durchsetzungsfähigen Interessenvertretern in den eigenen Reihen für eine als richtig erkannte solide Finanz- und Währungspolitik die erforderliche, aus Sachkenntnis entspringende Standfestigkeit und Überzeugungskraft aufzubringen.

Ich will gerne zugeben, daß in meiner Finanzministerzeit der Druck, Ausgaben zu erhöhen oder Einnahmen zu vermindern, stärker gewesen wäre, wenn ich nicht die Drohung der durch eine laxe Haushaltspolitik hervorgerufenen Gegenmaßnahmen der unabhängigen Bundesbank unausgesprochen immer im Rücken gehabt hätte. Deshalb will ich aus lauter demokratischer Prinzipienreiterei nicht die Zweckmäßigkeit einer solchen Regelung bezweifeln. Als Demokrat finde ich sie jedoch unbefriedigend, trotz aller Einsicht in ihren allseitig gerühmten Erfolg.

Ich meine, das Parlament darf seine Verantwortung für eine gesunde Geld- und Währungspolitik nicht auf diese bequeme Weise an ein vom Volke nicht gewähltes Gremium, den Zentralbankrat, abtreten, auch wenn dessen Mitglieder in der Regel – durchaus nicht in jedem einzelnen Falle, wie einige Ernennungen zeigen – über die erforderliche fachliche Vorbildung und überdurchschnittlich hohen wirtschaftlichen und währungspolitischen Sachverstand verfügen.

Gleichwohl bin ich unter den gegebenen Umständen dagegen, die Aufgabenstellung der Bundesbank zu ändern, insbesondere wegen der Bestrebungen in Richtung auf eine europäische Zentralbank, deren Unabhängigkeit, angesichts britischer und französischer Traditionen, noch wichtiger sein wird. Als demokratischer Purist vertrete ich diese Meinung aber nur zähneknirschend und mit Bedauern. Zwar ist es – angesichts der internationalen Verflechtungen der Geld- und Kapitalmärkte mit starken, manchmal nicht zu erklärenden Wechselkursschwankungen, mit Leistungs- und Zahlungsbilanzungleichgewichten und großen Zinsdifferenzen – schon schwierig, das Wachstum der Geldmenge so zu steuern, daß die Produktionskapazitäten voll ausgelastet werden.

Aber auch als es noch möglich war, die Geldpolitik mit dem Anspruch zu verbinden, das Produktionspotential der deutschen Volkswirtschaft auszuschöpfen, konnte keine Rede davon sein, daß die Geld- und Währungspolitiker in der Bundesrepublik diesen Versuch unternommen hätten. Arbeitslosigkeit war ihnen völlig aus dem Blickfeld geraten. In einem sich vereinigenden Europa mit größerer gegenseitiger wirtschaftlicher und finanzieller Abhängigkeit wird es endgültig keine Alleingänge nationaler Vollbeschäftigungspolitiken mit Hilfe der Geld- und Währungspolitik mehr geben können. Doch bis dahin ist noch ein weiter Weg.

Inzwischen sind jedoch die Beziehungen zwischen der Haushaltsfinanzierung durch die Bundesbank und dem Prozeß der Geldschöpfung zu überprüfen. Die Bundesbank zahlt von Zeit zu Zeit sogenannte Gewinne an den Bundeshaushalt. Technisch gesehen sind diese Teil ihrer Geldschöpfung. Doch sind die Zahlungen in ihrer jeweiligen Höhe vom gesamtwirtschaftlichen Standpunkt aus mehr oder weniger zufällig. Wenn etwa der Dollar seinen Buchwert in den Bilanzen der Zentralbank zum Jahresende um einen Pfennig unterschreitet, verliert der Finanzminister einige hundert Millionen Mark an sogenannten Gewinnen, denn die Bank schreibt nach ihrer Übung die Dollarreserven ab. Aber nicht Bewertungsvorschriften des Aktiengesetzes oder andere Buchhaltungsregeln sollten die Zahlungen der Bank an den Bundeshaushalt bestimmen, sondern Maßstäbe volkswirtschaftlicher Vernunft, wie Preisstabilität und Vollbeschäftigung.

Die auf diese Weise im Rahmen einer stabilitätsbewußten Geldschöpfung zusätzlich in den Wirtschaftskreislauf eingeschleuste Kaufkraft sollte eingesetzt werden, um Beschäftigungsengpässe aufzulösen oder Innovationspotential zu stärken. Angesichts des riesigen Kapitalbedarfs in Ostdeutschland und der Milliardenschulden der Treuhand werden wir es uns auf Dauer nicht leisten können, die bei der Bundesbank liegenden Möglichkeiten zu ignorieren.

Sorge um benachteiligte Randgruppen

Der Sozialstaat hobelt individuelle Unterschiede nicht künstlich weg. Auch er ist auf Leistungsbereitschaft und Wirtschaftskraft angewiesen, sichert sie aber nicht, indem er dem einzelnen mit dem Verlust der materiellen Existenz droht oder Einkommens- und Hierarchieunterschiede betont. Er stellt den Gestaltungswillen des Menschen in den Mittelpunkt, seine Schaffensfreude und das Bedürfnis, Fähigkeiten und Talente auszuschöpfen. Er verwendet viel Aufmerksamkeit und Kraft darauf, zu verhindern, daß Menschen vereinsamen, an Krankheit, Arbeitslosigkeit oder Armut scheitern, ihr Heil im Alkohol oder anderen Drogen suchen, daß jemand, der gegen Strafgesetze verstoßen hat, für immer ausgestoßen bleibt. Dies hat mit Vollbeschäftigung zu tun und damit, wie man das Sozialprodukt verwendet und verteilt.

1979 bildete die Regierung *Schmidt* einen Schwerpunkt, der die Eingliederung von Arbeitslosen mit Bemühungen um mehr soziale Dienste und eine bessere soziale Infrastruktur verband. Zusätzliche ambulante Dienste für Kranke, Alte und Behinderte wurden angeboten, neue Arbeitsplätze im sozialpflegerischen Bereich geschaffen. Der Ausbau von Erholungs- und Freizeitanlagen, Maßnahmen des Umweltschutzes, der Umweltpflege und Kinderbetreuung wurden gefördert, um damit Arbeitslose zu beschäftigen.

Unser engmaschiges soziales Netz schützt den einzelnen vor nachteiligen Auswirkungen unvermeidbarer Veränderungen. Gleichwohl ist es erforderlich, seine finanziellen Grundlagen, seine Wirkungen und die Einbettung in das Ganze, zu der auch die Leistungsfähigkeit und Leistungsbereitschaft aller gehört, immer wieder zu überprüfen. Es wäre aber nicht nur aus sozialer Sicht, sondern auch wirtschaftlich falsch, rigorose Einschnitte in bewährte Systeme zu riskieren. Sie verteilen soziale Risiken über große Bevölkerungsschichten und über lange Zeit hinweg. Deshalb sind Stetigkeit, Berechenbarkeit und Vertrauensschutz unverzichtbar.

Intensiver müssen wir uns – inner- und außerhalb des Systems – um gefährdete oder benachteiligte Randgruppen kümmern. Das bedeutet: neue Stellen, Investitionen, Finanzierung von Modellprogrammen usw. In diesen Gruppen, die in Deutschland viele Millionen Menschen umfassen, liegen große Möglichkeiten der Produktivitätssteigerung, das gilt für Langzeitarbeitslose, dauerhaft Unterbeschäftigte, Flüchtlinge, Sozialhilfeempfänger, körperlich und geistig Behinderte, psychisch Kranke, Obdachlose, Drogensüchtige, Alkoholiker, andere Suchtkranke, Straffällige, kinderreiche Problemfamilien, Legastheniker, verhaltensgestörte hochbegabte Außenseiter usw.[27]

Dafür benötigt man mehr aus öffentlichen Mitteln bezahlte Pädagogen, Kindergärtner, Sozialarbeiter, Ärzte usw. Die Bundesanstalt für Arbeit und die Rentenversicherungen würden entsprechend sparen. Die Gesamtproduktivität steigt, die Zuwächse des Volkseinkommens und die Einnahmen an Steuern und Sozialabgaben sind höher, das „Humankapital" qualitativ besser. Wir schüfen Beschäftigung, beseitigten oder verminderten Belastungen der Betroffenen, verminderten Kosten, die z. B. im Gesundheitswesen durch Suchterkrankungen oder allgemein in der Wirtschaft durch ausgefallene Arbeitsstunden entstehen.

Unser Zusammenleben würde besser, liebenswürdiger,

---

27 „Die Zahl der Alkoholkranken liegt in der Bundesrepublik genauso hoch wie die der Zuckerkranken, nämlich bei zwei bis drei Prozent der Gesamtbevölkerung, also bei 1,2 bis 1,8 Millionen ... Eine mindestens ebenso große Zahl muß angesetzt werden für die Medikamentenabhängigen ... mindestens 30 Prozent aller Patienten, die einen Arzt aufsuchen, sind an psychosomatischen Leiden erkrankt ... acht Millionen Arztbesuche jährlich erfolgen wegen psychisch bedingter Erkrankungen. Rund zwei Prozent der Bevölkerung bedürfen einer psychiatrischen oder psychotherapeutischen Behandlung ...", *Oskar Negt*, „Lebendige Arbeit, enteignete Zeit – Politische und kulturelle Dimensionen des Kampfes um die Arbeitzeit", Frankfurt/New York, 64.

leichter, lebenswerter. Wir hätten in Deutschland weniger seelische und körperliche Leiden, mehr Wohlbefinden und größere Vitalität der Bevölkerung, weniger akute Erkrankungen, eine geringere Kostenbelastung privater Haushalte für Folgen von Kriminalität, Krankheit und seelischen Leiden sowie geringere Gesundheits- und Sozialkosten usw.[28] Eine Arbeitsgruppe der PROGNOS AG stellte 1980 im Auftrage des Bundesarbeitsministeriums die Probleme sowie finanzielle und personelle Erfordernisse zu ihrer Lösung in einer Studie dar. Sie ist gerade heute von brennender Aktualität. Folgende Problemfelder werden untersucht:

- körperliche, geistige und seelische Behinderungen;
- Sucht- und Rauschmittelgebrauch;
- Kriminalität bzw. sozialabweichendes Verhalten;
- Alter;
- soziale und medizinische Prävention.[29]

„Unter Sucht- und Rauschmitteln im weitesten Sinne sind neben Alkohol, Nikotin und Drogen (Cannabis, Heroin etc.) auch Medikamente (Schlaf- und Schmerzmittel, Stimulantien) zu subsummieren. Von der Öffentlichkeit relativ unbeachtet ... wuchsen mit steigendem Konsum traditioneller Rausch- und Suchtmittel (Alkohol, Nikotin, Medikamente) auch die Folgeprobleme. Der volkswirtschaftliche Schaden durch „raucherbedingte" Gesundheitsstörungen und vorzeitige Sterbefälle wird ... auf bis zu 20 Milliarden DM pro Jahr geschätzt. Auf rund 30 Milliarden DM jährlich beziffern Fachleute die Alkoholschadensumme ... An einem Viertel der tödlichen Verkehrsunfälle sind angetrunkene Personen

28 *Hans Browa, Inge Weidig,* „Erfahrungsaustausch: Soziale Dienstleistungen für die Bundesrepublik Deutschland", PROGNOS AG, Basel 1981.
29 *Hans Browa, Thomas G. Blohm, Inge Weidig,* „Soziale Dienstleistungen als Träger potentiellen Wachstums und ihr Beitrag zum Abbau der längerfristigen Arbeitslosigkeit", Basel 1980.

beteiligt. ... Die Verunsicherung der Bevölkerung durch steigende, suchtbegleitende Kriminalität ... wird dabei sicherlich noch durch die Belastung größerer Bevölkerungsteile übertroffen, die dadurch entsteht, daß sich die psychische und physische Extremsituation nicht nur auf den Suchtkranken selbst beschränkt, sondern auch sein ganzes soziales Umfeld ... umfaßt." *Browa* u. a.[30]

Gefängnisinsassen gehören in ihrer großen Mehrzahl zu den unterprivilegierten Bevölkerungsgruppen und unteren Einkommensschichten, deren Interessen zu vertreten wir beanspruchen. Ich habe immer bedauert, daß sich SPD und Gewerkschaften nicht mehr um ihr Schicksal, ihre Interessen und um ihre Wiedereingliederung nach Verbüßung der Strafhaft kümmerten. Das wäre auch wegen der vorbeugenden Wirkung gegen die steigende Kriminalität zu begrüßen.

„Die Bedingungen in den Strafvollzugsanstalten, die Einrichtungen zur Resozialisierung und die Einstellung der Gesellschaft gegenüber ehemaligen Strafgefangenen bestimmen in einem Maße die Entwicklung der Kriminalität, das oft unterschätzt wird. Die hohen Rückfallquoten belegen dies jedoch eindeutig. Das in der Vergangenheit und heute noch praktizierte ‚System' des Strafvollzugs verschlechtert die Zukunftschancen für einen Insassen anstatt sie zu verbessern. Wer noch nicht ‚kriminell' in eine Anstalt eingewiesen worden ist, wird es dort mit hoher Wahrscheinlichkeit. Solange die Gesellschaft gegenüber Strafgefangenen weiterhin eine derart feindselige Haltung einnimmt ..., wird der ehemalige Gefangene praktisch zum Rückfall gezwungen." *Browa* u. a.[31]

30 a.a.O., 81–82.
31 a.a.O., 141.

Eine weitere benachteiligte Randgruppe sind die eine Million Kinder ausländischer Arbeiter, wovon etwa die Hälfte in der Bundesrepublik geboren ist. Es gab in meinem Wahlkreis in Frankfurt eine Schule, in der 80 Prozent der Kinder in der Eingangsklasse Ausländer waren. Ein großer Teil von ihnen sprach nicht Deutsch und der Lehrer nicht eine ihrer Sprachen. Kein Wunder, daß viele den Hauptschulabschluß nicht schafften und keine Lehre machen konnten. So entstand ein Jugendkriminalitäts-, ein Drogen- und Facharbeiterproblem. Es ist nicht nur moralisch richtig, etwas für diese Kinder zu tun, es liegt auch in unserem eigenen Interesse.

„Die Integrationsschwierigkeiten der ausländischen Kinder und Jugendlichen dokumentieren sich am auffälligsten an Schul- und Erziehungsproblemen. Etwa 65 Prozent der ausländischen Hauptschulabgänger schaffen den Hauptschulabschluß nicht. Infolge ihrer mangelnden Qualifikation und ihrer Sozialisationsdefizite werden sie zu einer besonderen Risikogruppe des Arbeitsmarktes. Es wird geschätzt, daß die Arbeitslosenquote bei Ausländerkindern bis zu viermal so hoch ist wie bei deutschen Jugendlichen." *Browa* u. a.[32]

Als in den 60er Jahren der Flüchtlingsstrom aus der damaligen DDR versiegte, holte man ausländische Arbeiter in die Bundesrepublik. Sie besetzten in aller Regel unangenehme, schlecht bezahlte Arbeitsplätze, verursachten zuerst geringe Infrastrukturkosten – weil ihre Kinder bei uns oft nicht zur Schule gingen, sie keine Altersheime benötigten, weniger Autos als die Deutschen fuhren, sich in Lagern oder auf wenig Wohnraum zusammendrängen ließen usw. Sie ermöglichten es mit ihren Beiträgen, den sogenannten Rentenberg zu bewältigen und zahlreiche Verbesserungen einzuführen, z. B. die flexible Altersrente. Sie fanden bei großen Teilen der

32 a.a.O., 364

Sozialdemokratie und der Gewerkschaften Beistand und Rückhalt. Es wäre jetzt folgerichtig, wenn wir uns stärker auch um ihre Kinder kümmerten.

Ausgeglichene Leistungsbilanz

Ein beachtlicher Teil der Beschäftigung in Deutschland ist darauf zurückzuführen, daß wir über 30 Prozent des Volkseinkommens durch Ausfuhren verdienen. Wir haben deshalb ein starkes Interesse an einem freien Welthandel, der allein die Teilnahme aller Völker am wirtschaftlichen Fortschritt ermöglicht. Der freie Welthandel darf keine Schönwetterveranstaltung sein. Er muß sich gerade in schwierigen Zeiten bewähren. Statt protektionistischen Irrwegen zu folgen, sollten wir der Wirtschaft so weit wie möglich helfen, neue Märkte zu erschließen, indem wir neue Produkte oder Produktionsverfahren fördern oder Risiken bei grenzüberschreitenden Verträgen absichern.

Ich verteidige damit nicht chronische Ausfuhrüberschüsse, die den Lebensstandard oder Möglichkeiten der Zukunftsvorsorge vermindern und die Zahlungsbilanzen von Handelspartnern belasten. Das ist im Augenblick auch nicht unsere Sorge. Für ein besseres Gleichgewicht werden hierfür einige Zeit die Folgen der deutschen Einheit sorgen. Ziel muß es sein, vereinfacht gesagt, ein Gleichgewicht zwischen Technologie- und Investitionsgüterexporten und entsprechenden Rohstoff- und Konsumgütereinfuhren herzustellen und dafür die richtigen Erzeugnisse und Dienstleistungen anzubieten.

Leistungsbilanzüberschüsse können zudem die Geldwertstabilität beeinträchtigen. Wir erzeugen im Inland Waren für die Ausfuhr. Es entstehen Einkommen, die meist im Inland ausgegeben werden; die dafür erzeugten Waren werden aber im Ausland verkauft. Soweit ihnen keine entsprechenden Einfuhren oder Bezahlungen ausländischer Dienstleistungen gegenüberstehen, drückt die Binnenkaufkraft auf ein durch die Überschüsse vermindertes Inlandsangebot. Gleichzeitig sammeln sich bei der Bundesbank Devisen an. Hält sie Devisen in Dollar, wie es bei uns überwiegend der Fall ist, und verliert der Dollar an Wert, entstehen ihr Verluste, die nur zum Teil durch die Zinsen der Dollarguthaben wettgemacht werden. Die Amerikaner haben sich in den vergangenen Jahrzehnten daran gewöhnt, daß ihnen die internationale Funktion des Dollars als Leit- und Reservewährung, als weltweit anerkanntes Wertaufbewahrungs- und Tauschmittel praktisch kostenlos bzw. zinslos Kaufkraft im Ausland verschafft, ja sogar Kapitalimporte erlaubt, ohne daß sie sich selber intensiv um eine ausgeglichene Leistungsbilanz oder um interne Kapitalbildung kümmern müssen. So können sie – das Vertrauen der Welt in die amerikanische Währung mißbrauchend – Dollarmengen mit beträchtlicher inflatorischer Wirkung in die Welt setzen.

„Die Vereinigten Staaten sind in der einzigartigen Lage, ihre Auslandsschulden in ihrer eigenen Währung zurückzuzahlen. Als die Japaner in den 1980er Jahren Billionen von Yen ausgaben, um Treasury Bonds für Milliarden von Dollar zu kaufen, wußten sie, daß sie diese in Dollar zurückbezahlt bekommen würden. Die Tatsache, daß – in Yen ausgedrückt – diese Dollar nur die Hälfte von dem wert sind, was sie 1985 waren, ist eben Pech. Die Amerikaner können lachen, die Japaner müssen weinen." „THE ECONOMIST"[33]

Dauerhafte Leistungsbilanzüberschüsse bedeuten Kapitalausfuhr. Eine nationalistische Verklärung und jede Unterstützung eines dauerhaft hohen Ausfuhrüberschusses mit

33 29. 8. 1992, 19.

öffentlichen Mitteln sind fehl am Platz. Kapitalausfuhr kann nützlich sein, aber eine steuerliche Förderung, wie sie in der Bundesrepublik üblich war, hemmt oder verzerrt die Auswirkungen der Marktkräfte und führt zu Fehlverwendungen knapper Ressourcen, es sei denn, es handelt sich um Entwicklungshilfe, mit der technische oder organisatorische Kenntnisse übertragen werden. Sind die Gewinnaussichten gut, wird auch ohne steuerliche Förderung ausreichend Kapital exportiert. Sind sie so schlecht, daß sie sich nur wegen der Steuervorteile lohnen, sollte die Investition besser unterbleiben.

Ein Wort zur internationalen Wettbewerbsfähigkeit: Die Gewerkschaften sollten sich nicht allzu sehr davon beeindrucken lassen, wenn die internationale Wettbewerbsfähigkeit gelegentlich in sozialen Auseinandersetzungen als Argument gegen ihre Forderungen herangezogen wird. Wollten wir uns darauf verlassen, daß alle wichtigen Handelspartner soziale Fortschritte nur im Gleichschritt verwirklichen, müßten wir lange warten. Wir beraubten uns weitgehend unserer Bewegungsfreiheit, wollten wir jeden Schritt, der sich als Kostenbelastung auswirken kann, nur dann gehen, wenn andere dies auch tun.

Schwerere volkswirtschaftliche Probleme als ein Leistungsbilanzüberschuß (mit der dadurch bewirkten Kapitalausfuhr) schafft allerdings ein Leistungsbilanzdefizit. Die Imperialismustheoretiker unter den marxistischen Ökonomen (z. B. *Rosa Luxemburg, W. I. Lenin, Rudolf Hilferding* oder *Fritz Sternberg)* versuchten sogar, die Notwendigkeit von Kapitalausfuhr für die Funktionsfähigkeit des kapitalistischen Wirtschaftssystems nachzuweisen.

Typisch für die Probleme, die ein solches Defizit schaffen kann, war die Lage in der Bundesrepublik in den Jahren 1980 bis 1982. Die enormen Ölpreissteigerungen, der Verfall des Dollar-Wechselkurses, das hohe amerikanische Zinsniveau brachten uns in eine beachtliche Klemme.

Ich schilderte die Lage am 18. Februar 1981 im Bundestag wie folgt:[34]

„Die zweite Ölkrise hat seit Ende 1978 zu einer Verdoppelung der Ölrechnung der Bundesrepublik von 30 auf 60 Milliarden DM geführt. ... Wir führen heute weniger Öl ein als 1973, müssen aber für diese geringere Menge das Vierfache des Betrages bezahlen, der damals dafür aufzuwenden war. ... Wir haben es hier mit einer Kette von Ursachen und Wirkungen zu tun, die von dem durch die Ölpreisexplosion verursachten Umkippen der Leistungsbilanz hinführt zum Anstieg der Arbeitslosenzahl. Ich betone zum wiederholten Male, daß eine Erhöhung der Mineralölsteuer eine Voraussetzung zur Wiedererreichung und zur Sicherung eines hohen Beschäftigungsstandes ist.

Solange wir versuchen müssen, das Leistungsbilanzdefizit durch Kapitalimporte zu finanzieren, solange deutsches Kapital wegen hoher ausländischer Zinsen ins Ausland strömt, sieht sich die Bundesbank gehindert, die Zinsen auf ein binnenwirtschaftlich vertretbares Maß zu senken, welches wieder ein gutes Investitionsklima und damit neue Arbeitsplätze schafft. Alle Anstrengungen zur Beschäftigungssicherung könnten vergebens sein, solange die Öleinfuhr der alles beherrschende Bestimmungsfaktor in unserer Leistungsbilanz bleibt.

Die weitere Verminderung des realen Verbrauchs ist das einzige Mittel, dieser Gefahr entgegenzuwirken. Dazu ist der Preis das angemessenste und noch am wenigsten einschneidende Druckmittel. ... Wer Vollbeschäftigung will, muß mehr private Investitionen wollen, muß deshalb die Zinsen senken, muß deshalb der Notwendigkeit, durch hohe Zinsen Kapitalimporte anzureizen, entgegenwirken, muß deshalb den Ölverbrauch mindern. Was wir brauchen, ist eine Ver-

34 Protokoll, (9)23, 998.

minderung unserer strukturellen Ölabhängigkeit. Sie kann nicht allein durch eine Preiserhöhung erreicht werden, allerdings auch nicht ohne sie."

Über die Notwendigkeit, Wissenschaft, Forschung, Innovationen und die Entwicklung neuer Technologien zu fördern

„Der technische Wandel ist eine der Schlüsselbestimmungsgrößen langfristigen Wachstums und sozialen Fortschritts. In der Geschichte der Industrieländer ging steigender Ausstoß Hand in Hand mit zunehmender Beschäftigung und Wachstum der Produktivität der Arbeit, das letztere verursacht in großem Maße durch den technischen Wandel. Die Arbeitslosenquoten waren hoch in den Zeiten niedrigen Produktivitätswachstums, wie in den Jahren zwischen den Kriegen und den 70er Jahren, und niedrig in den Zeiten hohen Produktivitätswachstums, wie in den 50er und 60er Jahren." OECD[35]

Der sich beschleunigende technische Fortschritt verändert tiefergreifend und schneller als früher Wirtschaft und Gesellschaft. Damit wächst die Verantwortung des Staates für Vollbeschäftigung und Wirtschaftswachstum. Will man hohes Wachstum erzielen, gehören Förderung wissenschaftlichen und technischen Fortschritts, Umweltschutz, Beschäftigungs-, Struktur- und Steuerpolitik, Bildungsreform, Mitbestimmung und Humanisierung der Arbeit zusammen und können nicht voneinander getrennt werden. In den öffentlichen Haushalten wären größere Mittel für Bildung, Forschung, Entwicklung neuer Technologien, Innovationen,

35 a.a.O., 12.

Wagnisfinanzierung und Zukunftsinvestitionen bereitzustellen.

Neuerungen in der Wirtschaft unterstützt man, indem man
- der Vielzahl selbständiger Unternehmen Innovationen und strukturelle Anpassungen erleichtert;
- verhindert, daß Schwierigkeiten von Wirtschaftszweigen oder Regionen – wie in Ostdeutschland – zur Ausbreitung krisenhafter Erscheinungen in der gesamten Volkswirtschaft beitragen;
- die öffentlichen Infrastrukturen an neue Gegebenheiten anpaßt.

Es ist – volkswirtschaftlich gesehen – meist nicht sehr besorgniserregend, wenn technischer Fortschritt Arbeitsplätze beseitigt. Arbeitssparende Technologien – im Inland entwikkelt und eingesetzt – schaffen Beschäftigung, wenn sie in Form von Investitionsgütern ausgeführt werden. Das gleiche gilt für Umweltschutzinvestitionen. Gerade in Deutschland, wo ein erheblicher Teil der Ausfuhr aus Investitionsgütern besteht, braucht es wegen der Beschäftigungswirkungen von Neuerungen keine großen Bedenken zu geben.

Standardprodukte zu verkaufen, wird immer schwieriger, weil sie in den Industrieländern auf eine gesättigte Nachfrage treffen. Für Industrien, deren Technik weltweit angewandt und nachgeahmt werden kann, dürfte sich die Lage des zunehmenden Wettbewerbs aus bisher weniger industrialisierten Ländern eher noch verschlechtern.

Die deutschen Gewerkschaften sind nicht gegen, sie sind für verantwortbaren technischen Fortschritt. Das entgegengesetzte Verhalten britischer Gewerkschaften trug mit dazu bei, daß die Arbeitsproduktivität in Großbritannien langsamer stieg als in vergleichbaren Ländern. Noch heute liegt sie etwa ein Viertel unter der deutschen. Das hat selbstverständlich entsprechende Folgen für den Lebensstandard ihrer Mitglieder. Die deutsche Arbeiterbewegung bejahte immer eine

Politik, die die Wettbewerbsfähigkeit der Wirtschaft nicht gefährden, aber Arbeitslosigkeit und soziale Härten von den Arbeitnehmern abwenden sollte.

„Wir sollten für den technischen Fortschritt sein, immer unter drei Bedingungen: Erstens Sicherung der Vollbeschäftigung. Das ist eine politische Aufgabe, auch die Unternehmer haben hier eine große Verantwortung. Zweitens darf der einzelne Mensch durch Umstände, die außerhalb seines Einflußbereiches liegen, nicht unter die Räder kommen. Man muß also für den einzelnen sorgen. Drittens müssen die Vorteile des technischen Fortschritts auch allen Arbeitnehmern zugute kommen."[36]

Wer aber technischen Fortschritt als Voraussetzung der Vollbeschäftigung bejaht, hat damit die Frage noch nicht beantwortet, wie man vorausschauend neue Arbeitsplätze schafft. Was geschieht zugunsten der vom technischen Fortschritt Verdrängten? Wird es gelingen, im gleichen Maße anspruchsvolle Arbeitsplätze zu schaffen, wie Wettbewerb, technischer Fortschritt und Strukturverschiebungen weniger qualifizierte beseitigen? Diese Ungewißheit sollte uns nicht in die Versuchung führen, eine Zeitlang einen Teil der Arbeitsplätze zu erhalten, indem man auf möglichen technischen Fortschritt verzichtet. Das könnte schnell mit dem Verlust aller Arbeitsplätze des betreffenden Unternehmens enden.

Trotz zunehmender Wissenschaftsberichterstattung in den Massenmedien interessieren sich vorwiegend nur Gruppen mit hoher formaler Bildung für Fragen der Forschung und Entwicklung neuer Technologien. Es würde mehr Bereitschaft entstehen, Forschung zu finanzieren, wenn wir der Öf-

---

36 *Hans Matthöfer*, Interview über Technologie und Arbeitsplatzsicherung, in: „WIRTSCHAFTSWOCHE" 31(1977)25, 18.

fentlichkeit zeigten, wie und wo es letztlich jedem einzelnen nützt, wenn Mittel aus öffentlichen Haushalten – und ein noch größerer Betrag von Unternehmen – für solche Zwecke ausgegeben werden. Zwar findet anwendungsnahe, „begreifbare" Forschung, die in absehbaren Zeiträumen zu verwertbaren Ergebnissen führt, ein breiteres öffentliches Echo als zeitraubende Grundlagenforschung.

Es wäre aber kurzsichtig, Forschung nur an Tagesbedürfnissen auszurichten. Grundlagenforschung schafft einen Fundus an Erkenntnissen, auf den kein Industrieland verzichten kann. Ihre Freiheit, ausreichende finanzielle Ausstattung und Flexibilität bei der Wahl der Forschungsgegenstände – diese Grundsätze sollten die politische Praxis bestimmen.

Der erwünschte Innovationsaufschwung auf breiter Front ist übrigens ohne Mithilfe der Banken nicht möglich. Sie sind unentbehrlich, um Risiken auszugleichen und Kapital und Kredite an kleine und mittlere Unternehmen zu vermitteln. Staatliche Hilfe, zum Beispiel über die Kreditanstalt für Wiederaufbau, gewährleistet, daß Banken ihre Aufgabe als Kapitalmittler bestmöglich wahrnehmen können. Zum Aufbau einer zukunftsorientierten Wirtschaftsstruktur bedarf es der vertrauensvollen Zusammenarbeit zwischen innovativen Unternehmen, flexiblen und risikobereiten Banken und dem Engagement des Staates.

Notwendigkeit einer Technikfolgenabschätzungs- und Prognosekapazität

Die Erkenntnis, daß man mehr über die Zukunft wissen muß, wenn man sie bewußt gestalten will, ist selbst bei denjenigen nicht weit verbreitet, die gern von der Notwendigkeit sprechen, Investitionen zu lenken. Mit großem Aufwand erzielte

Ergebnisse parlamentarischer Enquete-Kommissionen, die sich mit Zukunftsproblemen beschäftigen, sind notorisch unbeachtet geblieben.[37] Mir kommt das so vor, als ob jemand, der den Weg nicht erkennen kann, weil seine Windschutzscheibe rot oder schwarz angestrichen ist, gleichwohl immerzu nach Servolenkung ruft.

Wenn es aber richtig ist, „daß mit den neuen Technologien, aufgrund ihrer Wirkungsbreite und Wirkungstiefe, sich sowohl ein radikaler Umbau sozialer Verhältnisse und eine Umorientierung der gewohnten Arbeits- und Lebensweise ankündigen als auch ein zunehmender Wissensbedarf entsteht, um komplexer werdende Beziehungen zwischen Technik und Gesellschaft frühzeitig und systematisch erkennen zu können",[38] sollten wir gründlicher als bisher Wissen zusammentragen, das wir über Entwicklungstrends ermitteln können, d. h. wir müssen überlegen, welche Informationen wir benötigen, wie man sie bekommt und wie man sie zweckmäßig verarbeiten kann. Bei aller Skepsis gegenüber Vorhersagen dürfen wir die Chance nicht auslassen, Probleme so früh wie möglich aufzuspüren und daraus Folgerungen für Struktur-, Forschungs- und Technologiepolitik zu ziehen. Auch die Vorstände der meisten Großunternehmen treffen Tagesentscheidungen im Rahmen kurz-, mittel- und langfristiger Planungen.

Der Staat muß in die Zukunft schauen, weil er über technische Entwicklungen und öffentliche Infrastrukturen entscheidet, die noch in Jahrzehnten Bedeutung haben. Wie größere Unternehmen in ihren strategischen Planungen manchmal zwei Jahrzehnte nach vorne blicken, müssen sich auch

---

37 Vgl. *Michael Müller* (SPD), „Bis heute hat sich an dem folgenlosen Ritual nichts geändert – Ein Jahr nach dem Klimabericht: Zwischen Ohnmacht und Showgeschäft", „FRANKFURTER RUNDSCHAU", 20. 12. 1991, 14.

38 *Gotthard Bechmann*, „Sozialwissenschaftliche Forschung und Technikfolgenabschätzung", in *Klaus Lompe* (Hg.), „Techniktheorie – Technikforschung – Technikgestaltung", Opladen 1987, 37.

die Bundesrepublik und die Europäische Gemeinschaft vergleichbare Instrumente schaffen und beginnen, ein Systemanalyse- und Prognosepotential aufzubauen, um über kommende Entwicklungen verläßlichere Aussagen machen zu können und Risiken von Fehlentscheidungen zu vermindern. Untersuchungen über die voraussichtliche Bedeutung technischer Entwicklungen für den jeweiligen Wirtschaftszweig und die gesamte Wirtschaft sind unabdingbar für eine bessere Wirtschafts-, Finanz- und Technologiepolitik.

„Technikbewertung bedeutet das planmäßige, systematische, organisierte Vorgehen, das den Stand der Technik und ihre Entwicklungsmöglichkeiten analysiert; unmittelbare und mittelbare technische, wirtschaftliche, gesundheitliche, ökologische, humane, soziale und andere Folgen dieser Technik und möglicher Alternativen abschätzt; aufgrund definierter Ziele und Werte diese Folgen beurteilt oder auch weitere wünschenswerte Entwicklungen fordert; Handlungs- und Gestaltungsmöglichkeiten daraus herleitet und ausarbeitet, so daß begründete Entscheidungen ermöglicht und gegebenenfalls durch geeignete Institutionen getroffen und verwirklicht werden können." *VDI-Richtlinie* 3780

So wichtig Prognosen als Hilfsmittel sein mögen, so gefährlich wäre es, sie als Universalrezept für erfolgreiche Planungen zu überschätzen. Dazu sind Zuverlässigkeit und Wert ihrer Aussagen zu begrenzt:

- Sie hängen von nicht immer ausreichenden statistischen Grundlagen ab,
- beruhen auf modellhaften Überlegungen, die immer nur einen Teil der Einflußgrößen erfassen und ganze Teile der Wirklichkeit ausblenden,
- sie simulieren Wirkungsmechanismen häufig in unzulänglicher oder vergröberter Form oder

– berücksichtigen nur eine beschränkte Zahl von Wechselbeziehungen zwischen wenigen Größen.

Sie gelangen vollends an ihre Grenzen, wenn sie individuelles oder kollektives menschliches Verhalten vorhersagen sollen. Das ist so lange kein Problem, wie man nicht übersieht, daß Computer letztlich nur das verarbeiten, was durch vereinfachende Modellannahmen vorherbestimmt ist, zumal auch die Menschen dazu neigen, wenige Faktoren als Ursache aus größeren Zusammenhängen zu isolieren. Dieses Denken in isolierten Ursachenketten verführt häufig zu Eingriffen in komplexe soziale Gesamtzusammenhänge, was dann zu ganz anderen Folgen, Fern- und Nebenwirkungen als den erhofften führt.

„Man kann davon ausgehen, daß es von großem Vorteil ist, einen Mißstand nicht isoliert zu betrachten, sondern eingebettet in sein System, also eingebettet in das Gefüge von positiven und negativen Rückkoppelungen, Abpufferungen; eingebettet in die Abhängigkeiten von kritischen Variablen und eingebettet in ein System von Indikatorvariablen, die unter Umständen schon frühzeitig Gefahren für den Gleichgewichtszustand erkennen lassen. Kennt man das System, in welches eine Variable eingebettet ist, so weiß man auch, welche Informationen man sammeln muß, um die Basis für das eigene Handeln zu schaffen." *Dietrich Dörner*[39]

Gewiß, auch die mächtigsten Computer mit hochentwickelter Software und mit einer sinnverwirrenden Fülle gespeicherter Daten können die bunte Vielfalt des Lebens, die Millionen von Einzelmotivationen und Nutzenkalkülen nicht hinreichend genau nachbilden. Trotzdem meine ich, man

39 Dietrich Dörner, „Die Logik des Mißlingens. Strategisches Denken in komplexen Situationen", Hamburg 1992, 112.

sollte sich bei einer intelligenten Entscheidungsvorbereitung der Hilfe moderner Techniken bedienen.

Wenn wir Krisen vermeiden oder vermeidbare Krisen so meistern wollen, daß der Schaden möglichst gering bleibt, genügt die rein technische Bewältigung der Informationsfülle allein aber nicht. Nicht nur eine größere Datenmenge und bessere analytische Instrumente sind erforderlich, sondern hauptsächlich alternative Szenarien und Denkmodelle. Gefragt ist nicht nur mehr Technik, sondern soziale Phantasie. Regierungen, Parteien und gesellschaftliche Gruppen müssen aufeinander zugehen, ihre Karten offen auf den Tisch legen und neue Strategien der Zusammenarbeit entwerfen. In den Dienst der Ausarbeitung solcher Strategien würde ich auch Computermodelle und Expertensysteme stellen. Künstliche Intelligenz ist allemal besser als natürliche Dummheit.

Methoden sind zu entwickeln, mit denen Volkswirte, Techniker, Sozialwissenschaftler, Ökologen, Mediziner, Beamte und Politiker Erkenntnisse, Daten und Zielvorstellungen zu gemeinsamen Vorstellungen zusammenfassen. Gewiß kann man die Zukunft in all ihren Verästelungen nicht voraussehen oder herausfinden, wie später die Betroffenen – mit vielleicht veränderten Wertvorstellungen – beurteilen, was wir heute beschließen. Darum geht es ja auch nicht.

Die Frage lautet, wie eine Gesellschaft den Prozeß organisiert, in dem sie mit jeweils neuen Erkenntnissen und neuen methodischen Möglichkeiten überprüft, welche Entwicklungen sie will und welche nicht. Die systematische Analyse von Wechselwirkungen, die Prognose der zu erwartenden Aussichten und eine damit einhergehende Weiterentwicklung von Zielvorstellungen, Programmen und Maßnahmen sind Schritte eines Prozesses, der jeweils den neuesten Erfahrungsstand einbezieht.

„Da jedoch die ... Tücken der Prognostik so grundsätzlich sind, daß sie durch keine Forschung völlig beseitigt werden können, müssen Entwicklung und Bewertung technischer Neuerungen als ein fortlaufender Lernprozeß angelegt sein, in dem irrtümliche Annahmen, unbefriedigende Teillösungen und unerwartete Nebenfolgen ohne größere Schäden revidiert und korrigiert werden können." *Günter Ropohl*[40]

Wir haben in Deutschland noch nicht die erforderlichen Institutionen, um Informationen über unterschiedliche Möglichkeiten politischer Maßnahmen und deren Folgen aufzuarbeiten, die dann einer Auswahl und letztlich einer Entscheidung zugeführt werden können. Ich habe keine Illusionen über Möglichkeiten und Grenzen von Prognosen, aber sie stecken doch den Rahmen ab, in dem wir Zukunftsszenarien entwikkeln können.

Es geht nicht darum, so zu tun, als könne man Unsicherheiten künftiger Entwicklungen beliebig verringern. Man kann aber Bandbreiten aufzeigen und Unsicherheiten eingrenzen und auf dieser Grundlage das Risiko grober Fehlentscheidungen vermindern. Zukunftsforschung hilft uns, längere Zeit vorauszudenken, uns eher auf neue Entwicklungen einzustellen, als es sonst möglich wäre. Wer meint, alle Probleme lösten sich durch Zeitablauf und durch die Marktkräfte von selbst, wird Schiffbruch erleiden. Besser ist, sich eine Vorstellung davon zu verschaffen, wie und wo sich – beeinflußt durch eigene Dynamik und weltweite Veränderungen – Reibungsverluste, Engpässe, Knappheiten, Über- und Unterkapazitäten, Beschäftigungsschwierigkeiten, aber auch neue Absatzchancen für Güter und Dienstleistungen ergeben.

Es wäre ein Fehler, nur Fachleuten zu überlassen, wirtschaftliche, gesellschaftliche und ökologische Folgen des

40 „Technikbewertung als gesellschaftlicher Lernprozeß", in: *Ropohl* u. a. (Hg.), „Schlüsseltexte zur Technikbewertung", Dortmund 1990, 201.

technischen Fortschritts zu untersuchen, weil es meist um Fragen geht, die vorwiegend politisch erörtert und entschieden werden müssen. Einige Zielkonflikte lassen sich nicht ohne weiteres auflösen, z. B. der zwischen quantitativem wirtschaftlichem Wachstum und Umweltschutz.

Es gibt zudem oft unterschiedliche Meinungen über die wünschbaren Entwicklungen. Welche Meinung sich durchsetzt, entscheidet man – nach einem möglichst breiten, rationalen Diskussionsprozeß – durch Abstimmung, die ja nicht feststellt, wer recht hat, sondern was getan werden soll. Ich plädiere dafür, daß in Deutschland – gestützt auf bessere Prognosemöglichkeiten – sich möglichst viele Bürger in einer offenen Diskussion über Risiken und Nutzen neuer Technologien informieren und dann jeweils im konkreten Falle von den Parlamenten über die einzuschlagende Richtung entschieden wird.

Selbstverständlich kann niemand beanspruchen, technische Einzelheiten eines Fachgebietes und die Notwendigkeiten ihrer Weiterentwicklung besser zu kennen als die Menschen, die auf diesem Gebiet ein Leben lang arbeiten. Gleichwohl muß politisch entschieden werden, was gefördert werden soll, und dafür gibt es durchaus Maßstäbe: Alles ist vernünftig, was auf ein Wachstum zielt, das weniger Rohstoffe und Energie verbraucht, umweltfreundlich ist und in seiner Wertschöpfung einen hohen Anteil an qualifizierter Arbeit hat, was die Arbeitswelt humanisiert und die öffentliche Infrastruktur, das Gesundheitswesen, Information und Kommunikation der Bürger verbessert.

Der Staat darf die Entwicklung der Gesellschaft nicht ausschließlich den an hohen Erträgen und Kapitalverwertung interessierten Wirtschaftsunternehmen überlassen, denn Arbeitsplätze und Wohlergehen einer großen Zahl von Arbeitnehmern und Selbständigen und die Qualität unseres Lebens stehen auf dem Spiel. Er muß ein Systemanalyse-, Prognose- und Sachverständigenpotential aufbauen und erproben, das Datenrahmen setzen kann, Widersprüche aufdeckt und Vorschläge macht. Krisen kann man nur vorbeugen, wenn man weit genug in die Zukunft blickt und heute dafür sorgt, daß wir zum Beispiel auch morgen wettbewerbsfähige Industrien haben.

Qualitatives Wachstum

Ist Nullwachstum möglich?

Wenn ich mit anderen über Wirtschaftsfragen diskutiere, treffe ich gelegentlich Leute, die sich als Marxisten bezeichnen, aber nicht das haben, was ich glaube, bei wirklichen Marxisten voraussetzen zu können: eine gründliche Kenntnis der Entwicklung der Produktivkräfte und nicht nur der eigenen marxistischen Lehre, sondern auch der bürgerlichen ökonomischen Theorie. Jedesmal erstaunt mich die Unkenntnis wirtschaftlicher Gesetzmäßigkeiten. In diesen Diskussionen taucht auch mit schöner Regelmäßigkeit die Forderung nach Nullwachstum auf.

Wer aber sagt, er wolle kein Wachstum, muß auch sagen, welche Wirtschaftsordnung er will. Die Wirtschaft, in der wir leben, ist auf Wachstum angelegt. Sie ist auch nicht nach irgendwelchen am Schreibtisch ausgeheckten Blaupausenvorstellungen und schon gar nicht kurzfristig zu ändern. Bereits das für ein kapitalistisches Wirtschaftssystem typische Unternehmerverhalten macht Wachstum unabdingbar. Aber es gibt weitere Gründe: So hat z. B. die Mehrheit der Bevölkerung – auch in den westlichen Bundesländern – ihr Wohlstandsziel bei weitem noch nicht erreicht. Rund sechs Millionen Menschen leben allein in Westdeutschland in Armut. Rund 3,8 Millionen bezogen 1990 Sozialhilfe, so viel wie noch nie zuvor.[41] In der früheren DDR sind die Verhältnisse geeignet, noch stärkere Besorgnis zu erregen.

Völlig unannehmbar ist die Forderung auf Wachstumsver-

41 *Rudolf Marten*, „Armut im vereinigten Deutschland", „DIE MITBESTIMMUNG" 38 (1992) 7, 19–21.

zicht für die Dritte Welt, wo Hunderte von Millionen Arbeitsplätze fehlen. Industrie- und Entwicklungsländer brauchen Wachstum, um Beschäftigung zu schaffen, um mit erhöhter Produktivität, neuen Technologien und Produkten den ökologischen Bedingungen, Kosten- und Nachfragestrukturen einer veränderten Weltarbeitsteilung Rechnung zu tragen.

Es lohnt auch nicht zu fragen, ob das Sozialprodukt, wie es heute berechnet wird, wachsen soll oder nicht. Der Begriff sagt uns nämlich nichts über die Qualität gesellschaftlicher Einrichtungen. Wachstum des in Geldeinheiten ausgedrückten Volkseinkommens ist schon lange kein Maß mehr für Fortschritt: Chancen in der Bildung und im Arbeitsleben, Gesundheit und Erholungsmöglichkeiten, der Wert der Freizeit und Möglichkeiten zur aktiven Teilnahme am kulturellen Leben wachsen nicht notwendigerweise mit steigenden Umsätzen. Ist die beschränkte Aussagefähigkeit der statistischen Größe Sozialprodukt klar geworden, ist es weder notwendig noch hilfreich, ihr Wachstum grundsätzlich abzulehnen.

Da Wohlstand mit Hilfe der Maßeinheit Sozialprodukt nicht mehr gemessen werden kann und Zahlen über das in herkömmlichen Sozialproduktsbegriffen ausgewiesene Wachstum leicht in die Irre führen, weil sie uns z. B. nichts über die beschleunigte Zerstörung bzw. Erschöpfung der Rohstoff- und Energiegrundlagen und die Verschmutzung der Umwelt sagen, wäre es sinnvoll, Indikatoren für die Messung qualitativen Wachstums zu finden.

Es gibt zwar noch keine wirklich befriedigenden Versuche, die Qualität von Bildung, Gesundheit, Wohnung, Arbeit, Umwelt oder Freizeit quantitativ auszudrücken, doch ist Wachstum schon jetzt danach zu beurteilen, ob es auf diesen Gebieten Fortschritte bringt.

Verschiedene Bereiche wären zu untersuchen: Gesundheits- und Verkehrswesen, die Energieversorgung usw., um zu klären, was verändert werden muß:

- Was soll konkret wachsen, in wessen Interesse, mit welchen Mitteln?
- Verbessert Wachstum die Lebensverhältnisse?
- Welches Wachstum müssen wir anstreben, welches verhindern?
- Wie und mit welchen Instrumenten steuert man Wachstum?
- Wieviel Zeit ist erforderlich, um Strukturen der Wirtschaft oder der Energieversorgung zu ändern?

„Nicht jedes Wachstum ist Fortschritt. Wachsen muß, was natürliche Lebensgrundlagen sichert, Lebens- und Arbeitsqualität verbessert, Abhängigkeit mindert und Selbstbestimmung fördert, Leben und Gesundheit schützt, Frieden sichert, Lebens- und Zukunftschancen für alle erhöht, Kreativität und Eigeninitiative unterstützt. Schrumpfen oder verschwinden muß, was die natürlichen Lebensgrundlagen gefährdet, Lebensqualität mindert und Zukunftschancen verbaut." *Berliner Programm der SPD* 1989

Trotz vieler sichtbarer oder unsichtbarer Handelshemmnisse setzt im Wirtschaftsleben letztlich doch der internationale Wettbewerb das Maß. Wer glaubt, ihn vernachlässigen zu können, wird unbarmherzig überholt und aus dem Rennen geworfen. Das Leistungsvermögen einer Volkswirtschaft – also die Summe der Fähigkeiten, Kenntnisse und schöpferischen Kräfte der in ihr arbeitenden Menschen ebenso wie das technisch-wissenschaftliche Niveau ihrer Produktionsmittel und Produkte – entscheidet, wer in diesem Wettbewerb besteht.

Auf Dauer sind auf dem Weltmarkt nur wettbewerbsfähige Produktionen und die dafür benötigten Arbeitsplätze sicher. Wer technischen Fortschritt fördert, gefährdet deshalb keine Arbeitsplätze. Freilich darf Rationalisierung auch nicht gegen berechtigte Arbeitnehmerinteressen verstoßen. Wenn an ihrem Ende nur noch Mindestqualifikationen erforderlich sind, womöglich mit größeren Leistungen in gegebener Zeit verbunden, weckt sie berechtigte Widerstände.

Wir können technische Fortschritte nicht aufhalten. Forschung und ihre Umsetzung in technische Neuerungen werden an Hochschulen, in selbständigen Forschungsgemeinschaften, vor allem aber in der Wirtschaft betrieben, wobei der Staat nur den kleineren Teil finanziert. Auch wenn wir bremsen wollten, so könnten wir doch den Fortschritt der Technik in anderen Ländern nicht beeinflussen, der wiederum auf uns zurückwirkt. Fortschritte zum Beispiel in der Elektronik und in der Datenverarbeitung, die von den USA und von Japan ausgehen, in deren Strom einige andere Länder aktiv mitschwimmen, sind unaufhaltsam.

So schmerzlich es ist, bei einer hohen Zahl von Arbeitssuchenden Arbeitsplätze „wegzurationalisieren", so wäre es doch kurzsichtig, die Entwicklung der Technik für Arbeitslosigkeit verantwortlich zu machen. Ich würde es ablehnen, eine Innovation nur deshalb nicht zu fördern, weil sie Arbeitsplätze beseitigt. Beschäftigung zu sichern, ist vor allem Verpflichtung der Wirtschafts- und Finanzpolitik.

Die Produktivität wächst unabhängig davon, ob ein entsprechend höherer Absatz möglich ist. Eine auf betriebswirtschaftliche Rationalität und Rentabilität angelegte Produktion ist gezwungen, die Produktivität ständig zu erhöhen, in einem Tempo, das der allgemeine Technologie-, Kenntnis- und Organisationsfortschritt bestimmt und nicht die Nachfrage. Um die Beschäftigung zu sichern, muß das Volkseigentum etwa in gleichem Maße wie die Arbeitsproduktivität zunehmen. Man darf aber nicht nur darauf vertrauen, im Wettlauf zwischen Produktivitätsfortschritt und Wachstum werde letzteres schon vorn bleiben, sondern muß aktiv dafür sorgen, daß dies der Fall ist.

Vom rohstoffverbrauchenden und umweltverschmutzenden zum qualitativen, umweltschonenden Wachstum

Die technisierte Produktion, der wir unseren hohen Lebensstandard verdanken, belastet uns zunehmend und engt unsere Lebensbedingungen ein. Daraus folgt nicht die Notwendigkeit, auf Wachstum zu verzichten, wohl aber, es in ökologische Zusammenhänge und Bedingungen einzubetten. Es ist also die Frage zu beantworten, wie man das quantitative industrielle Wachstum allmählich zu einem qualitativen machen kann, und zwar bei Aufrechterhaltung eines hohen Beschäftigungsstandes und unter Beibehaltung des Zieles, Verbesserungen der Erzeugnisse und Leistungen und der Produktionsweise selbst (d. h. insbesondere im Sinne der Humanisierung des Arbeitslebens und der Umweltschonung) zu erreichen.

Wer eine solche Entwicklung will, kann nicht nur in wirtschaftlichen Größen wie Kapital, Investitions- oder Verbrauchsneigung, Grenzkosten, Grenzerträgen, kaufkräftige Nachfrage, Geldmenge oder Volkseinkommen denken. Er muß auch in Betracht ziehen, über welche natürlichen Hilfsquellen wir verfügen, wie weit wir Wasserhaushalt, Atmosphäre, landwirtschaftlich nutzbare Flächen und Wälder belasten.

Wenn ökologische Gleichgewichte oder die Regenerationsfähigkeit der Natur angegriffen, Ernährungsgrundlagen zerstört oder in der Atmosphäre Veränderungen verursacht werden, die klimatische Bedingungen grundlegend verschlechtern, so sind Lebensgrundlagen späterer Generationen gefährdet. Weltweite Verkarstung einst fruchtbarer Böden, Vordringen der Wüstengebiete, „Umkippen" von Gewässern, Raubbau an Edelhölzern aus Mangel an einer rationalen Forstwirtschaft sind dafür Beispiele.

Es erscheint heute kaum noch verständlich, daß es Generationen von Volkswirten als selbstverständlich galt, Luft und Wasser seien frei und kostenlos verfügbar. Lebensgefährlicher Smog in Ballungsgebieten, verschmutzte Flüsse, sterbende Wälder, drastisch absinkende Fischbestände in den Weltmeeren zeigen uns, daß der Raubbau an der Natur beendet werden muß. Zweifel am Nutzen eines ungesteuerten, energie- und rohstoffverschwendenden Wachstums werden immer lauter. Das Ökosystem darf nicht mehr in einem Maß belastet werden, das ganz offenbar seine Regenerationsfähigkeit übersteigt.

Es vergeht kaum ein Tag, an dem wir nicht aufs neue erfahren, wie Technik und Industrie die Umwelt und damit unmittelbar oder mittelbar den Menschen gefährden. Mit erschreckender Sorglosigkeit lassen es z. B. Regierungen zu, daß Schiffe unter Billigflaggen Sicherheitsbestimmungen unterlaufen und als eine der Folgen dieser Nachlässigkeit bei immer neuen Unfällen Öl in die Meere fließt. Wer garantiert, daß man nicht noch gefährlichere Stoffe als Öl verklappt, die auf irgendeinem Weg in natürliche Kreisläufe zurückkehren und Schäden anrichten, die vielleicht nicht wiedergutzumachen sind?

Ist es schon schwierig, einzelne Elemente größerer ökologischer Systeme oder auf sie einwirkende Belastungen zu quantifizieren oder zu messen, so ist es noch ungleich komplizierter, ihr Zusammenwirken zu analysieren und genauere Grundlagen für die Beurteilung ihrer Schädlichkeit zu gewinnen. Trotz besserer Methoden, gefährliche Trends vorherzusagen oder tolerierbare Emissionen zu überwachen, ist es angebracht, ständig mit überraschenden und beunruhigenden Erkenntnissen zu rechnen.

Die Gefährlichkeit der lange Zeit als unbedenklich angesehenen Fluor-Chlor-Kohlenwasserstoffe, die noch heute in vielen Ländern in Sprays und Industrieprodukten verwendet werden, für die Ozonschicht der unteren Stratosphäre ist dafür ein Beispiel. Da diese Belastungen meist keine unmittelbaren Wirkungen hervorrufen, ist der Beweis häufig schwer zu führen, daß sie gefährlich sind. Wo unumkehrbare Gefahren drohen, gilt es aber sofort zu handeln, wenn nach dem jeweiligen Erkenntnisstand erhebliche Risiken nicht ausgeschlossen werden können, wie es zum Beispiel beim immer schneller wachsenden Ozonloch über der Antarktis der Fall ist.

Nebenfolgen industriellen Wachstums beeinträchtigen unser Leben: Luftverschmutzung, Smog, Lärm in Städten und Ballungsräumen, verdreckte, vergiftete Flüsse und Gewässer, zerstörte Erholungslandschaften. In den Innenstädten verdrängen ständig wachsender Pkw-Verkehr und Büroneubauten menschliches urbanes Leben. In den stadtnahen Massenwohnvierteln fühlen die Menschen sich nicht wohl, die Wegezeiten von den Wohngebieten im Umland zum städtischen Arbeitsplatz auf verstopften Autobahnen verlängern sich immer mehr. Das Leben wird hektischer und gereizter.

Die Aufgabe zum Beispiel, Lärm zu bekämpfen – Verkehrslärm ebenso wie Lärm am Arbeitsplatz –, dürfen wir deshalb nicht vor uns herschieben. Lärm belästigt nicht nur. Er bedroht auf Dauer und zusammen mit anderen Belastungen die Gesundheit. Es wäre aber falsch, Straßen in Städten und Landschaften mehr oder minder einzubetonieren und Häuser mit Schallschutzvorrichtungen abzuschirmen.

Zu einer kinderfreundlichen Umwelt und zu städtischem Leben gehören Straßen, auf denen sich Fußgänger und Radfahrer ungehindert und ungefährdet bewegen und Menschen in Ruhe miteinander reden können. Es ist also besser, Verkehrslärm an der Quelle zu bekämpfen – also am Fahrzeug selbst –, als ihn erst zu erzeugen, um ihn dann mit viel Beton einzudämmen.

Kernelemente der Verkehrslärmbekämpfung sind:

- durch Wiederbesiedlung der Innenstädte das Verkehrsaufkommen zu senken,
- Verkehrsanteile der Bahnen wieder zu steigern,
- leisere Autos herzustellen,
- Fahrgeschwindigkeiten zu drosseln und
- Möglichkeiten lärmarmen Straßenbelags zu nutzen.

Gesellschaftlicher Reichtum sollte individuellen Wohlstand ergänzen und jedem ein mündiges, gesundes und sinnvolles Leben ermöglichen. Was nützt das Auto, wenn die Straßen verstopft sind? Wer kann gesunden Sport treiben, wenn die Luft verpestet ist? Wie sollen Kinder vorankommen, wenn es nicht genügend Lehrer an Schulen und Hochschulen gibt? Was nützt persönlicher Wohlstand im Falle einer ernsthaften und länger dauernden Krankheit, wenn es an modernen Krankenhäusern mangelt, wenn die ärztliche Aus- und Weiterbildung und die medizinische Forschung vernachlässigt und nicht auf den letzten Stand wissenschaftlicher Erkenntnisse oder technischer Ausstattung gebracht werden?

Notwendig ist ein konkretes Programm, das zeigt, wie man ohne Krisen und Arbeitslosigkeit zu qualitativem Wachstum kommt. Die dafür erforderlichen Prozesse wären gedanklich so in einzelne Schritte zu zerlegen, daß dem Wähler jeweils der nächste Schritt und seine Bedeutung im Rahmen der langfristigen Entwicklung klar wird.

Die Umsetzung einer solchen Strategie setzt voraus, daß die Mehrheit sie will und stützt und daß die demokratisch legitimierten Institutionen stark genug sind, den Mehrheitswillen durchzusetzen. Sind alle Verfahren erschöpft, die Entscheidungen getroffen und von den Gerichten nachgeprüft und für rechtens anerkannt, so hat der demokratische Staat das Recht, wesentliche Interessen des Gemeinwesens auch gegen örtliche Willensbildungen oder Einzel- und Gruppeninteressen durchzusetzen.

Energiesparen und Kraft-Wärme-Kopplung

Steigender Energieverbrauch bei absehbarer Erschöpfung fossiler Energieträger, die Industrialisierung der Dritten Welt und die schnell wachsende Weltbevölkerung zwingen uns, sparsam mit Energie umzugehen, neue Techniken für ihre zweckmäßigere Verwendung zu entwickeln und neue Energiequellen zu erschließen. Die dafür nötigen Forschungs- und Entwicklungsarbeiten sind so teuer und langwierig, daß der Staat dabei helfen muß. Wer weniger Energie verbrauchen will, muß auch in allen Einzelheiten die Folgerungen aus dieser Entscheidung ziehen. Energiepolitik, die das Wachstum des Verbrauchs drastisch verringern soll, verlangt eine andere Wirtschaftspolitik, eine andere Lebensweise und die notwendigen Wählermehrheiten, dafür die Rahmenbedingungen zu schaffen.

Die Verbrennung fossiler Energieträger führt zur Freisetzung von Gasen und bei Kohle und Öl auch zu Stäuben. Unvermeidlich wird Kohlendioxid erzeugt. Die massive Vermehrung des Kohlendioxidgehalts in der Atmosphäre durch Freisetzung des in fossilen Energieträgern gebundenen Kohlenstoffs führt aber zu einer Veränderung des natürlichen Kohlenstoffkreislaufs, von den befürchteten klimatischen Veränderungen nicht zu sprechen. Schutz und Erhalt der Umwelt gehören zur Lebensqualität. Deshalb sind auch die mit jedem Energieumsatz unvermeidlich verbundenen Umweltbelastungen so gering wie möglich zu halten.

Der Verbrauch kann auf keinen Fall weiter so steigen wie in den letzten Jahrzehnten. Weder die Energiequellen der Erde, noch die begrenzte Schnelligkeit, mit der neue Techniken eingeführt werden können, schon gar nicht die Umweltprobleme würden dies erlauben. Zwar wachsen schon seit Jahren Sozialprodukt und Energieverbrauch nicht mehr in gleichem Maß. Eine weitere Entkopplung,

d. h. ein noch niedrigerer Verbrauchszuwachs, läßt sich erreichen, wenn man Energie noch vernünftiger verwendet oder einspart.

„Seit Mitte des vergangenen Jahrhunderts bestimmt eine Art von Fortschritt die Menschheitsgeschichte, deren fundamentalstes Nebenprodukt das Kohlendioxid ist. Der einfache Grund: mehr Menschen, die mehr Feuer machen. Denn jedesmal, wenn Kohle, Erdöl oder Erdgas verbrannt wird, entsteht unweigerlich CO_2. 1880 setzten die Menschen 0,2 Milliarden Tonnen fossilen Kohlenstoff frei, zur Jahrhundertwende waren es 0,5 Milliarden Tonnen. 1914 steigerte sich die Menge auf 0,95 Milliarden Tonnen, um bis heute auf mehr als das Sechsfache zu steigen. Um die ersten 80 Milliarden Tonnen Kohlenstoff in die Atmosphäre zu pusten, waren 100 Jahre nötig, die zweiten 80 Milliarden Tonnen schafften die Menschen in nur 30 Jahren. ... Gleichzeitig wächst auch die Konzentration anderer Treibgase. Verglichen mit dem CO_2 sind diese Mengen zwar viel geringer; aber sie heizen die Erdatmosphäre viel effektiver auf." *Reinhard Loske, Fritz Vorholz*[42]

Weit über die Hälfte des weltweiten Primärenergieverbrauchs besteht aus Erdöl und Erdgas. Demgegenüber wird geschätzt, daß der gesamte Vorrat an fossilen Energierohstoffen zu nahezu 90 Prozent aus Kohle besteht und nur zu zehn Prozent aus Öl und Gas, d. h. wir verbrauchen vorwiegend Energien, deren Vorräte am frühesten erschöpft sein werden. Die Zeiträume, in denen sie zur Neige gehen, sind nicht genau vorherzusagen, aber nur noch nach Jahrzehnten zu bemessen.

Auf jeden Fall ist es richtig, energiesparende Techniken zu entwickeln und neue sichere, kostengünstige, umwelt-

42 „Blauer Planet im roten Bereich", „DIE ZEIT" 47 (1992) 19, 35 ff., 1. 5. 1992.

schonende, unbegrenzt verfügbare Quellen zu erschließen, d. h. Wasser, Wind, Sonne und Erdwärme stärker zu nutzen. Sie verringern Versorgungsrisiken und Einfuhrkosten, schonen die Umwelt und bieten so viele Vorteile, daß es sich lohnt, zusätzliche Anlaufkosten in Kauf zu nehmen.

Die meiste Energie wird bei der Versorgung mit Niedrigtemperaturwärme verschwendet. Durch bessere Isoliertechniken, Wärmerückgewinnung, Nutzung der Umgebungswärme durch Wärmepumpen und Kopplung von Kraft- und Wärmeerzeugung spart man Öl beim Heizen. Kraftwerke können bei vernünftiger Planung ohne unvertretbare zusätzliche Kosten ihre Wärmeerzeugung zu Heizzwecken nutzen. Nicht zu unterschätzen ist, was sich durch bewußtes Verbraucherverhalten einparen läßt.

Um Energie zu sparen, müßte man
- Wärme-Kraft-Kopplung für die Fernwärmeversorgung nutzen;
- Gebäude zur Wärmedämmung besser isolieren;
- den Wirkungsgrad herkömmlicher Heizanlagen steigern;
- auch sonst Energie im Haushalt rationeller verwenden;
- Energie aus Müll gewinnen;
- Lebensdauer von Gütern erhöhen und energiesparende Produktionsweisen entwickeln;
- Materialien, die unter hohem Energieeinsatz produziert wurden, wiederverwenden

und vieles andere mehr. Es ist etwas grundlegend anderes,
- ob Häuser mit viel Öl beheizt werden, oder ob man sie mit fünffacher Isolierung und Sonnenkollektoren ausstattet,
- ob Erzeuger und Verkäufer von Strom, Gas und Öl miteinander Wettbewerb treiben, wer den größten Absatz erzielt, oder ob man Anreize schafft, Energie zu sparen und verschiedene Energiequellen zu einem möglichst leistungsfähigen Gesamtsystem zu verbinden.

40 Prozent des Energiebedarfs der alten Bundesländer die-

nen der Raumheizung. Diesen Bedarf z. B. durch bessere Isolierung und energiebewußtere Hausplanungen um 20 Prozent zu vermindern, bedeutet, jährlich etwa 20 Millionen Tonnen Steinkohleeinheiten einzusparen. Bei der Elektrizitätserzeugung gehen mehr als 60 Prozent der eingesetzten Energie als Abwärme verloren, die man nutzen könnte, um Städte mit Hilfe von Fernwärmenetzen zu heizen. Fernwärmeversorgung durch Wärme-Kraft-Kopplung bringt Vorteile für die Umwelt und schafft größere Versorgungssicherheit. Sie müßte allein schon deshalb vom Staat gefördert werden.

Unternehmen, die Wärme liefern wollen, müssen Bedingungen vorfinden, die es erlauben, solche Systeme mit Gewinn zu betreiben, schon um die Umwelt nicht mehr durch das Aufheizen der Flüsse und durch Schadstoffimmissionen vieler zehntausend kleiner Ölbrenner zu belasten, die durch schlechte Wartung und Auslastung einen erheblichen Teil der innerstädtischen Luftverschmutzung verursachen.

Alle Städte der alten Bundesrepublik mit mehr als 40 000 Einwohnern mit Fernwärme zu versorgen und diese mit Abwärme aus Elektrizitätswerken zu speisen, könnte im Jahr mehr als 40 Millionen Tonnen Öl sparen. Anders ausgedrückt: 50 Prozent aller Haushalte und 20 Prozent aller Industrieanlagen der alten Bundesländer an ein Fernwärmeverbundnetz anzuschließen, erspart rd. 800 Millionen Tonnen Steinkohleeinheiten pro Jahr. Auch das Braunkohleproblem in den neuen Ländern könnte so vermindert werden. Dazu sind gewaltige Investitionen erforderlich.

Nutzung erneuerbarer Energiequellen

Wir verbrauchen heute fast ausschließlich vorratsbegrenzte Energieträger (Kohle, Erdöl, Erdgas) sowie Uran als Quelle der Kernenergie. Die wichtigste nicht vorratsbegrenzte Primärenergie ist die Sonnenenergie. Neben der unmittelbaren Umwandlung der Strahlung in Wärme oder Elektrizität werden von der Sonne verursachte Vorgänge an der Erdoberfläche genutzt, z. B. Wind, Wellen oder Laufwasser sowie biologische Prozesse, vorzugsweise im Gleichgewicht mit der Neubildung (z. B. in einer vernünftigen Forstwirtschaft). Sonnenenergie zu nutzen

- erhöht die Versorgungssicherheit und
- ist umweltfreundlich wie bei keinem anderen Energieträger. Kein Schadstoff wird emittiert, und nur in geringem Umfang wird in die Wärmebilanz der Umgebung eingegriffen.

Bei den gegenwärtigen Preisen ist der Wettbewerb mit anderen Energieträgern für die Sonnenenergie schwierig. Sie könnte aber in Deutschland wirtschaftlich genutzt werden, um Wärme und Warmwasser bereitzustellen. Durch Weiterentwicklung und Verbesserung von Einzelkomponenten oder Systemen und Übergang zu größeren Produktionszahlen bestehen Aussichten, Sonnenenergie auch bei uns wirtschaftlich zu nutzen. Hier sind beachtliche Fortschritte festzustellen, obwohl die geographischen, meteorologischen und klimatischen Verhältnisse in Deutschland eine besonders leistungsfähige Technik und einen verhältnismäßig hohen Aufwand erfordern. Aber die Schwierigkeiten sind nicht nur technischer Art.

„Der Wissensstand bei Architekturstudenten ist bis heute ebenso dürftig wie das Ansehen von Umweltfragen bei der breiten Architektenschaft ... Wie wäre es ... mit der vorrangigen Ausstattung der Technischen Hochschulen, Fachhochschulen und Berufsschulen mit Solarkomponenten im Netzverbund, damit Lehrende und Lernende sich mit dieser Energietechnologie vertraut machen können? ... Die Honorare für Architekten, Ingenieure und Gebäudeausstatter richten sich in Prozenten nach der Bausumme, steigen also mit dem Material-, nicht mit dem vorbereitenden Arbeitsaufwand. Wer sich für ein integriertes Energiekonzept Computersimulationen leistet und mit einer sparsamen, durchdachten Gestaltung dem Auftraggeber Investitions- und Betriebskosten einspart, ist demnach selbst der Dumme." *Gudrun Escher*[43]

Zwar kann in Deutschland Sonnenenergie „nur" auf lange Sicht mit einem nennenswerten Anteil zur Versorgung beitragen, aber auch in der Anfangsphase gilt: Jede Verminderung der Verbrennung fossiler Energieträger schützt die Umwelt und vermindert die Abhängigkeit von ausländischen Lieferanten. Größere Bedeutung als in der Stromerzeugung im eigenen Land liegt jedoch in den Exportchancen der Industrie. Elektrizitätsgewinnung mit Solargeneratoren eignet sich besonders für eine dezentrale Energieversorgung und ist wichtig für die Dritte Welt. Das gleiche gilt auch für den massenhaften Einsatz kleiner Solaröfen, um weniger Holz zu verbrennen.

Da die Grenzen zwischen Energieträgern und Rohstoffen heute nicht mehr klar zu ziehen sind, ist es ohnehin nicht das beste, fossile Energieträger zu verbrennen, um Wärme zu erzeugen. Mit dem Vordringen der Kunststoffe werden Erdöl, Erdgas und auch Kohle zunehmend wichtig als Grundstoffe für die chemische und pharmazeutische Industrie. Sie zu verbrennen erscheint zunehmend wie Verschwendung und gegenüber künftigen Generationen kaum mehr verantwortbar. Ihre Verbrennung ist auch deshalb rechtzeitig zu bremsen, damit noch ausreichende Mengen preiswürdig abbaubarer Vorräte für andere Formen der Nutzung verfügbar bleiben.

43 „Das ‚solare Zeitalter' hat noch nicht begonnen", „HANDELSBLATT", 10./11. 7. 1992, 25.

Rohstoffverbrauch

Vor 25 oder 30 Jahren war die Energie- und Rohstoffversorgung kein besonderes Problem. Öl – konkurrenzlos billig und angenehm zu handhaben – drängte weltweit die Kohle zurück. Bei energiepolitischen Debatten im Bundestag ging es vor allem um soziale Probleme im schrumpfenden Bergbau. Seit der ersten Ölpreiskrise Ende 1973 herrscht eine andere Sicht. Der Zusammenhang zwischen Wirtschaftswachstum und Energieversorgung wird klarer gesehen. Man erkennt, daß das bisherige Wachstum nicht nur auf besserer Technik oder Organisation beruht, sondern nicht unerheblich auf Raubbau an beschränkten Bodenschätzen und auf Zerstörung der Umwelt.

Auf jeden Fall sind die Energie- und Rohstoffquellen der Erde weder unendlich noch beliebig verfügbar, auch wenn Vorräte und Zeiträume, in denen die Versorgung gesichert sein wird, nur ungenau und unzuverlässig geschätzt werden können. Man kann nur von bekannten Lagerstätten ausgehen, und es ist nicht abzusehen, welche Vorräte technisch und wirtschaftlich abbaubar sind.

In Industrieländern wie Deutschland, die nur über geringe eigene Vorräte verfügen, sind dem Verbrauch von Rohstoffen klare Grenzen gesetzt. Wir beziehen 90 Prozent der Rohstoffe, die wir verbrauchen, aus Fremdquellen. Die Verantwortung gegenüber folgenden Generationen läßt nicht zu, auf Lösungen zu vertrauen, die die Zukunft bringen mag. Die Hoffnung, neue Vorkommen in dem Maße zu entdecken, wie der ungesteuerte Verbrauch zunimmt, kann sich – wenn überhaupt – nur für begrenzte Zeit erfüllen.

Weil verfügbare Rohstoffe begrenzt sind und wir die Umwelt schützen wollen, müssen wir von offenen zu weitgehend geschlossenen Stoffkreisläufen übergehen, Wertstoffe aus verbrauchten Produkten rückgewinnen, Produktionsabfälle vermeiden oder verwerten und Produkte wiederverwendbar machen. Jeder Produzent sollte verpflichtet sein, seine Erzeugnisse nach Gebrauch wieder zurückzunehmen sowie Stoffbilanzen und Kreislaufplanungen aufzustellen, die Abfälle und Rückstände vermeiden. Ein möglichst geschlossener Kreislauf wäre wünschenswert, der Rohstoffe von der Verarbeitung über die Nutzung durch den Verbraucher wieder in die Produktion zurückführt.

Deutschland, in der Mitte Europas, dicht besiedelt, fast ohne eigene Rohstoffe und Energiequellen, mit Ausnahme der heimischen Kohle – die nicht billig ist –, in der Spitzengruppe der Länder mit dem höchsten Lebensstandard, verbraucht etwa zehn Prozent der Rohstoffe in der Welt und produziert nur ein Prozent. In einer Zeit, in der Rohstoffe weltweit schwieriger abzubauen sind, ist es sicher gut, durch bessere Prospektions-, Abbau- und Aufbereitungsmethoden oder durch schonendere Behandlung und Recycling gebrauchter Rohstoffe die Abhängigkeit von Einfuhren zu vermindern.

Eine große Quelle, Rohstoffe zu recyceln, sind die Haushaltsabfälle. Anlaufschwierigkeiten bei vielen Versuchen zeigen aber, daß es sich immer noch nicht lohnt: Bei unseren Preisen für Arbeitskraft ist das Sammeln, Sortieren und Wiederaufbereiten meist teurer, als Rohstoffe draußen zu kaufen. Es gibt aber auch erfolgreiche Beispiele, wie beim Altpapier.

Noch gehen viele Umweltkosten nicht in betriebswirtschaftliche Rechnungen ein, weil sie schwer zurechenbar sind oder weil die Allgemeinheit sie trägt. Dadurch entstehen Verfälschungen, die zu Entscheidungen führen, die die Umwelt belasten und vom gesamtwirtschaftlichen Standpunkt aus falsch sein können. Es ist zum Beispiel heute nicht mehr nur zu fragen, wieviel Müllbeseitigung kosten darf, sondern wie wir angesichts knapper und teurer werdender Rohstoffe und in der Natur schon eingetretener Schäden von der Wegwerf- und Verschleißproduktion wegkommen und langlebigere reparatur- und recyclingfreundlichere Erzeugnisse herstellen.

Verkehrsplanung

Raumordnung, Struktur- und Wegeplanung, Wegebau, Bereitstellung von Verkehrs- und Transportdiensten, die Ordnung des gesamten Verkehrswesens sind öffentliche Aufgaben. Die Wirtschaft braucht leistungsfähige Verkehrs- und Transportsysteme. Die Qualität von Wohnen, Arbeiten und Freizeit ebenso wie die Qualität von Warenversorgung und Entsorgung hängen von ihnen ab. Ständig wachsender Kraftfahrzeugverkehr erschließt neue Arbeits-, Wohn- und Erholungsbereiche.

Er bringt aber auch schwere Probleme mit sich. Im eng besiedelten Deutschland wird es zunehmend schwieriger, hohe Mobilität zu ermöglichen, leistungsfähige, öffentliche Verkehrsangebote zu tragbaren Kosten zu finanzieren, Industriestandorte auszuweisen, gleichzeitig Naturlandschaften zu erhalten oder den Umweltschutz zu verbessern.

„Die 80er Jahre waren ein Jahrzehnt globaler Umweltzerstörung. Das Waldsterben, die Zerstörung der Ozonschicht und auch die Gefährdungen für unser Klima sind dramatisch vorangeschritten. An all diesen Entwicklungen war das Auto maßgeblich beteiligt. 60 Prozent der Stickoxidemissionen, rund die Hälfte der organischen Kohlenwasserstoff-Verbindungen und allein ein Viertel der jährlichen CO_2-Emissionen werden durch den Straßenverkehr emittiert ... Die Straßenverkehrsplanung für die nächsten 18 Jahre richtet sich an der abenteuerlichen Prognose aus, der Straßengüter-Fernverkehr werde um 100 Prozent wachsen und der Personenverkehr um 22 Prozent. Doppelt so viele Lkw und knapp ein

Viertel zusätzlicher Pkw werden von der Bundesregierung, werden vom Bundesverkehrsminister, werden vom Bundesumweltminister als geradezu schicksalhaft akzeptiert. Man muß sich das einmal in Schadstoffe, Lärm und Platzbedarf umrechnen!" *Harald B. Schäfer* (SPD)[44]

Öffentliche Verkehrsmittel entscheiden mit über die Lebensqualität in Städten, Gemeinden und Ballungszentren. In Spitzenzeiten sind sie überfüllt, während man in verkehrsschwachen Stunden lange warten muß, um befördert zu werden. In nicht so dicht besiedelten Gebieten lassen sich nur wenige Ziele mit öffentlichen Verkehrsmitteln erreichen. Wer keinen Pkw hat, ist von vielerlei Möglichkeiten abgeschnitten. Städte jedoch erleiden schweren Schaden, weil man die Hauptlast des Verkehrs dem Kraftfahrzeug aufbürdet. Schadstoffemissionen und Lärm sind häufig unerträglich. Ziele der Stadtentwicklung, wie historisch gewachsene Stadtteile zu bewahren oder soziale Bindungen zu gewährleisten, geraten zunehmend in Konflikt mit den Erfordernissen des Kraftfahrzeugverkehrs. Auch das außerörtliche Straßennetz kann in Spitzenzeiten den Verkehr oft nicht mehr bewältigen, es aber auszubauen, widerspricht Zielen der Raumplanung und Landschaftspflege.

Hohe Unfallzahlen im Straßenverkehr, Abhängigkeit vom Erdöl und Belastung der Umwelt haben das Bewußtsein für die Notwendigkeit geschärft, Energie zu sparen und die Umwelt zu schonen. Ich plädiere nicht dafür, Kraftfahrzeuge abzuschaffen, wohl aber möchte ich erreichen, daß das öffentliche Nahverkehrsangebot ergänzt und attraktiver gemacht wird, damit es mit Blick auf Schnelligkeit, Zugfolge, Verkehrsdichte oder Bequemlichkeit den Wettbewerb mit dem privaten Pkw bestehen kann. Es liegt im allgemeinen Interesse, die Vorteile des Schienenverkehrs voll zu nutzen: Si-

44 Im Deutschen Bundestag am 19. 3. 1992.

cherheit, kaum Umweltbelastungen und geringerer Energieverbrauch.

Wie sieht ein ideales Verkehrssystem aus? Wie viele private oder soziale Kosten, Trassen für Schienen und Straßen, wieviel Umweltbelastung und Energieverbrauch ist uns schnelles Reisen wert? Wie stellen wir uns die Zukunft großer Städte, Verdichtungsgebiete, ländlicher Regionen und die jeweilige Eingliederung des Verkehrs vor? Wenn man sich erinnert,

- wie sich die Ansichten über eine „menschliche" Stadt wandelten,
- wie unterschiedlich Vor- und Nachteile von Hochhäusern eingeschätzt werden,
- wie die Meinungen über die Zuordnung von Wohnungen und Arbeitsplätzen auseinandergehen,
- wie Stadtumlandbereiche durch den Bau von noch mehr Ein- und Zweifamilienhäusern zersiedelt werden, während sich die Stadtzentren entleeren,

so wäre zu wünschen, daß eine breite öffentliche Diskussion stattfindet, bevor Infrastrukturentscheidungen – insbesondere für die neuen Länder – fallen.

Hier ist noch einmal an die Notwendigkeit zu erinnern, die Kfz-Steuer auf die Mineralölsteuer umzulegen. Das würde einen Teil der bisherigen Fixkosten eines Kraftfahrzeugs betriebsabhängig machen: Wer mehr fährt oder einen durstigeren Wagen hat, müßte mehr zahlen als der sparsame Autofahrer. Autos, die weniger verbrauchen, stoßen auch weniger Schadstoffe aus.

Die Erhöhung der Mineralölsteuer trifft große Wagen stärker, während die Fahrer sparsamerer Wagen weniger zulegen müßten. Die Konstrukteure würden sich schnell auf die neue Lage einstellen und Motoren anbieten, die weniger verbrauchen und Nachteile vermeiden, die wegen der Kfz-Steuer zu klein ausgelegte Motoren in bezug auf Umweltschutz, Haltbarkeit und Sparsamkeit aufweisen. Freilich kann die Verteuerung des Ölverbrauchs insbesondere Fernpendler in strukturschwachen Regionen, die keine Arbeitsplätze vor der Haustür und oft keine Angebote des öffentlichen Personennahverkehrs vorfinden, besonders belasten.

Das Auto der Zukunft wird umweltfreundlich und energiesparend sein. Die Industrie wird mehr ausgeben, um neue treibstoffsparende Motoren zu entwickeln. Zunehmend ziehen umweltbewußte Verbraucher geräuschärmere Autos mit möglichst geringer Abgasentwicklung vor. Nur wer sich darauf einstellt, wird auf in- und ausländischen Märkten erfolgreich sein. *Franz Steinkühler* meint dazu:

„Das scheinbar ferne Ziel: Ein Auto, das ohne Giftstoffe, ressourcen- und energiesparend hergestellt wird, das systematisch wiederverwertbar ist, das leise und ohne Abgase, so weit wie möglich auf Basis erneuerbarer Energiequellen fährt, muß so schnell wie möglich gebaut werden, wenn in Zukunft Autoproduktion und Autofahren nicht zum Ruin unserer natürlichen Lebensgrundlagen, sondern im Einklang mit Mensch und Natur stattfinden soll.

Es führt kein Weg daran vorbei, daß die Autoindustrie angesichts von Energieknappheit und Klimabedrohung ein schnelleres Tempo bei der Verbrauchsreduzierung, bei der Emissionsverringerung und der Recyclingfähigkeit vorlegen muß und daß die Konsumenten von manchen Träumen Abschied nehmen und andere technische Qualitäten an ihren Fahrzeugen schätzen lernen müssen als hohe PS-Zahl und Höchstgeschwindigkeit.

Aus diesen Gründen plädieren wir dafür, daß die Fahrzeugkonzepte eher auf 150 km/h ausgelegt werden als auf 250 km/h, daß die Optimierung der Energieausnutzung, die Senkung der Emissionen und des Lärmpegels ins Zentrum der Technikentwicklung und Imagepflege rücken statt das Beschleunigungsverhalten und die Motorstärke, daß die Idee des Langzeitautos durch systematisches Recycling hochwertiger Komponenten wieder aufgegriffen wird."[45]

Während die Infrastruktur für den Pkw mit wachsendem Verkehr vergrößert wurde, ist ein ausreichendes Angebot an öffentlichen Verkehrsmitteln in vielen Städten entweder nicht oder nur unzureichend vorhanden. Selbst wenn das private Auto im städtischen Nahverkehr das ideale Verkehrsmittel wäre – es ist es nicht –, können wir für den Pkw-Verkehr nicht unsere übergeordneten politischen Ziele opfern.

Erforderlich ist ein Verkehrssystem, das Städte möglich macht, in denen es sich zu leben lohnt, weil man in ihnen atmen und sich ungefährdet frei und sicher bewegen kann. Es herrscht weithin Übereinstimmung, Straßen nicht mehr um jeden Preis zu bauen und Wohn- und Lebensqualität Vorrang vor Autoverkehr zu geben. Aus Siedlungs- und Verkehrsstrukturen, die weniger menschen- und umweltfreundlich geplant wurden als wir es heute tun, kann man nicht im Handumdrehen eine umweltfreundlichere, also leisere, zugleich urbane und funktionsfähige Verkehrsstruktur machen, auch nicht mit noch so großen Finanzmitteln.

Die SPD verlangt verkehrssparende Raum- und Regionalplanungen und will zuerst einmal

– Wettbewerbsverzerrungen zwischen Verkehrsträgern und Wettbewerbsvorteile ausländischer Unternehmen durch gerechtere Anlastung der vollen – auch der externen – Kosten nach dem Verursacherprinzip beseitigen;
– der jahrzehntelang vernachlässigten Schiene Vorrang vor weiterem Neubau von Straßen geben, einen verkehrszweigübergreifenden Ausbauplan für die Verkehrsinfrastruktur entwerfen;
– das Ordnungsrecht anwenden (Geschwindigkeitsbegren-

45 Auf dem SPD-Forum „Das Auto zur Vernunft bringen" am 30. 4. 1992 in Bad Godesberg. Zitiert nach „DER GEWERKSCHAFTER" 40 (1992) 5, 32–33.

zungen, langfristig berechenbare sicherheits- und emissionsbezogene Vorgaben für die Industrie, Vorfahrtregelungen für den öffentlichen Personennahverkehr usw.).

Man kann ihr nur viel Erfolg wünschen.

Qualitatives Wachstum, Vollbeschäftigung und Anteil der öffentlichen Hände am Sozialprodukt

Wir haben uns längst von der Vorstellung verabschiedet, es könne immer unvermindertes, auf materiellen Verbrauch zielendes Wachstum geben und es wäre auf einem hohen Wohlstandssockel selbstverständlich, wieder Vollbeschäftigung zu erreichen – unabhängig von strukturellen Veränderungen oder davon, was sonst in der Welt geschieht.

Arbeitslosigkeit wird nicht mehr nur durch konjunkturbedingte Schwächen verursacht, bei denen allgemeine Maßnahmen wieder zur Vollbeschäftigung führen, sondern durch schwer auflösbare nationale und internationale Engpässe und strukturelle Verschiebungen. Will man Wachstum stärker mit den Bedürfnissen und Anliegen der Bürger in Einklang bringen, muß man verstehen,

- wie sich deren Bedürfnisse am Markt zur Geltung bringen bzw. wie sie sich bei den Produzenten durchsetzen können,
- inwieweit das Angebot die Nachfrage bestimmt,
- ob die Angebotsstruktur sich rechtzeitig mit der Bedürfnis- bzw. der Nachfragestruktur der Verbraucher verändert, oder
- inwieweit es Bedürfnisse gibt, die sich gar nicht in kaufkräftiger Nachfrage am Markt äußern.

Selbst wenn die neuen Bedürfnisse erkannt und anerkannt würden, hätten die öffentlichen Hände nicht die erforderlichen Mittel, sie zu befriedigen. Aber man kann mit Sicherheit vorhersagen: So wie die sich ändernde Nachfragestruktur der Verbraucher im Zusammenspiel mit der unterschiedlichen Produktivitätsentwicklung in den einzelnen Wirtschaftszweigen dazu führte, daß die Menschen vom Land in die Industrie und dann in die privaten Dienstleistungszweige wanderten, werden in Zukunft mehr Menschen öffentliche Dienstleistungen anbieten und ihr Anteil an der Beschäftigung wird zunehmen. Allerdings ist die Wanderung der Beschäftigten in die privaten Dienstleistungen noch längst nicht beendet. Vor allem das Geschäft mit der Freizeit und die Ausarbeitung von Computer-Software wird noch viele zusätzliche Arbeitsplätze schaffen.

Wegen dieser Nachfrageverschiebungen auf lange Sicht einen höheren Staatsanteil am Volkseinkommen für notwendig zu halten, wird immer noch so betrachtet, als schlachte man eine heilige Kuh. Aber angesichts zunehmend gesättigter Nachfrage nach Industriegütern, dem ungebrochenen Wachstum der Produktivität in der Privatwirtschaft und der zunehmenden Nachfrage nach öffentlichen Dienstleistungen haben wir keine große Wahl.

Die Befriedigung der erhöhten Nachfrage nach kulturellen Aktivitäten, Erziehung, Gesundheitsversorgung, Umweltschutz, Sicherheit und Vollbeschäftigung sind ohne höhere öffentliche Ausgaben nicht denkbar. Entweder wir geben einen größeren Anteil des Volkseinkommens aus für das, was die Bürger wollen – für Erziehung, Gesundheit, bessere Lebensbedingungen älterer Mitbürger und der Randgruppen der Gesellschaft, Umweltschutz, Sicherheit usw. – und schaffen damit Arbeitsplätze, oder wir akzeptieren stetig wachsende Arbeitslosenzahlen.

Sauberes Wasser, saubere Luft, ruhigere Städte und persönliche Sicherheit kosten ihren Preis, der schwerlich mit niedrigeren öffentlichen Ausgaben zu vereinbaren ist. Qualitatives Wachstum setzt deshalb voraus, das Volkseinkommen zwischen Privatpersonen und öffentlicher Hand umzuverteilen. In einer unruhigen, von Not und großen Umbrüchen gekennzeichneten Welt wird ein besseres Leben auch nicht für jene möglich sein, die mit dem Rücken zur Welt leben. Wirtschaftlich leistungsfähig bleiben, die deutsche Einheit vollenden, Europa ausbauen, seine Sicherheit festigen, den Ländern der Dritten Welt helfen – dies alles geht mit einem finanzpolitisch handlungsunfähigen Staat nicht. Das muß aber kein Freibrief für beliebige Steuererhöhungen sein. Selbstverständlich kommt es darauf an, möglichst effizient vorzugehen. Wenn man der neuen Nachfragestruktur ein entsprechendes Angebot gegenüberstellen will, ist ständiger Druck auf die öffentlichen Ausgaben und größte Sparsamkeit unerläßlich.

Will man den Anteil der öffentlichen Hände erhöhen, muß man die Psychologie der Steuerzahler beachten, denn vor allem in der Übergangszeit, wenn sich das öffentliche Bewußtsein noch nicht an die neuen Gegebenheiten gewöhnt hat, werden die Steuerzahler versuchen, höhere Steuerlasten zu vermeiden und in die Schatten- bzw. Untergrundwirtschaft oder in ausländische Steueroasen abwandern.

In einer dynamischen Gesellschaft werden die Grenzen der Besteuerung stets aufs neue bestimmt, nicht durch Grundsatzbeschlüsse, sondern durch einen stetigen Strom von Einzelentscheidungen. Je nach den wirtschaftlichen Rahmenbedingungen und jeweils herrschenden, sich im Laufe der Zeit ändernden Wertvorstellungen werden diese Grenzen in unterschiedlicher Weise offenbar.

Als Anteil am Sozialprodukt ist die Steuerbelastung der Deutschen lange Zeit im wesentlichen gleich geblieben. Dennoch gibt es die weit verbreitete Meinung, der Zugriff des Staates habe sich verschärft. Das hängt damit zusammen, daß sich die Steuerlast innerhalb des Systems verlagert und das Steuerrecht sich zunehmend verkompliziert und für den einzelnen Bürger immer unverständlicher wird.

Die Steuerlast konzentriert sich immer mehr auf direkte Steuern. Gleichzeitig sinkt der Anteil der mit großer Breitenwirkung ansetzenden indirekten Steuern entlastend. Wegen der allgemeinen Einkommenssteigerung kamen immer mehr Steuerzahler in höhere Progressionszonen des Einkommensteuertarifs, die für sie nicht gedacht waren. Mit einem erhöhten Anteil direkter Steuern am gesamten Steueraufkommen steigt aber die Fühlbarkeit der Besteuerung merklich und reizt zu steuervermeidendem Handeln.

Die indirekten Steuern wachsen seit längerer Zeit weniger schnell als das Volkseinkommen und tragen immer weniger zum Steueraufkommen bei. Auch der Anteil der Steuern an den Endpreisen der jeweiligen Produkte ging stark zurück, weil sie an Mengengrößen wie Kilogramm, Hektoliter und Kubikzentimeter gebunden sind und die Preis- und Einkommensentwicklung nicht mitmachen. Die Verlagerung der Steuerlast von den indirekten Steuern auf die Einkommensteuer entlastete Verbraucher insbesondere hochbesteuerter Güter wie Alkohol, Tabak und der Kraftfahrzeughaltung, ohne daß der Gesetzgeber dies gewollt hätte.

Einkommensteuer und Lohnsteuer belasten einen engeren Kreis von Steuerzahlern als bei den indirekten Steuern entlastet werden. Arbeitnehmer zahlen den Ausgleich durch eine höhere Lohnsteuer. Diese Konzentration auf direkte Steuern, insbesondere auf die Lohnsteuer, kann nur verhindert werden, wenn gleichzeitig ein relativer Schwund bei den indirekten Steuern vermieden wird.

Wir können die zur Finanzierung staatlicher Aufgaben angemessene Steuerquote nicht aufrechterhalten, wenn wir die fortwährende relative Verminderung des Aufkommens bei den indirekten Steuern und insbesondere den Verbrauchssteuern nicht aufhalten. Direkte Steuern sollten deshalb vorerst nicht mehr erhöht werden, zumindest so lange nicht, wie der alte Anteil indirekter Steuern am gesamten Steueraufkommen noch nicht wieder erreicht ist, wobei insbesondere Steuern, die umweltschützende Wirkungen erzielen, zum Zuge kommen sollten.

Traditionell werden indirekte Steuern als ungerecht bewertet. Ob ein Steuersystem gerecht ist, läßt sich letzten Endes aber nicht an der Verteilungswirkung einzelner Steuern ablesen. Entscheidend ist, wie das gesamte System der indirekten Steuern zusammenwirkt, das sicher nicht ohne weiteres als ungerecht bezeichnet werden kann, und wie das Steueraufkommen verwendet wird.

Öffentliche Haushalte können nur in dem Maße einen höheren Anteil am Sozialprodukt erhalten, wie die Bürger bereit sind, entsprechend höhere Steuern und Beiträge zu zahlen. Eine solche Bereitschaft kann ich nicht feststellen, im Gegenteil. Es ist ja nicht so, als sei nicht versucht worden, die Bevölkerung vom Wert öffentlicher Leistungen, ja von der Notwendigkeit steigender Ausgaben für Entwicklungshilfe, für innere, äußere und soziale Sicherheit, für Bildung usw. zu überzeugen. Die Kraft dieser Argumente war offenbar nicht groß genug. Dies mag neben der Überzeugung jedes einzelnen, daß er selbst am besten weiß, wie er sein Geld ausgeben will, auch daran liegen, daß öffentliche Leistungen keineswegs immer besser als private erbracht werden.

Wenn der Staat also der veränderten Bedarfsstruktur seiner Bürger folgt, um neuen Anforderungen nachzukommen, die nicht anders als durch öffentliche Leistungen zu befriedigen sind, so muß er sich gleichzeitig aus Bereichen zurückziehen, in denen die Menschen ganz gut ohne ihn auskommen. Öffentliche Dienstleistungen könnten selbstverständlich auch durch private Anbieter erbracht werden, müssen dann allerdings meist immer noch aus Steuermitteln bezahlt werden.

„Die Rechtsform der Wahrnehmung einer öffentlichen Aufgabe ist nachrangig. Worauf es ankommt, ist, daß sie zuverlässig und effizient wahrgenommen wird. Den Bürgerinnen und Bürgern ist es egal, mit Hilfe welcher rechtlicher Konstruktionen Vorsorge getroffen wird für Industriegebiete, Abwasserreinigung, Müllabfuhr, öffentlicher Personennahverkehr, Grünanlagen, Kindergärten oder auch Straßen – wichtig ist, daß dies effektiv und wirtschaftlich geschieht, und daß die öffentliche Kontrolle funktioniert." *Björn Engholm*[46]

Die Privatisierung öffentlicher Leistungen ist aber nicht immer der zweckmäßigste Weg. Zum Thema „Innere Sicherheit" sagt *Hermann Lutz,* der Vorsitzende der Gewerkschaft der Polizei:[47]

„Private Sicherheitskräfte erleben zur Zeit eine Nachfrage, die nicht gedeckt werden kann. Den 240 000 Polizeibeamten stehen heute bereits fast 200 000 private Sicherheitskräfte gegenüber, deren Zahl allein im vergangenen Jahr um 30 Prozent gestiegen ist. Einen privaten Schutz können sich aber nur die Reichen leisten, die Armen stehen dem Verbrechen hilflos und ohnmächtig gegenüber. Dieses Gefühl der Ohnmacht droht auf Dauer das Fundament eines demokratischen Staates zu erschüttern, weil der Ruf nach einem starken Staat immer lauter werden wird. Wenn demokratisch gesinnte Politiker – bewußt oder unbewußt – nicht zum Erfüllungsgehilfen der rechten Rattenfänger werden wollen, sollten sie diese Gefahr ernst nehmen und bekämpfen."

Lutz schlägt deshalb vor:

46 „FRANKFURTER RUNDSCHAU", 15. 7. 1992, 7.
47 „EXPRESS" (Köln), 26. 12. 1992

„Die Zahl der Polizisten sollte um gut 60 000 aufgestockt werden. Außerdem sollte die Polizei von Verwaltungsarbeit befreit werden, denn diese Arbeiten können auch von normalen Angestellten erledigt werden. Warum muß zum Beispiel heute noch die Polizei die Stempel auf den Autokennzeichen entfernen? Warum muß die Polizei abgelehnte Asylbewerber abschieben oder Untersuchungsgefangene zu Gerichten begleiten? Ein entscheidender Schritt nach vorn wäre es auch, wenn die Polizei ... bei Autounfällen mit geringen Sachschäden nicht mehr zu erscheinen brauchte."

Die öffentlichen Verwaltungen müssen leistungsfähiger und sparsamer werden. Jede Art von öffentlichem Dienst setzt zuviel Personal für die Erledigung von Aufgaben ein und arbeitet nicht besonders kostenbewußt; deshalb muß hier ständig Druck – insbesondere auf die Personalkosten – ausgeübt werden.

Da produktive Investitionen, innovations- und wachstumsfördernde Maßnahmen wichtig für die Wachstumschancen der Wirtschaft und damit für die Beschäftigung sind, müssen die öffentlichen Hände unproduktive Ausgaben kritischer als bisher durchforsten, streichen und kürzen. Steuerliche Naturschutzparks, Erhaltung überholter Strukturen durch Staatshilfen, steuerliche Belohnung unproduktiver Kapitalverwendungen oder gar Subventionierung verschiedener Formen des Energieverbrauchs sollten vermindert oder ganz abgebaut werden.

In der Regel wird zugestimmt, wenn man als qualitativ ein Wachstum beschreibt, das

- weniger Rohstoffe und Energie verbraucht,
- die Umwelt nicht verschmutzt oder zerstört,
- durch Ausbau und Reformen im Bildungswesen jedem gleiche Chancen gibt, Fähigkeiten und Talente in einem lebenslangen Lernprozeß zu entwickeln,

- das Gesundheitswesen ständig verbessert, jedem Bürger hilft, möglichst nicht krank zu werden und, falls dies doch geschieht, ohne Ansehen der Person mit den besten verfügbaren Methoden behandelt zu werden,
- die Grundlagen der Demokratie sichert und erweitert, z. B. durch mehr Rechte für den einzelnen und durch intensivere politische Bildung,
- die persönliche Sicherheit verbessert, Kriminalität verstärkt bekämpft,
- die aktive Beteiligung aller am Kulturleben erleichtert,
- soziale Sicherheit, humane und kreative Arbeitsplätze schafft.

Die Umkehr einer vorwiegend auf materiellen Verbrauch ausgerichteten Gesellschaft zu mehr qualitativem Wachstum setzt langwierige Bewußtseinsänderungen bei Verbrauchern und Wählern voraus. Noch stößt zum Beispiel die dafür notwendige Umverteilung des Volkseinkommens zugunsten der öffentlichen Hände auf Widerstand. Man will unter anderem

- mehr Lehrer, Kindergärten und Schulen, mehr Jugendheime, mehr berufliche Bildung, Erwachsenenbildungsstätten und Universitäten,
- mehr Gesundheitsforschung, gesundheitliche Vorbeugung und Aufklärung, mehr und besser ausgebildete Ärzte,
- mehr Altenheime, Altenpfleger, Sozialhelfer für die Betreuung gefährdeter Randschichten,
- mehr persönliche Sicherheit in den Innenstädten,
- mehr Museen und Theater, mehr Kunstunterricht, größere Zuschüsse an Vereine und Selbstorganisationen, mehr Freizeit- und Erholungsgebiete, öffentliche Schwimmbäder, Spiel- und Sportstätten.

Fragt man aber, ob die Mehrwertsteuer dafür erhöht werden soll, so erschallt ein einstimmiges Nein.

Auch der Widerstand gegen angemessene Gehaltserhöhungen im öffentlichen Dienst wird zunehmen. Zu sparsame Gehaltserhöhungen – insbesondere im höheren Dienst –, die den Abstand zu den im privaten Bereich bzw. in der Wirtschaft erzielbaren Bezügen noch weiter erhöhen, können aber auf lange Sicht nur zu einer qualitativen Verschlechterung des Dienstes führen.

„... Behörden und Ministerien suchen händeringend Fachkräfte wie Bauingenieure, Programmierer, Steuerexperten, erstklassige Juristen und Chemiker. Die wenigen guten, die aus diesen Berufszweigen noch im Staatsdienst sind, warten nur auf das lukrative Angebot aus der freien Wirtschaft. Fähiger Nachwuchs ist kaum zu bekommen. Der wendet sich gleich an besser zahlende Privatunternehmen. Soll der Staat funktionieren, muß er sein qualifiziertes Personal besser entlohnen." „HAMBURGER ABENDBLATT", 45(1992)106, 7. 5. 1992.

„In Hamburg werden wegen Personalengpässen Kleinbetriebe nur noch alle 20 Jahre – Kleinstbetriebe nur einmal in 60 Jahren – überprüft, die besten Beamten werden unverhohlen von privaten Arbeitgebern umworben. Gerade qualifizierte Betriebsprüfer sind in der Wirtschaft heiß begehrt, können dort teilweise das Doppelte verdienen. Bei der unflexiblen Bezahlung verwundert es nicht, daß im vergangenen Jahr bundesweit 2400 Finanzbeamte in die Privatwirtschaft abwanderten." „WIRTSCHAFTSWOCHE" 46(1992)20, 87, 8. 5. 1992.

Ein Steuerprüfer, der die Tochter einer amerikanischen Mineralölgesellschaft prüft, muß – über sein normales Fachwissen hinaus – nicht nur Kostenstrukturen, Techniken, Bewertungsmethoden und andere Usancen großer Ölkonzerne (etwa bei Frachtraten, der Preisfindung bei Spot- oder Kontraktmengen, der Verteilung der Explorationskosten usw.) kennen, sondern auch amerikanische und deutsche Steuergesetze und gut Englisch sprechen. Wenn er das alles kann, bekommt er vom betreffenden Konzern oder von dessen Konkurrenz bald Angebote, mit einem wesentlich höherem Gehalt dort einzutreten.

Ähnliches gilt für Abgeordnete und Minister. Ein Volk, das gut beraten ist, sollte seine Führungskräfte angemessen bezahlen. Ich habe nie zu denen gehört, die glaubten, symbolische Kürzungen beim eigenen Gehalt vorschlagen zu müssen, um Stimmungen einer uninformierten öffentlichen Meinung entgegenzukommen. Wer die Besoldung von Politikern als zu hoch kritisiert, hat meist keine Ahnung, wieviel mehr andere Berufsgruppen verdienen, obwohl Politiker in der Regel länger arbeiten und ihre Entscheidungen weiterreichende Wirkungen haben können. Man sollte Politiker angesichts ihrer zeitlichen Belastungen und der Kenntnisse und Talente, die man von ihnen erwartet, vernünftig honorieren. Wer das nicht will, darf sich nicht beschweren, wenn er eine Regierung und ein Parlament minderer Qualität bekommt.

Jeder möge sich ausrechnen, was ihm eine blühende, wettbewerbsfähige Wirtschaft mit sozialer Sicherheit und Vollbeschäftigung und eine gesunde Umwelt wert ist. Wer meint, dies alles fiele wie Manna vom Himmel und hätte nichts mit Politik zu tun, der irrt sich gewaltig. Was es kosten kann, eine Regierung zu haben, die nicht über ausreichenden eigenen ökonomischen Sachverstand verfügt, kann man an der deutschen Erfahrung der letzten Jahre erkennen.

„Es sind nicht mehr, wie früher, Kohle- und Ölvorkommen, das Klima oder gar Goldfunde, die für die Qualität eines Produktionsstandorts ausschlaggebend sind; auch der Bestand an Sachkapital und die in den Menschen vorhandenen Talente und Fähigkeiten sind allenfalls Vorbedingungen für den wirtschaftlichen Erfolg eines Landes, als entscheidend haben sich mehr und mehr das Verfassungsrecht, die Politik und die Qualität der Politiker herausgestellt. Auf solche ‚Faktoren' ist es zurückzuführen, daß außerordentlich rohstoffarme Länder ... unter Wachstumsaspekten seit vielen Jahren sogar das westdeutsche Wirtschaftswunder der 50er Jahre in den Schatten stellten." *Hans H. Glismann, Klaus Schrader*[48]

Zugleich wären auf allen Gebieten des öffentlichen Lebens Dezentralisierung und Privatisierung zu unterstützen. Sind wir wirklich auf dem richtigen Weg, wenn wir für Menschen, denen es an Kontakten und Betreuung mangelt, neue Heime, Landeskrankenhäuser, Anstalten bauen und immer mehr öffentlich besoldete Sozialbetreuer einstellen? Die öffentliche Meinung wird immer mißtrauischer gegenüber der Leistungsfähigkeit großer und zunehmend kostspieligerer Umverteilungs- und Betreuungsbürokratien.

„Die vorherrschende zentrale Versorgungsstruktur und die Tendenz zur Monopolisierung von Erziehungs-, Sicherungs- und Betreuungsleistungen in öffentlichen oder öffentlich finanzierten Einrichtungen hat zur Folge, daß große Potentiale sozialen Engagements bei Einzelpersonen, Familien, Gruppen, Nachbarschaften, freiwilligen Vereinigungen jeder Art ungenutzt bleiben und immer mehr Zuständigkeiten und damit auch Kosten bei den öffentlichen Händen konzentriert werden." *Johano Strasser*[49]

Es ist ziemlich sinnlos, Umverteilungsbürokratien zu finanzieren, die sich mit Aufgaben beschäftigen, die Familien oder Gemeinden besser und kostengünstiger bewältigen könnten.

---

48 „Mit sechs Geboten in eine neue Welt", „FRANKFURTER ALLGEMEINE ZEITUNG", 1. 8. 1992, 11.
49 „Grenzen des Sozialstaats? Soziale Sicherung in der Wachstumskrise", Köln 1983, 98/99.

Bei aller Anerkennung der Notwendigkeit, gegen die großen Lebensrisiken (Arbeitslosigkeit, Krankheit, Erwerbsunfähigkeit, Alter) versichert zu sein, steigt erfreulicherweise die Neigung zur Selbsthilfe,[50] zur Familien- und Nachbarschaftshilfe, zur gesundheitlichen Vorbeugung.

„Vorbeugende Sozialpolitik verlangt eine Akzentverlagerung zur präventiven Medizin mit dem Ziel, die Entstehung von Krankheit bereits in der Anfangsphase zu bekämpfen. Konsequent kann diese Aufgabe nur angepackt werden, ... indem man durch Aufklärung über die gesundheitlichen Risiken von Lebensgewohnheiten, durch Humanisierung der Arbeitswelt und der Wohnbedingungen, durch konsequenten Umweltschutz, durch Erhöhung der Verkehrssicherheit usw. den Bedarf an medizinischer Versorgung oder zumindest die Steigerungsrate dieses Bedarfs verringert." *Strasser*[51]

„Soziale Dienstleistungen können nur wirksam werden, wenn das traditionelle Organisationskonzept aufgegeben wird und das Angebot dezentral in kleinen Einheiten bereitgestellt wird. Bürokratische, hierarchische und autokratische Organisations-, Management- und Führungskonzepte zerstören die für ein effektives Angebot der sozialen Dienstleistungen notwendige Zusammenarbeit in Teams (Ärzte, Psychologen, Sozialarbeiter, Gemeindeschwestern, Verwaltungsangestellte, etc.)." *Browa* u. a.[52]

---

50 „Selbsthilfe bedeutet ..., daß sich eine Gruppe von Menschen, meist Nachbarn, zusammentut, um diese Nachbarschaft und die daraus hervorgehende gegenseitige Hilfe zu stärken, Verbrechen zu verhindern, alte und kranke Mitbürger mit dem Nötigsten zu versorgen, einander beim Hausbau zu helfen, ohne jede Regierungsprogramme und finanzielle Zuwendungen von anderer Seite ... Im medizinischen Bereich ist Selbsthilfe, die Verantwortung für Lebensstil, Gewohnheiten und damit allgemeine gesunde Lebensführung zu übernehmen, bei sich selbst, den Kindern, aber auch den Nachbarn." *Naisbitt*, a.a.O., 1989/190.

51 a.a.O., 163.

52 a.a.O., 382.

Nachteile übergroßer Schulzentren, der Riesenkrankenhäuser mit hochtechnischer Apparatemedizin, psychiatrischer Anstalten mit Tausenden von Betten, großer Altenheime und Sterbekliniken werden deutlicher gesehen. *Johano Strasser* meint dazu:

„Natürlich gibt es ... extreme Fälle, in denen eine fast totale Abhängigkeit des Betreuten von den betreuenden Instanzen durch schwere Krankheit oder Gebrechlichkeit unvermeidbar ist. Aber diese Ausnahmen rechtfertigen es nicht, Millionen von alten Menschen in Heimen zu kasernieren, sie rigiden Hausordnungen und sonstigen Reglementierungen zu unterwerfen, sie faktisch von der übrigen Gesellschaft zu isolieren und ihnen so die Möglichkeit einer selbstverantworteten Lebensführung und des freien Austausches mit anderen Menschen zu nehmen. Hier wird in der Tat durch die Art und Weise, wie sich die Gesellschaft der alten Menschen annimmt, ... Freiheit von Menschen eingeschränkt, Selbständigkeit behindert, Unmündigkeit erzeugt." *Strasser*[53]

Einen psychisch Kranken in der Familie, in der Nachbarschaft, in einem produktiven Arbeitszusammenhang ambulant zu behandeln, ist aber nicht nur humaner und kostengünstiger, es ermöglicht auch eine wirksamere und menschlichere Therapie.

Bei aller berechtigten Kritik an Mißständen ist jedoch festzuhalten: „Eine gesamtgesellschaftlich organisierte Grundsicherung für alle ist unverzichtbar. Sie ist auch Voraussetzung dafür, daß man in anderen Bereichen neue Wege zu mehr wirksamer Hilfe zur Selbsthilfe einschlagen kann."[54]

53 a.a.O., 108.
54 *Strasser*, a.a.O., 127.

„Der Staatsapparat ist zu groß, regelt zu viel, ist zu unbeweglich und zu wenig kontrollierbar. Seine Verkleinerung durch Reduktion auf wesentliche ‚hoheitliche' Aufgaben und Konzentration auf ‚weichenstellende' Funktionen ist überfällig. Dazu gehört und dient eine intensive Dezentralisierung; kleine Einheiten mit mehr Autonomie und Kompetenz erleichtern Entscheidungen und erhöhen die Flexibilität staatlichen Handelns. In diesem Zusammenhang ist der Föderalismus, der gegenwärtig ausblutet, substantiell zu stärken. Die Macht staatlicher Bürokratien wie die gesellschaftlicher Verbände ist durch Gegengewichte zu begrenzen: Mitbestimmung, Bürgerbeteiligung, gesetzliche Machtbegrenzung etc. sind zu stärken." *Björn Engholm.*

Qualitatives Wachstum und Steuerpolitik

Steuerpolitik bezweckt schon lange nicht mehr, nur Einnahmen zu erzielen. Sie verfolgt fast immer auch außerfiskalische Zwecke, wie Energiesparen, Familien-, Wohnungsbau- oder Investitionsförderung, Umweltschutz usw. Beide Ansprüche – der fiskalische nach systematischen, einfachen Steuern und der familienpolitische, umweltschützende usw. – sind meist miteinander vereinbar. Das läßt sich am Beispiel der Mineralölsteuer zeigen.

Wenn man Benzin, Diesel- und Heizöl verteuert, eine Erdgassteuer einführt und die zusätzlichen Einnahmen für den öffentlichen Personennahverkehr verwendet, so gewinnt dieser die Chance, ein höheres Verkehrsaufkommen bei eher zunehmender Kostendeckung an sich zu ziehen. Ich stimme *Ernst Ulrich von Weizsäcker* nachdrücklich zu, wenn er schreibt:

„Zum Schutz der Wälder und zum Schutz des Klimas müssen rasch Maßnahmen eingeleitet werden; andernfalls sind Verluste und katastrophale Zerstörungen absehbar, die sämtliche vom Menschen verursachte Schädigungen noch weit übertreffen. ... Technischer Fortschritt, Modernisierung und Strukturwandel waren in der Vergangenheit nahezu ausschließlich mit der Abschaffung ineffizienter Arbeit verbunden, positiv ausgedrückt: mit der Erhöhung der *Arbeitsproduktivität.* ... Doch was sich dabei tragischerweise kaum verbessert hat, war die *Energie- und Ressourcenproduktivität,* was daran ablesbar ist, daß Energie- und Ressourcenverbrauch über die meisten Jahrzehnte parallel zum Bruttosozialprodukt angewachsen sind, ja stellenweise sogar rascher. ... Wie ist es aber gekommen, daß sich 150 Jahre lang allein die Arbeitsproduktivität, nicht aber die Energieproduktivität entwickelt hat? Das liegt hauptsächlich am Preis. Die einzige Phase der Geschichte, in der die Energieproduktivität nennenswert zugenommen hat, war die Zeit von 1974 bis 1983, während der die Energiepreise im Durchschnitt mindestens doppelt so hoch lagen wie zuvor und danach. ... Durch eine Erhöhung der Treibstoffpreise sollte man den Pro-Kopf-Treibstoffverbrauch langfristig ... noch um einen weiteren Faktor 3 senken können. Autos mit einer dreifach höheren Energieeffizienz sind bereits konstruiert worden, und auch bei der Verlagerung des Verkehrs von der Straße auf Schiene und Wasserwege läßt sich bei anhaltendem technischen Fortschritt ohne nennenswerten Komfortverlust noch eine weitere Verminderung des Treibstoffverbrauchs herbeiführen." *Ernst Ulrich von Weizsäcker*[55]

55 „Ökologischer Strukturwandel als Antwort auf den Treibhauseffekt", in: „Aus Politik und Zeitgeschichte", Beilage zur Wochenzeitung „DAS PARLAMENT", 10. 4. 1992, 33–38.

Im Grunde sind weite Kreise der Öffentlichkeit längst resignierend der Meinung: „Autofahren wird noch unbequemer, noch teurer und noch strafanfälliger. Als Konsequenz hat sich in der Gesellschaft die Meinung zum Kraftfahrzeug bereits geändert, was Umfragen erkennen lassen. Die Bürger sehen die nachteiligen Umwelteinflüsse durch Abgase und Landschaftszergliederung. Staus modulieren sich zu Unlustgefühlen. Und die Mehrheit ist einem Tempolimit auf Autobahnen, es besteht in Städten und auf Landstraßen bereits, nicht mehr ganz abgeneigt, ebenso wären autofreie Innenstädte willkommen.... Dieser Meinungswandel sollte die Verantwortlichen nun zum Handeln bewegen, denn die Macht des Faktischen läßt uns keine andere Wahl."[56]

Es ist nicht nur umweltpolitisch, sondern auch wirtschaftlich falsch, Energiepreise mit Steuermitteln oder durch Steuerbefreiungen – etwa beim Mineralöl in der Landwirtschaft oder beim Flugbenzin – künstlich zu verbilligen, weil so nicht zum Sparen angeregt wird, weil energiesparende Investitionen so nicht lohnend werden.

Durch Preise gelenkt bewegt die Wirtschaft sich auf eine neue Qualität des Wachstums zu, das die Umwelt schont und haushälterisch mit nicht erneuerbaren Naturgütern umgeht. Die Gewichte verlagern sich vom materiellen Konsum und Verschleiß weg und hin zu besseren Verhältnissen in der Bildung, am Arbeitsplatz, in wohnlicheren Städten und in einer gesünderen Umwelt.

Steigende Energie-, Rohstoff- und Umweltpreise bieten zugleich die Chance neuer Wertschöpfungen: Es lohnt sich,

- Wohnhäuser besser zu isolieren,
- natürliche Energiequellen wie Sonne und Wind zu nutzen,
- neue Techniken und Systeme rationellerer Energienutzung, energiesparende und umweltschonende Kraftfahr-

56 „DER PLATOW-BRIEF", 5. 4. 1992.

zeuge, Methoden zur Wiederverwendung von Abfällen zu entwickeln und
- zurückzukehren zur Herstellung langlebiger und reparaturfähiger Güter.

Wenn man nicht aufpaßt, beißt sich die Forderung, Steuern als Instrument der Umweltpolitik einzusetzen, mit der Notwendigkeit, das System zu vereinfachen. Steuererleichterungen und Investitionszuschüsse für Energiesparen und rationelle Energieverwendung, für den Umweltschutz oder zur Förderung mittelständischer Existenzen, zur Unterstützung von Forschung und Entwicklung setzen entsprechende Rechtsvorschriften voraus. Sie sollten so unkompliziert wie möglich sein. Aber sie bilden doch ziemlich zwangsläufig ein System, das, obwohl es überwiegend vernünftige, dem Gemeinwohl dienende Zwecke verfolgt, zunehmend wegen seiner Kompliziertheit auf Vorbehalte oder Unbehagen stößt. Unverständnis macht sich breit, Steuerverdrossenheit kann geschürt werden, obwohl sich ein beachtlicher Verwaltungsapparat, ein ganzer Berufsstand von Beratern und ein eigener Zweig der Gerichtsbarkeit um Verständnis bemühen.

Wenn wir Steuerverwalter, Steuerberater und Steuerpflichtige nicht laufend mit einer Flut neuer Vorschriften und Tatbestände belasten wollen, sollten Steuern in nicht zu starkem Maße als Lenkungsinstrument eingesetzt werden. Sie sind wirklich schon heute unnötig kompliziert. Jedem, der einmal die zum Teil mehrere Seiten langen Paragraphen des Einkommensteuergesetzes durchgeblättert hat – um nur ein Beispiel zu nennen –, wird dies einleuchten. Er wird sich von Spezialisten belehren lassen müssen, daß es gar nicht anders sein könne, im Interesse der Gerechtigkeit, wegen der Vielschichtigkeit der Lebenssachverhalte und des auf den Gesetzgeber einwirkenden vielfältigen Interessendrucks. Ein gewisses Maß an Differenzierung und auch an Kompliziertheit ist uns durch die Vielfalt der wirtschaftlichen und sozialen Sachverhalte des täglichen Lebens, durch den Anspruch auf soziale Gerechtigkeit und auf Gleichbehandlung vorgegeben.

Am Dickicht aus Steuergesetzen, Verordnungen und Besteuerungspraxis haben alle politischen Kräfte mitgewirkt. Bisher hat es niemand geschafft, das kaum noch überschaubare und immer kompliziertere Wechselspiel von Rechtsprechung, Verwaltungserlassen und Einzelfallregelungen zu vereinfachen. Einfallsreichtum und Geschick der hier tätigen Spezialisten, Gesetzeslücken aufzuspüren, machen es manchmal unumgänglich, von diesen neu erfundene Konstruktionen und Modelle mit einer ebenfalls komplizierten Regelung wieder einzufangen.

Vereinfachen kann man nur schrittweise und nicht mit dem Brecheisen. Die unumgängliche Rücksichtnahme

- auf die sozial gerechte und gleichmäßige Besteuerung aller Bürger nach ihrer wirtschaftlichen Leistungsfähigkeit,
- auf die öffentlichen Haushalte,
- auf die Verteilung des Steuereinkommens zwischen Bund, Ländern und Gemeinden,
- auf das internationale Recht,
- auf eine kostengünstige Technik der Steuererhebung im Massenverfahren

begrenzt die Handlungsmöglichkeiten und zwingt dazu, die Aufgabe in kleinen Schritten anzugehen.

Allerdings sollte man das Kind nicht mit dem Bade ausschütten, also in der Sache vernünftige Regelungen nicht auch dann wegen der Komplizierung verwerfen, wenn diese unvermeidbar ist. Es kann in unserem komplexen Wirtschafts- und Gesellschaftssystem, in einem Staat mit einer auf Gerechtigkeit im Einzelfall bedachten Gerichtsbarkeit kein Steuersystem geben, bei dem Einfachheit allein schon als entscheidender Vorzug gilt. Durch das Bemühen, Steuergesetze gerechter und auf den Einzelfall anwendbarer zu machen, wurde das ganze System zu kompliziert. Es wird Mühe kosten, es Schritt für Schritt wieder zu vereinfachen, ohne es unsozialer werden zu lassen, und dabei Rationalität, Gerechtigkeit, Überschaubarkeit und Sachgerechtheit in einem ausgewogenen Verhältnis zu halten.

Auch die Forderung nach Abbau steuerlicher Subventionen ist leichter gestellt als erfüllt. Fragen nach konkreten Vorschlägen werden von verantwortlichen Politikern kaum jemals beantwortet. Bei genauer Durchsicht der Hilfen für die Wirtschaft oder für einzelne Gruppen stellt sich nämlich heraus, daß diese in der Regel ganz vernünftig sind. Gleichwohl muß das Steuerrecht ständig durchkämmt werden. Wenn es aber alles über einen Leisten schlägt, nur um einfach zu sein, wäre es wahrscheinlich nur primitiv.

Andererseits ist Gerechtigkeit – auch in Paragraphen geronnene – wenig wert, wenn man die begünstigende Norm im Dschungel der Gesetze nur noch mit einem akademisch vorgebildeten Suchtrupp findet. Unser Staat sollte ein Gemeinwesen sein, das alle verstehen und akzeptieren. Dazu gehören verständliche Gesetze und Formulare ebenso wie hilfsbereite Beamte und das Bemühen um bürgernahe Verwaltung. Wenn es bei Steuervereinfachung und Abbau bürokratischer Auswüchse keine Erfolge gibt, könnten Steuerunmut und Verweigerung noch ganz andere unerwünschte Formen annehmen, als sie beispielsweise bei der Einführung der später wieder kassierten Quellensteuer oder bei der vom Verfassungsgericht aufgehobenen Zwangsanleihe sichtbar geworden sind.

Nur in besonders unabweisbaren Ausnahmefällen sollten wir zusätzliche Abgaben oder Steuern einführen. Wer das Steuersystem vereinfachen will, muß zuerst weiteren Verkomplizierungen widerstehen. Dazu gehört zum Beispiel die sogenannte „Maschinensteuer", in welcher Form auch immer. Der SPD-Parteitag in Essen beschloß 1980 zum Beispiel: „Deshalb muß für den Arbeitgeberbeitrag (zur Sozialversicherung, d. V.) eine neue Bemessungsgrundlage eingeführt werden, die die Finanzierung der sozialen Sicherung auch an der wirtschaftlichen Leistungsfähigkeit, aber vor allem am wirtschaftlichen Ertrag des Kapitaleinsatzes orientiert."

Das geht so leider nicht. *Marx* hat nämlich recht: Nicht totes Kapital oder Maschinen schaffen neue Werte, sondern nur menschliche Arbeit. Er mokierte sich zu Recht in seinem Fragment über die sogenannte trinitarische Formel (Boden, Arbeit, Kapital) über die Vorstellung, „Monsieur le Capital" und „Madame la Terre" könnten allein und ohne Arbeit Werte zeugen.

Abgesehen davon wäre es auch wegen des starken internationalen Wettbewerbs weder wünschenswert, durch zusätzliche Belastungen den technischen Fortschritt zu behindern, noch wäre es möglich, diese Abgabe ohne großen Krampf und komplizierte bürokratische Regelungen zu erheben. Das Steuer- und Abgabenrecht würde weiter verkompliziert, aber nichts Materielles dabei herauskommen, denn die Unternehmer werden wie immer jede zusätzliche Belastung kalkulatorisch berücksichtigen und in den Preisen an die Verbraucher weitergeben.

Technischer Fortschritt ist steuerbar

Negative Seiten industriellen Wachstums sind nicht unabweisbare Begleiterscheinungen der Technik. Hier wirken Umstände zusammen, die die Erscheinungs- und Nutzungsformen der Technik bestimmen, z. B. die Notwendigkeit, einzelbetriebswirtschaftliche Rentabilität unter Wettbewerbsbedingungen zu sichern und der daraus folgende Zwang zur Umsatzsteigerung, zur Senkung der Betriebskosten, zur Vernachlässigung von Ausgaben für soziale Zwecke.

Die entscheidende Frage ist, ob die technische und industrielle Entwicklung im Interesse der Menschen lenkbar ist oder ob sie eine Eigendynamik hat, deren Richtung wir nicht festlegen. Vom Volke gewählte Gremien haben jedenfalls kaum jemals über technische Neuerungen entschieden. Solche Entscheidungen fielen ohne Öffentlichkeit.

Die falsche Vorstellung ist weit verbreitet, es könne eigentlich nur eine Technik geben, die sich – ohne andere Möglichkeiten – nur nach Sachgesetzlichkeiten entwickelt. Sicher kann man Fortschritt nicht ausschließlich am Reißbrett planen, und es gibt einen internationalen wissenschaftlichen und technischen Fortschritt, der nicht an unseren Grenzen stehenbleibt. Aber man muß gegen die lähmende Zwangsvorstellung angehen, die Technik unterliege einer unkontrollierbaren Eigengesetzlichkeit, einem Moloch gleich, der alles verschlingt, was sich ihm in den Weg stellt. Nicht der technische Fortschritt ist für die von ihm bewirkten Folgen verantwortlich, sondern unsere Entscheidungen, welchen Gebrauch wir von ihm machen. Wir können entscheiden, was wir fördern oder eindämmen wollen: ob wir zum Beispiel das Wissen von den Kreisläufen der Natur nutzen, sie schneller auszubeuten oder ihre Erneuerungskraft zu bewahren oder wiederherzustellen.

Durch die wachsende Inanspruchnahme zunächst billiger Energie- und Rohstoffquellen zeigten sich die Grenzen der natürlichen Ressourcen der Erde. Kritik richtet sich nicht nur gegen die bedenkenlose Ausbeutung dieser Vorräte, sondern auch gegen diejenigen, die die wissenschaftlichen Werkzeuge dafür liefern. Nur langsam erkennt die öffentliche Meinung, daß der technische Fortschritt sich nicht selbst steuert, sondern daß diese Steuerung eine politische Aufgabe ist, die eine gesellschaftliche Willensbildung über die Richtung technischer Entwicklungen voraussetzt.[57]

---

57 Vgl. *Hans Matthöfer*, „Für eine menschliche Zukunft – Sozialdemokratische Forschungs- und Technologiepolitik", 2. überarbeitete Auflage, Düsseldorf 1978.

Es sind nicht nur Wirkungsbedingungen und Auswirkungen neuer Technologien in der sozialen Umwelt vor ihrer Einführung abzuschätzen – was erfahrungsgemäß nur unvollkommen möglich ist –, es müssen auch vorhandene Technologien und ihre Wirkungen überprüft werden, um Chancen für die Menschen zu nutzen: für bessere Wohnverhältnisse, lebenswertere Städte, ein leistungsfähigeres Gesundheitswesen und menschlichere Arbeitsplätze.

Um Energie für einen höheren Lebensstandard sicherzustellen, brauchen wir neue Technologien der Energiegewinnung und eines rationellen Energieverbrauchs; um Rohstoffe schonender zu verwenden und gebrauchte Rohstoffe in die Produktion zurückzuführen, benötigen wir neue Techniken der Gewinnung, Verarbeitung und Wiederaufarbeitung; um die Umwelt vor Emissionen zu schützen, sind umweltschonendere Techniken erforderlich.

Technologien werden täglich auf unterschiedliche Weise bewertet. Unternehmer versuchen, Produkte und Verfahren zu entwickeln; Verbraucher bewerten den Nutzen angebotener Güter und Dienstleistungen. Staatliche Einrichtungen versuchen, Umweltfolgen industrieller Produktion – auch landwirtschaftlicher Erzeugung –, des Güter- und Personenverkehrs, von Energiesystemen, bei der Abfallbeseitigung usw. zu beurteilen und treffen selbst techniksteuernde Entscheidungen. Warum hatte die amerikanische Flugzeugindustrie ein Monopol? Wegen der Ausgaben der amerikanischen Luftwaffe! Warum sind Europäer beim Airbus einigermaßen wettbewerbsfähig? Wegen der staatlichen Unterstützung! Es ist Ideologie, zu sagen: Nur der Markt bringt technischen Fortschritt hervor. Von wenigen Ausnahmen abgesehen wurde kaum eine bedeutende Erfindung der letzten drei, vier Jahrzehnte ausschließlich mit privatem Risikokapital finanziert. Viel eher waren schon immer Krieg und Rüstung Haupttriebkräfte der Technik. Vor allem die Militärs haben den technischen Fortschritt vorangetrieben.

Der Krieg war seit jeher der Vater aller Dinge im hier behandelten Bereich. Die ersten Bronzewerkzeuge, die wir kennen, waren Streitäxte.

„Es ist kaum übertrieben zu sagen, daß *mechanische* Erfindungen bis zum 13. Jahrhundert nach Christus mehr dem Krieg als dem Frieden zu verdanken waren. ... Der Streitwagen der Bronzezeit ging dem allgemeinen Gebrauch von Transportlastwagen voraus, brennendes Öl wurde zur Abwehr des Feindes von der belagerten Stadt verwendet, ehe man es als Antriebskraft für Motoren oder als Heizstoff benutzte. Die assyrische Armee verwendete aufgeblasene Rettungsgürtel, um Flüsse zu überqueren, Tausende von Jahren bevor Schwimmwesten für Zivilisten erfunden wurden. Auch die Arten der Metallverwendung entwickelten sich rascher in der Armee als im zivilen Leben: Die Sense wurde an Streitwagen befestigt, um Menschen niederzumähen, ehe sie an der Mähmaschine befestigt wurde, die dem Ackerbau diente; Archimedes' Wissen über Optik und Mechanik wurde dazu verwendet, die römische Flotte, die Syrakus angriff, zu zerstören, ehe es für konstruktiv industrielle Zwecke angewendet wurde. Kriegführung war, vom griechischen Feuer bis zur Atombombe, von der *ballista* bis zur Rakete, die Hauptquelle jener technischen Erfindungen, die auf metallurgischem oder chemischem Wissen beruhen." *Mumford*[58]

Mehr Beispiele ließen sich aufzählen:

- *Galilei*, den die venezianische Marine bezahlte, um Fernrohre zu entwickeln,
- die erste Massenproduktion von Gewehren mit austauschbaren Teilen, die von der amerikanischen Armee finanziert wurde,

---

58 a.a.O., 261.

- Atomenergie, Computer, numerische Steuerung, der ständige Strom der Erfindungen in der Raumfahrt-, Raketen- und Lasertechnologie und
- die Mikroelektronik.

Wir sollten diese kostspieligen Umwege nicht mehr gehen und die technische Entwicklung unmittelbar zum Wohle der Menschen steuern. Innerhalb verhältnismäßig kurzer Zeit gelang es, Menschen zum Mond fliegen oder in Raumstationen monatelang um die Erde kreisen zu lassen, weil zwei Staaten sich herausgefordert glaubten, ihre wissenschaftlichen und technischen Möglichkeiten auf diese Ziele zu konzentrieren und darüber hinaus viel Geld in die Entwicklung neuer Rüstungstechnologien zu stecken.

„Die Produktion von Raketen erfordert Forschungsanstrengungen auf vielen Gebieten, z. B. Treibstoffchemie, Ultrakurzwellenfunk, Ultraschall-Aerodynamik, Bearbeitungs- und Steuerungsmethoden und die Kombination der Ergebnisse aller Einzelanstrengungen zu einem bestmöglichen System. Die Unternehmen der Raketenindustrie sind in vielfacher Art und Weise mit der übrigen Metallindustrie verbunden. Die Erfahrungen der Manager, Wissenschaftler, Ingenieure, Techniker und Facharbeiter bei den vom Staat in großzügiger Weise finanzierten Entwicklungsarbeiten auf dem Gebiet neuer Treibstoffe und Triebwerke, automatischer Steuerungssysteme und Abschußanlagen, der Raketenmetallurgie, Instrumentierung, Kältelehre, Hitzeübertragung, Sprengköpfe, Funksysteme, der Entwicklung von Prüf-, Instandhaltungs- und Reparaturverfahren kommen mittelbar der gesamten Metallindustrie zugute."[59]

---

59 Hans Matthöfer, „Raketentechnik in den USA", „METALL-DIENST", Frankfurt am Main, Mai 1958; vgl. auch ders. „Metallindustrie vor völlig neuen Problemen und Möglichkeiten – Die Technik der Zukunft, „DER GEWERKSCHAFTER" 6(1958)5, 10–13.

Auch nach dem Zusammenbruch des Sowjetsystems erzwingt das Schwergewicht der verbleibenden Militärapparate weiterhin zu hohe Rüstungsausgaben. Es ist aber höchste Zeit, große Teile dieser Mittel umzuwidmen, um jenen zwei Dritteln der Menschheit menschenwürdige Lebensverhältnisse zu schaffen, die immer noch in Armut leben.

In einer Zeit, in der Boden, Luft, Wasser und Meere immer stärker verschmutzt werden, in der ein schneller technischer Fortschritt weltweit auf Massenarbeitslosigkeit trifft, ist es unverzichtbar, der Frage der Steuerung der Technik größere Bedeutung zu geben. Wir werden die Technik aber sozial verantwortlich nur steuern können, wenn wir die dafür unerläßlichen Instrumente und finanziellen Ressourcen verfügbar machen.

Wir haben es hier mit einem Regelkreis zu tun: Der technische Fortschritt oder die Entwicklung der Produktivkräfte beeinflussen den wirtschaftlichen und gesellschaftlichen Überbau und das Bewußtsein, und diese wirken wiederum auf die Produktivkräfte zurück. Wenn wir mehr über diesen Prozeß von Wechselwirkungen wüßten, könnten wir ihn so zu steuern versuchen, wie es im Interesse eines menschlichen Überlebens erforderlich wäre.

Humanisierung der Arbeit

Mitbestimmung

Ein schnell steigender Ausstoß privat hergestellter Massenverbrauchsgüter kann nicht allein Zweck menschlichen Wirtschaftens sein. Ungleich bedeutsamer ist die Gesamtqualität des einzelnen Lebens. Das schließt die Bedingungen ein, unter denen der einzelne sein Arbeitsleben verbringt. Der Kampf um menschengerechte Arbeitsbedingungen, um die Würde des Menschen in der Arbeitswelt begleitete die gesamte wirtschaftlich-technische Entwicklung. Arbeitsplatz- und soziale Sicherheit, angemessene Einkommen, berufliche Qualifizierungschancen, Anerkennung beruflicher Qualifikationen standen bei gewerkschaftlichen Forderungen immer obenan.

Die Garantie eines möglichst großen Freiheitsraumes für die individuelle Entfaltung des Menschen ist eine der wichtigsten Aufgaben der Politik. Dazu gehört, daß der Mensch bei seiner Arbeit nicht nur Empfänger von Anweisungen ist, sondern mitdenken und mitgestalten kann. Technischer und organisatorischer Fortschritt läßt sich nicht über die Köpfe der Betroffenen hinweg verwirklichen. Die Qualität industrieller Entscheidungen wird verbessert, wenn die betroffenen Arbeitnehmer dabei mitbestimmen. Jeder weiß schließlich am besten, was an seinem Arbeitsplatz los ist, besser jedenfalls als ein von der Leitung beauftragter Organisator fern in einem zentralen Büro.

Mitbestimmung könnte dazu beitragen, die immer weiter um sich greifende Einstellung zur Arbeit als verlorene Lebenszeit abzubauen, als etwas, das man opfert, um in der Freizeit wirklich zu leben. Arbeit würde stärker als Tätigkeit begriffen, in der man die Befriedigung erfährt, Fähigkeiten zeigen und entfalten zu können. Die Befriedigung solcher persönlichen Bedürfnisse entscheidet mit über Leistungsbereitschaft, Leistungsergebnis und Zufriedenheit des einzelnen. In einer nach tayloristischen Grundsätzen gegliederten, arbeitsteiligen Organisation ist kaum Platz, sie zu berücksichtigen. Es sind also Verhältnisse zu schaffen, in denen dieses möglich ist.

Mit zunehmender Verwissenschaftlichung und Spezialisierung wird es Vorgesetzten immer schwieriger, wenn nicht unmöglich, die Arbeit zahlreicher Spezialisten sachgemäß zu beurteilen oder anzuleiten. Die Organisation der Industrieunternehmen der Zukunft besteht wahrscheinlich aus in sich demokratisch strukturierten Gruppen, die netzartig und gleichberechtigt miteinander kooperieren.

Im Talentmix künftiger Manager wird die Fähigkeit wichtiger, sich klar mitteilen, andere überzeugen und motivieren zu können. „Der neue Führertyp ... ist ein Möglichmacher, ein Entscheidungserleichterer, kein Befehlsgeber",[60] sagt *Naisbitt* und weiter: „Es wird der Computer sein, der der hierarchischen Pyramide ... den Gnadenstoß versetzt: Wir hatten das hierarchische Management-Pyramidensystem einst geschaffen, weil wir ... es brauchten, um mit den Fakten und Daten über Menschen, die Angestellten wie die Kunden ... mitzukommen; nachdem es ... Computer gibt, die das viel leichter und exakter erledigen, können wir unsere Institutionen, geschäftlicher, verwaltungsmäßiger oder sonstiger Art, wieder horizontal statt vertikal ausbilden oder rekonstruieren."[61]

Gleichlaufend damit sollte Mitbestimmung in einer allmählichen Langfristenentwicklung die Weisungsrechte der

---

60 *Naisbitt*, a. a. O., 267.
61 *Naisbitt*, a. a. O., 351.

Eigentümer vermindern und die Mit- und Selbstbestimmungsrechte der Arbeitnehmer schrittweise ausweiten, nach dem Grundsatz: Unternehmen müssen geführt werden, die Legitimation der Führung darf aber nicht nur aus dem Eigentum an den Produktionsmitteln, sie muß auch aus der jeweils in festgelegten zeitlichen Abständen herbeigeführten Zustimmung der Geführten kommen. Ich habe es immer als unbefriedigend empfunden, wenn Gewerkschafter oder Sozialdemokraten nur von der „Kontrolle wirtschaftlicher Macht" sprachen, etwa in dem Sinne: Die anderen führen die Unternehmen und wir kontrollieren. Das wäre mir nicht genug gewesen. Mir kam es immer auf die Ausübung wirtschaftlicher Macht durch die Arbeitnehmer selbst an.

„Was die Linke aus dem Zusammenbruch der Staatswirtschaften des Ostens ein für allemal lernen muß, ist ein neues Verhältnis zum Wirtschaftsindividualismus und zur Figur des Unternehmers. Die Linke muß endlich, knapp gesagt, Joseph Schumpeter rezipieren und ihr abgrundtiefes Mißtrauen gegen die risikoreiche Neuerungssucht des Unternehmers überwinden. Sie muß sich dazu aufraffen, Vorstand in ihrer Gesellschaft werden zu wollen, nicht nur Betriebsrat. Sie muß den Akzent vom defensiven Arbeitnehmerschutz auf die offensive Gestaltung der Produktions- und Konsumptionsstrukturen verlagern." *Peter Glotz*[62]

Jahrelange Routine am Arbeitsplatz erzeugt eingespielte Gewohnheiten und Passivität. Man ist oft wie gelähmt und nicht mehr bereit oder fähig, sich auf Neues einzustellen. Viele Arbeitnehmer sind überfordert, wenn sie plötzlich über größere Selbständigkeit und Verantwortung verfügen. Aber ihr Bewußtsein wandelt sich. Immer mehr Menschen fragen nach dem Sinn inhaltsleerer Arbeit, die ihnen trotz guter Be-

62 „Die Linke nach dem Sieg des Westens", Stuttgart 1992, 91.

zahlung Lebensfreude raubt und sie oft genug krank macht. Sie fordern, ihren Anspruch auf eine befriedigende und abwechslungsreiche Arbeit zu erfüllen, mit der sie sich persönlich identifizieren können. Bedürfnis und Wille der Arbeitnehmer wachsen, in das betriebliche Geschehen einzugreifen.

Eine durch die Veränderung der Technik ausgelöste, auf mehr Bildung und mehr Selbsttätigkeit gerichtete Veränderung der Arbeitsbedingungen wird dies noch beschleunigen. Der Druck wird stärker werden, die Mitbestimmung auszubauen. Damit wiederum erhöhen sich die Chancen für menschengerechte Arbeitsbedingungen.

Mit dem Argument, das früher eine Rolle spielte, Mitbestimmung behindere den technischen Fortschritt, brauchen sich Befürworter heute nicht mehr herumzuschlagen. In der Einbringungsrede zu den Gesetzentwürfen der SPD zur Mitbestimmung sagte ich dazu am 22. Januar 1969 im Bundestag:[63]

„Auch hat nicht die angeblich von Mitbestimmungsfesseln freie, ... in ihren Entscheidungen ungehemmte, über große Kapitalmassen verfügende, zur Abwehr gewerkschaftlicher Mitbestimmungsansprüche ... Streiks in Kauf nehmende amerikanische Stahlindustrie in den vergangenen Jahren zum technischen Fortschritt entscheidend beigetragen, sondern die mitbestimmte oder vergesellschaftete deutsche oder österreichische.

Das gilt für große ... technologische Durchbrüche, z. B. bei der direkten Reduktion, beim Sauerstoffaufblaseverfahren, beim Stranggießen genauso wie für die Erhöhung der Produktivität durch verbesserte Sintermethoden, Vakuumtechnik, besseren Stoff-Fluß, niedrigeren Koksverbrauch, Verbesserungen in der Kraft-, Wasser- und Wärmewirtschaft,

63 Protokoll (5) 210, 11 360 – 11 367.

Verwertung von Abfallstoffen, Ausweitung der Verbundwirtschaft, verbesserte Möllerzusammensetzung und Rohstoffaufbereitung, Verwendung von Sauerstoff und Wasserdampf im Hochofen, Erhöhung der Walzgeschwindigkeiten usw. Auf all diesen Gebieten ist die mitbestimmte oder vergesellschaftete Stahlindustrie der Vorreiter gewesen und nicht die von angeblichen Mitbestimmungsfesseln freie amerikanische."

Mitbestimmung ist Teil fortschreitender Demokratisierung, die autoritäre Beziehungen durch freie Selbstbestimmung und freiwillige Kooperation ersetzt. Sie ist Inbegriff humanistisch verstandenen gesellschaftlichen Fortschritts, nicht allein auf den Betrieb beschränkt, sondern unter Einbeziehung aller sozialen Beziehungen und Bindungen. Leistungsfähigkeit hängt nicht nur von herausragenden Forschungsergebnissen einiger weniger ab. Sie setzt technisches Verständnis, verantwortliches Mitdenken und Mitentscheiden vieler einzelner voraus. Menschen arbeiten produktiver, wenn sie an den Entscheidungen beteiligt sind, die ihre Arbeit betreffen. Gerade in Deutschland brauchen wir schöpferische Arbeiter, Techniker und Ingenieure, die selbständig Initiativen ergreifen.

Mitbestimmung ist deshalb Teil einer Modernisierungsstrategie. Wer den persönlichen Einfluß und den Freiheitsbereich des einzelnen erweitert, steigert die Produktivität, weil dieser dann größere Möglichkeiten hat, organisatorische Phantasie, Vorstellungskraft, Kombinationstalente, Interessen und Kenntnisse zu zeigen, die jetzt nicht immer zum Zuge kommen.[64]

64 Zur Mitbestimmung am Arbeitsplatz siehe u. a. mein Interview im „VORWÄRTS" vom 15. 8. 1968 sowie im „EXPRESS INTERNATIONAL" 5(1968)60, 5, oder: „Mehr Mitgestaltung am einzelnen Arbeitsplatz, Tarifvertragsgesetz und Betriebsverfassungsgesetz als Instrumente", „HANDELSBLATT", 4. 11. 1968. Über meine damaligen Vorschläge zur Novellierung des Betriebsverfassungsgesetzes

Allerdings sollte niemand glauben, man könne die Produktivität steigern, indem man versucht, Arbeitnehmern zwar Diskussions- und Informationsrechte zu geben, nicht jedoch echte Mitentscheidungsbefugnisse in den Gremien des Unternehmens, in denen die wirklich wichtigen Entscheidungen fallen. Nichts verärgert Arbeitnehmer mehr als die Aufforderung, Zeit und Energie für die Diskussion von Belanglosigkeiten aufzubringen, während der Zugang zu den wichtigen Entscheidungen weiterhin verbaut bleibt. Wir sind deshalb für Mitbestimmung auf allen Ebenen, am Arbeitsplatz, in der Arbeitsgruppe, im Betrieb, Unternehmen und Konzern, und zwar auch in grenzüberschreitenden, multinationalen Unternehmen.

Man muß den Teufelskreis von inhumaner Arbeit und der Unfähigkeit aufbrechen, ihre Ursachen und Wirkungen zu sehen. Wenn die Betroffenen an der Bestimmung ihrer Arbeitsbedingungen aktiv teilnehmen, können weitgehend verschüttete Ansätze beruflicher Selbstbestimmung und Qualifizierung entwickelt oder gefördert werden. Darum sollten Arbeitsplätze

---

berichtet *Reinhard Hoffmann* in: *Hermann Huss/Eberhard Schmidt* (Hg.), „Kooperation und Mitbestimmung – Überlegungen zur innerbetrieblichen Mitbestimmung", Ffm. 1972, 62–74. Wenn damals die IG Metall unsere Vorstellungen zur Mitbestimmung am Arbeitsplatz übernommen hätte, so hätte sie – und ihr folgend andere deutsche Gewerkschaften – nicht nur organisatorische Vorteile aus einer entsprechenden gesetzlichen Lösung ziehen können, für die nach meiner Überzeugung zum damaligen Zeitpunkt im Bundestag die erforderlichen Mehrheiten vorhanden waren. Sie wäre Vorreiter einer zukunftsweisenden industriellen Betriebsorganisation gewesen. Vgl. zum neueren Stand der Diskussion das Interview mit dem Stuttgarter Bezirksleiter der IG Metall, *Walter Riester*, sowie *Ralf Kriegel*, „Die zweite Revolution und der betriebliche Alltag", in: „DIE MITBESTIMMUNG" 38(1992)4, und *Franz Steinkühler*, „Für eine demokratische und soziale Unternehmensform – gewerkschaftliche Antworten auf die ‚japanische Herausforderung'", IG Metall/Hans-Böckler-Stiftung-Tagung, 30. 6. 1992, Frankfurt am Main.

- es ermöglichen, durch den Arbeitsprozeß Qualifikationen weiterzuentwickeln und neue zu erwerben;
- die Betroffenen erkennen lassen, daß Organisation, Inhalt und Ablauf ihrer Arbeit, ihr Arbeitsplatz und die Zusammenarbeit mit anderen veränderbar sind, daß sie an Entscheidungen mitwirken können, die über den engeren Arbeitsvollzug hinausgehen, z. B. in Fragen der betrieblichen Arbeitsorganisation und Aufgabenverteilung.

Arbeitende sollten ihre Arbeitsbedingungen so weit wie möglich selbst planen und Ziele und Ausmaß organisatorischer Veränderungen festlegen. „Mit dem Mehr an Qualifikation, an Arbeitsautonomie, an Selbstverantwortung korrespondiert ein Mehr an Selbstbewußtsein, an Verhandlungskompetenz, an Kritikfähigkeit."[65] Dafür ist wichtig, Arbeitnehmer und ihre Vertreter – Gewerkschaften, Betriebsräte und Vertrauensleute – an der Gestaltung der Arbeitsplätze und organisatorischen Abläufe zu beteiligen und Mitbestimmung oder Mitwirkung am Arbeitsplatz durch einzelne Arbeitnehmer oder Arbeitsgruppen auf der untersten Stufe des Produktionsprozesses zu verankern.

„Eine sich auf die unmittelbar einsichtigen Interessen konzentrierende gewerkschaftliche Betriebspolitik könnte wirksamer verfahren, wenn sie sich außerdem noch auf betriebliche Tarifkommissionen stützen könnte, die über die zusätzlichen rechtlichen Möglichkeiten des jeweils zu wählenden Arbeitsgruppensprechers und der Arbeitsgruppenbesprechungen verfügen."[66]

65 *Michael Schumann* auf dem Workshop „Lean production", veranstaltet von der Hans-Böckler-Stiftung, dem IG Metall-Vorstand und anderen am 22./23. 1. 1992 in Düsseldorf.
66 *Hans Matthöfer*, „Die große Lösung – Mitwirkung am Arbeitsplatz, „VORWÄRTS", 14. 11. 1968.

Die Beteiligung am Entscheidungsprozeß müßte bereits in der Planungsphase, also zum Beispiel bei der Bestimmung der Anlagenkonzeption und des Anlagendesigns – zwei besonders arbeitsrelevante Stufen der technischen Planung –, beginnen. Unternehmer und Arbeitnehmer werden in der Praxis lernen, Arbeitsbelastungen abzubauen und die Arbeit besser zu organisieren. Vorbilder in typischen Fällen haben dann Signalwirkung für ähnliche Betriebe oder ganze Wirtschaftszweige.

Humanisierung der Arbeit

Humanisierung der Arbeitswelt ist gesellschaftlicher Fortschritt, verstanden als mehr Selbstbestimmung und Mitentscheidung, als Verwirklichung der Menschenwürde im Betrieb, als Anerkennung der Persönlichkeit des einzelnen und seines Anspruches auf sinnvolle und befriedigende Tätigkeit.[67] Im Arbeitsleben müssen Würde und Freiheit des einzelnen, sein unantastbares Recht auf körperliche und geistige Unversehrtheit gesichert sein.

„Die Bundesrepublik ist als rohstoffarmes Land in besonderem Maße auf die Leistungsfähigkeit und die Motivation der hier arbeitenden Menschen angewiesen. Wenn sie im internationalen Wettbewerb bestehen will, müssen gesundheitsschädliche und demotivierende Arbeitsformen verstärkt durch Arbeitsorganisationen und Arbeitstechnologien abgelöst werden, die Gesundheit und Arbeitskraft der Arbeitnehmer schützen und durch Förderung ihrer Lernbereitschaft, Kreativität, Flexibilität und Entschei-

67 Vgl. *Hans Matthöfer*, „Humanisierung der Arbeit und Produktivität in der Industriegesellschaft", 3. überarbeitete Auflage, Köln 1980.

dungsfreude zusätzliche Entfaltungsmöglichkeiten schaffen."[68]

Schon früher fiel Wissenschaftlern die Fülle von Verbesserungsideen auf, über die Arbeitnehmer verfügen, die sich aber nicht auswirken können, wenn sich im Betrieb niemand dafür interessiert. Sie können diese „innovatorischen Qualifikationen" nur nutzen, wenn die dafür notwendigen Voraussetzungen bestehen.

„Die Einsicht, daß eine den Arbeiter ernstnehmende Arbeitsgestaltung, eine die Kompetenz der Arbeiter pflegende und nicht destruierende Aufgabendefinition nicht naturgesetzlich gegen den Betrieb gekehrt wird, sondern ihm über höhere Motivation auch dienlich sein könnte, gewinnt heute sichtbar an Boden ... Dies führt zur Ausrichtung der Bildungsprozesse an einem umfassenden Qualifikationsbegriff (keine Beschränkung auf prozeßspezifische Fähigkeiten; Orientierung an souveräner Berufsarbeit; vielfältige, berufliche wie private Anwendbarkeit der Kenntnisse und Fähigkeiten)." *Horst Kern, Michael Schumann*[69]

Man kann das Problem menschengerechter Gestaltung der Arbeitsplätze oder der Würde des Menschen im Betrieb nicht von der Motivation und Arbeitszufriedenheit trennen und damit auch nicht von der Produktivität. Je interessanter und sinnvoller die Arbeit, je stärker umfassende und stetige Bildungsanstrengungen ihre Grundlage bilden, um so produktiver werden die Menschen sein. In jedem Arbeiter und Angestellten liegen Fertigkeiten, Anlagen, Ideen, schöpferische Fähigkeiten, die unter anderem deshalb nicht zum Aus-

---

68 *Hans Matthöfer*, „Humanisierung der Arbeit als Aufgabe der Forschungspolitik", „SOZIALE SICHERHEIT" 27(1978)1, 1–4.
69 „Das Ende der Arbeitsteilung? Rationalisierung in der industriellen Produktion", München 1985, 88 und 324.

druck kommen, weil eigene Ideen Arbeitern und Angestellten oft eher schaden als nützen.

Erfindungen und technische Neuerungen werden z. B. zurückgehalten, weil Arbeitnehmer-Erfinder ihren Arbeitsplatz gefährden und die zu erwartende Vergütung in keinem vernünftigen Verhältnis dazu steht. Dies wird sich ändern, denn niemand wird es sich mehr leisten können, schöpferische Kräfte oder die Leistungsfähigkeit einzelner – etwa wegen ungleicher Ausgangschancen – brachliegen zu lassen. Mangel an Ausbildungsmöglichkeiten und tausenderlei Hemmnisse im Arbeitsleben behindern auch die freie Entwicklung der Frauen. Der Kampf um ihre Gleichberechtigung läßt sich gleichfalls wirtschaftlich vernünftig begründen.

Sind Arbeitsbedingungen dann menschenwidrig, wenn sie vorzeitigen Verschleiß und gesundheitliche Gefährdungen verursachen, Lernfähigkeit vermindern, schöpferische Kräfte und Fähigkeiten beengen oder ersticken? Hier entzündet sich oft Streit mit denen, die allgemein für menschengerechtere Bedingungen sind, aber aus einer in Umfragen festgestellten scheinbaren Zufriedenheit folgern, die jetzigen Umstände seien kaum noch verbesserungsbedürftig, oder behaupten, viele schalteten bei der Arbeit am liebsten ab und zögen monotone Fließbandarbeiten größerer Entscheidungsfreiheit vor.

Um zu sehen, wie notwendig es ist, Arbeitnehmer an einer Umwandlung ihrer Arbeitsbedingungen zu beteiligen, muß man sich die Folgen jahrelanger sinnentleerter, sich ständig wiederholender Tätigkeiten vor Augen führen. Nicht nur körperliche Schäden, frühzeitiger Verschleiß bis hin zur Frühinvalidität werden dadurch hervorgerufen, sondern auch verkürzte Ansprüche und Erwartungen an das Leben.

Man kann Arbeit an sich verändernde Bedürfnisse und Ansprüche anpassen und so mehr Zufriedenheit schaffen. Dazu gehören die über die bloße materielle und gesundheitliche Sicherung hinausweisenden Bedürfnisse nach sinnvollen, befriedigenden Arbeitsinhalten und nach mehr Selbstverwirklichung im beruflichen Alltag. Zum anderen geht es darum, unerträgliche, unzumutbare oder unnötige Belastungen abzubauen.

Die Grenzen zwischen gesundheitsgefährdenden Bedingungen und Zuständen, die zwar verbesserungsbedürftig sind, aber nicht als unerträglich oder unzumutbar gelten, sind fließend. Kern der Frage, wie wir mehr Erfüllung und Befriedigung am Arbeitsplatz und außerhalb der Arbeit ermöglichen, ist nicht nur das Problem, ob es gelingt, offensichtliche Gesundheitsgefahren abzuwehren und Maschinen einzuführen, die gefährliche oder monotone Arbeiten übernehmen.

Selbstbetätigung gehört nicht weniger zur Lebensqualität als reine Luft, giftfreie Nahrungsmittel, eine intakte Erholungslandschaft oder die bekannten Attribute privaten und öffentlichen Wohlstands. Möglichst viele Arbeitnehmer sollten Freude an der Arbeit haben, sie nicht als auferlegten Zwang und als fremdbestimmt empfinden, Leistungsfähigkeit zeigen, Verantwortung tragen, Ergebnisse ihrer Arbeit entstehen sehen, sich mit ihnen identifizieren können. Solche Ziele sind angesichts wirtschaftlicher Beschränkungen nicht schnell zu verwirklichen. Eine arbeitsteilige Produktion ohne alle Abhängigkeiten und Zwänge ist kaum vorstellbar. Will man aber nicht in Kritik und Ablehnung verharren, dann sind Idealvorstellungen Maßstäbe, an denen sich eine auf allmähliche Veränderung zielende Politik ausrichtet.

Trotz des kritischer werdenden Bewußtseins insbesondere jüngerer Arbeitnehmer ist in Deutschland die Grenze weit gesteckt, jenseits derer ein Arbeitsplatz als zu belastend gilt und deshalb keinen oder keinen deutschen Bewerber findet. Arbeitnehmer sind eingebunden in für sie unabänderliche Zwänge der Körperhaltung und des Arbeitsablaufs, einseitige Muskelbeanspruchung und eine belastende Umwelt. Streß und Frustration folgen aus der Unmöglichkeit, in sinnlos erscheinender Tätigkeit Selbstbestätigung und Identifikation zu finden.

Lärm, Staubbelästigung, den Lebensrhythmus beherrschende starre Arbeitszeiten, Gegebenheiten am Arbeitsplatz, die nur wenige individuelle Eigenheiten zulassen, prägen die Arbeitsbedingungen vieler Menschen. Rhythmus und Belastungen der Produktion wirken bis in familiäre und soziale Beziehungen. Die Benachteiligung der mehrfach durch Beruf, Hausarbeit und Kindererziehung belasteten Frauen wirkt sich auch gesundheitlich negativ aus.

Hier darf sich der Staat nicht auf selbststeuernde Kräfte der Wirtschaft verlassen. Er muß sich selbst darum kümmern und helfen, Probleme zu erkennen und Lösungswege zu finden, die auch betriebswirtschaftlich zu rechtfertigen sind. Wo es um Schutz von Leben und Gesundheit vor gefährlichen Anlagen, Immissionen und Arbeitsstoffen geht, sind gesetzliche Eingriffe ohne Rücksicht auf etwaige Gewinnminderungen eher durchsetzbar als dort, wo Gefährdungen weniger gegenwärtig und schwerer nachweisbar sind.

Menschenwürdige Arbeit als allgemeine Forderung ist heute bei allen politischen und gesellschaftlichen Gruppen unbestritten. Kaum eine Rationalisierungsmaßnahme entgeht noch dem Schicksal, als humanitär gepriesen zu werden. Neben vielen Vorteilen solcher Einigkeit besteht die Gefahr, daß die Fähigkeit unterschiedliche, ja gegensätzliche Ziele vertuscht und bemängelt, weil ihnen scheinbar gleiche Motive zugrunde liegen. Von begrenzten Vorstellungen, die Arbeitssicherheit zu verbessern, reichen sie bis zur Utopie einer herrschaftsfreien Gesellschaft, in der es weder Arbeitsleid noch abhängige Arbeit gibt. Dazwischen liegt ein breites Band von Strategien, Entscheidungsräume zu erweitern, von Mitbestimmung auf allen Stufen bis hin zur Selbstbestimmung.

Der einzelne soll im Arbeitsleben Begabungen und Fähigkeiten nutzen und als gleichberechtigtes Mitglied der Gemeinschaft seinen Anspruch verwirklichen können, Bildungsweg und Arbeitsplatz frei zu wählen und zu entscheiden, wo und wie er sich innerhalb und außerhalb der Arbeit engagieren möchte.

Wie der Mensch seine Arbeit beurteilt, ob sie ihm sinnvoll oder als stumpfsinniges Geldverdienen erscheint, beeinflußt sein Freizeitverhalten. Wer sich bei der Arbeit völlig verausgabt und seine Kräfte tagtäglich in sinnlos erscheinenden Verrichtungen verschleißt, wird kaum noch bereit oder in der Lage sein, sich in seinem gesellschaftlichen Umfeld zu betätigen, sich außerberuflich mit Leistungen durchzusetzen oder viel Kraft für gesellschaftliches und familiäres Engagement zu finden.

Das Bemühen um mehr Lebensqualität bliebe ohne den Kampf um menschlichere Arbeitsbedingungen nur Stückwerk. Arbeit und Freizeit sind so aufeinander abzustimmen, daß bestmögliche Bedingungen in beiden Bereichen bestehen und einer weiteren Teilung des Alltags in Zeitabschnitte entgegenwirken, in denen entweder Zwang oder Langeweile, Erschöpfung oder Enttäuschung herrschen.

Benachteiligungen und Belastungen sind zu beseitigen oder wenigstens zu mildern und Chancen zu schaffen, Arbeit als ebenso positiven Teil des Lebens zu empfinden wie Freizeit, d. h., die Entfremdung von und in der Arbeit wenn nicht aufzuheben, so doch zu vermindern. Der Abbau von Streß und von extremer Arbeitsteilung sowie der Schutz vor schädigenden Umwelteinflüssen bei der Arbeit sind auch mit Blick auf das Verhalten in der Freizeit vordringlich.

Feiertags-, Nacht- und Wechselschichtarbeit z. B. beeinflussen Freizeitgestaltung und soziale Kontakte. Gesundheitliche Schäden durch Nacht- und Schichtarbeit sind nachgewiesen. Die durch die Rechtsprechung geschaffene Möglichkeit, Nachtarbeit auf alle Frauen auszuweiten, hat das Thema wieder auf die Tagesordnung gebracht.

„Nachtschichtarbeiter sind häufiger arbeitsunfähig und krank geschrieben als Arbeitnehmer, die tagsüber arbeiten. ... Unter den Beziehern von Erwerbsunfähigkeitsrenten befinden sich mehr ehemalige Nachtschichtarbeiter als unter den Beziehern eines normalen Altersruhegeldes. ... Magenschleimhautentzündungen und Geschwüre von Magen und Zwölffingerdarm sind bei Nachtschichtarbeitern häufiger als bei Arbeitnehmern, die nur tagsüber arbeiten. ... Kinder aus Schichtarbeiterfamilien erbringen schlechtere schulische Leistungen als Kinder aus Familien, in denen der Vater tagsüber arbeitet." *Gine Elsner*[70]

Das Ausmaß dieser gesundheitsschädlichen Arbeitsformen sollte eingeschränkt und dort, wo sie sich nicht vermeiden lassen, sollten Belastungen vermindert werden. Scheinbar von der Arbeit unabhängige Krankheiten wie Grippe, Erkrankungen des Magens oder anderer Organe kommen in Betrieben mit schlechtem Betriebsklima bis zu dreimal öfter vor als normal. Akkordarbeiter sind zweieinhalbmal häufiger krank als andere Arbeitnehmer. Gesundheitsbelastungen in der Arbeitswelt wirken sich stärker aus, wenn es an ausreichender Erholung mangelt, Wohnverhältnisse ungesund sind und der Berufsverkehr täglich eine oder zwei Stunden zusätzlichen Streß bringt.

Klagen über zunehmende Anonymität, gestörte Kommunikation, Eindringen von „Apparaten" in die Individualsphäre, Zerstörung gewachsener Strukturen und die Reaktionen darauf zeigen, daß die Bedürfnisse der Menschen in der Arbeit nicht allein vom Lohn oder Gehalt erfüllt werden. Wo qualitativ ungenügende Ergebnisse, Störungen im Fertigungsablauf, hohe Fluktuations- und Abwesenheitsquoten auftreten, mangelndes Interesse an der Arbeit offen zutage

70 Pressekonferenz der IG Metall, 2. 7. 1992; vgl. ferner *Gine Elsner*, „Risiko Nachtarbeit", Bonn 1992.

tritt, sollte dies ein Alarmsignal für alle Verantwortlichen sein.

Wer physische Belastungen, wie Lärm und Luftverschmutzung, verringert, den Arbeitsschutz verbessert und Streß vermindert, steigert die Produktivität. Wenn man sieht, daß

- Zukunftschancen wesentlich von Leistungsfähigkeit, Qualifikationsniveau und Einsatzbereitschaft der Arbeitenden abhängen, aber
- jährlich durch Arbeitsunfälle, Berufskrankheiten, vermeidbare Fluktuation, Leistungsminderung, Frühinvalidität und Rehabilitierung Schäden in Höhe einer dreistelligen Milliardensumme entstehen,

wird deutlich, daß es sinnvoll ist, Arbeitsbedingungen zu verbessern.

Es reicht aber nicht aus, sie an Natur und Bedürfnisse des Menschen anzupassen, nur um seine Leistungskraft zu erhalten. Grundwerte des sozialen und demokratischen Rechtsstaats und Grundrechte der Bürger müssen vielmehr um ihrer selbst willen gelten. Menschenwürde, Freiheit und Gerechtigkeit dürfen nicht wirtschaftlichem Kalkül geopfert werden. Mit solchen Bekenntnissen ist aber – dies lehrt jeder Blick in die betriebliche Wirklichkeit – noch keine einzige Verbesserung tatsächlich durchgesetzt worden.

Um zum Beispiel Unfälle zu verhüten, muß man ihre wirklichen Ursachen kennen. Dem steht vielfach noch die Meinung entgegen, in der Mehrzahl der Fälle seien sie durch „menschliches Versagen" verursacht, gegen das man nicht mehr tun könne als mit erzieherischen und aufklärenden Maßnahmen für ein besseres „Sicherheitsbewußtsein". Appelle sind nützlich, reichen aber nicht aus. Menschen machen Fehler, weil sie keine Automaten sind. Fehler dürfen nicht mit Verletzungen „bestraft" werden. Verletzungen als Folgen fehlerhafter Arbeitsvollzüge sind so weit wie möglich auszuschließen, Verfahren und Anlagen von vornherein so zu planen, daß sie alle Sicherheitserfordernisse berücksichtigen. „Eingebaute" Unfallsicherheit ist billiger als dem tatsächlichen Geschehen hinterherhinkende Nachbesserung bestehender Anlagen, und geplante Körperabwesenheit ist besser als spontane Geistesgegenwart.

Einkommensvorteile an bestimmten Arbeitsplätzen sollten uns nicht hindern, Arbeitsbedingungen zu fordern, die die hohe Zahl von Unfällen, Berufskrankheiten und Frührentnern vermindern. Höhere Einkommen dürfen nicht durch Verzicht auf Unfall- und Gesundheitsschutz erkauft werden, wie sie jahrelang durch bestimmte Erschwerniszulagen begünstigt wurden, deren finanzieller Druck die Unternehmer eigentlich zwingen sollte, Arbeitsbedingungen zu verbessern.

Industriearbeit beeinflußt unser Leben auf gegensätzliche Weise: Einerseits erhöht sie den Lebensstandard durch Serien- und Massenproduktion, die die hergestellten Güter verbilligen. Andererseits war und ist sie für viele ein schwer zu tragendes Joch: Viele Menschen empfinden ihren Arbeitsalltag als Raubbau an Gesundheit und Lebenskraft. Einst gehegte Hoffnungen, technischer Fortschritt werde nicht nur Produktivitätszuwächse bringen und Einkommen und Konsum mehren, sondern auch die Arbeitsbedingungen zwangsläufig zum Besseren wenden, haben sich nur teilweise erfüllt. Technischer und allgemeiner Fortschritt sind für Arbeitnehmer keineswegs stets gleichbedeutend.

Mechanisierung und Automatisierung in Produktions-, Verwaltungs- und Dienstleistungsbereichen verschieben Belastungen: Körperliche Schwerstbelastungen werden durch Teilbelastungen bestimmter Körperteile und Muskelgruppen oder durch geistige Belastungen abgelöst, die aus steigender Arbeitsintensität, Arbeitsbeschleunigung und neuen Arbeitsanforderungen folgen. Schwerstarbeit konnte durch Mechanisierung und Automation in vielen Bereichen abgebaut werden. Tätigkeiten, die hohe Qualifikationen mit geringer physischer Belastung verbinden, nahmen zu. Nervliche und psychische Belastungen durch schlechtes Arbeitsklima, Leistungsstreß, Monotonie oder mangelnde Erfolgserlebnisse sind aber schwerer meßbar.

Es gibt Leute, die angesichts der hohen Arbeitslosigkeit das Anliegen der Humanisierung als nachrangig ansehen. Man wird Verständnis haben für jene Textilarbeiterin beispielsweise, der es zuerst darum geht, ihren Arbeitsplatz zu erhalten, und der es weniger wichtig ist, wie sie ihre Arbeit verrichtet, sofern gewisse Mindestbedingungen eingehalten werden. Das Verständnis für diese aus der Not geborene Betrachtungsweise und unsere Solidarität mit den Arbeitslosen entbinden uns aber nicht von der Pflicht, Humanisierung als aktuelle Aufgabe, nicht aber als ein Schönwetter-Programm zu verstehen.

Übertriebene Arbeitsteilung, Abqualifizierung, Einseitigkeit und Vereinsamung sind nicht nur in Fabrikhallen möglich. Sie finden in abgewandelter Form auch in Büros Eingang. Ich warne vor der Gefahr, daß eine nur an unmittelbar kalkulierbaren Kosten und dem technisch und organisatorisch Möglichen ausgerichtete Rationalisierung legitime Interessen der Beschäftigten in Büroberufen überrollt und damit mehr Probleme schafft als löst. Schallschutz, beschränkte Arbeitszeit an Datensichtgeräten, ausreichende Pausen und Erholzeiten für in Schreibdiensten tätige Arbeitnehmerinnen und Begrenzungen der Leistungszuschläge als Schutz vor Selbstüberforderung sind erforderlich.

Mehr noch gilt es, der Verminderung der Arbeitsaufgaben entgegenzuwirken. Es wäre widersprüchlich, in der Produktion von Bereicherung und Erweiterung der Arbeit zu reden und gleichzeitig in der Verwaltung Arbeitsabläufe in sich ständig wiederholende, entleerte Arbeitsabschnitte zu zergliedern. Büro- und Verwaltungstechnologien müssen so beeinflußt werden, daß sinnvolle Arbeitsaufgaben und Arbeitsplätze entstehen. Die neuen Techniken können, wenn sie mit Verstand – und mit Verständnis für Zusammenhänge – eingesetzt werden, die Arbeit erleichtern.

Gewerkschaften und SPD werden sich unbeirrbar weiter bemühen, die Arbeitswelt menschlicher zu machen. Ein wichtiges Etappenziel auf diesem Wege war die Verabschiedung des Betriebsverfassungsgesetzes von 1972, das den Arbeitgebern erstmals auferlegte, gesicherte arbeitswissenschaftliche Erkenntnisse über menschengerechte Arbeitsgestaltung zu berücksichtigen, wenn sie Arbeitsplätze, Arbeitsabläufe und Arbeitsumgebungen einrichten.

Das Gesetz verlangt freilich zweierlei: „Gesicherte arbeitswissenschaftliche Erkenntnisse" müssen nachweisbar sein, damit der Betriebsrat darauf bestehen kann, sie zu berücksichtigen, und er muß ihm vorgelegte Informationen über geplante Maßnahmen prüfen und erkennen können, wo Alternativen vonnöten wären. (20 Jahre später erhielten die Betriebsräte durch die EG-Rahmenrichtlinie „Über die Durchführung von Maßnahmen zur Verbesserung der Sicherheit und des Gesundheitsschutzes der Arbeitnehmer bei der Arbeit" und durch die Zusatz-Richtlinien dazu, die bis Ende 1992 in innerdeutsches Recht umgesetzt werden mußten, das Recht, im voraus gehört zu werden und Vorschläge für besseren Gesundheitsschutz zu machen.) Das 1974 begonnene Humanisierungs-Forschungsprogramm sollte solche Wissenslücken feststellen und systematisch schließen, den Forschungs- und Entwicklungsbedarf sowie Voraussetzungen und Inhalte menschengerechter Arbeitsbedingungen klären. Es wurde leider in diesem Sinne nach der konservativen Wende 1982 nur noch sehr eingeschränkt fortgeführt.

Es war uns 1974 klar: Forschung, die nicht nur wissenschaftliche Erkenntnisse zum Ziel hat, sondern Arbeitsplätze verbessern will, kann nur Erfolg haben, wenn nicht nur Fachleute, sondern die Betroffenen selbst mit Aktionsrichtungen, Schwerpunkten und Durchführung übereinstimmen.

Die sozial-liberale Koalition verabschiedete in den 70er Jahren auf diesem Gebiet einige Gesetze und Verordnungen, die in die richtige Richtung gingen.

- Das Arbeitssicherheitsgesetz führte zu einem beachtlichen Anstieg der Zahl haupt- oder nebenberuflich tätiger Betriebsärzte.
- Eine Arbeitsstättenverordnung versuchte, die Verhältnisse am Arbeitsplatz an moderne Erkenntnisse von Sicherheitstechnik, Arbeitsmedizin, Betriebshygiene und Ergonomie anzupassen und die bisherige Rechtszersplitterung zu beenden.
- Die Verordnung über gefährliche Arbeitsstoffe schützte Arbeitnehmer stärker vor Gefahren, Belästigungen und Beeinträchtigungen durch Arbeitsstoffe.
- Das Betriebsverfassungsgesetz gab den Betriebsräten für den Kampf um menschengerechte Arbeitsplätze zahlreiche Ansatzpunkte und forderte mit seinem Vertrauen auf die Fortentwicklung arbeitswissenschaftlicher Erkenntnisse Forschung und Wissenschaft heraus.
- Das Mitbestimmungsgesetz war ein Schritt vorwärts in Richtung auf mehr Selbstverwirklichung, Mitentscheidung und Interessenvertretung.
- Das Jugendarbeitsschutzgesetz modernisierte Schutzvorschriften für mehr als 1,5 Millionen arbeitende Jugendliche.

Hätte man sich seit 1982 mit gleicher Entschlossenheit weiter bemüht, sähe es heute – zum Nutzen aller – an den Arbeitsplätzen in der alten Bundesrepublik besser aus.

„Der deutsche Arbeitsschutz ist nicht effizient, eine Neufassung seit langem überfällig. Die Kernregelungen in der Gewerbeordnung sind über 100 Jahre alt. Ergänzende Regelungen in Teilbereichen haben zu einem völlig unübersichtlichen Flickenteppich von über 1000 Gesetzen, Verordnungen,

Richtlinien u. a. m. geführt. Ganze Beschäftigungssektoren, wie z. B. der Öffentliche Dienst, werden zudem weitestgehend von den Regelungen nicht erfaßt. Die Defizite sind schon seit längerem erkannt. Bereits 1981 hatte der Bundestag einstimmig beschlossen, ein einheitliches Arbeitsschutzgesetz solle erarbeitet werden. Die darauf folgenden Referentenentwürfe fielen dem Bruch der sozialliberalen Koalition zum Opfer. Eine Konzeption der gegenwärtigen Bundesregierung ist bislang nicht erkennbar." *SPD-Bundestagsfraktion*, 17. 3. 1992.

Wer menschenwürdige Arbeitsumstände herstellen und menschenwidrige beseitigen will, muß Wege finden, die uns mehr erlauben, als der Technik hinterherzulaufen und nachträglich Maschinen und Verfahren an Fähigkeiten und Bedürfnisse der Menschen so gut es geht anzupassen. Belastungen abzubauen, Möglichkeiten zur Selbstverwirklichung, zur Höherqualifizierung zu schaffen und solidarische Kommunikation in der Arbeit zu ermöglichen, sind eigenständige technische und unternehmensorganisatorische Ziele, die dem Ziel der Produktivitätssteigerung nicht nach-, sondern gleichgeordnet sind.

Bei der Schaffung menschengerechter Arbeitsplätze wird es Konflikte geben. Es kostet Geld, Arbeitsplätze so auszustatten, daß sie niemanden durch schädliche Umwelteinflüsse gesundheitlich gefährden oder belästigen. Arbeitnehmer können im wesentlichen auf zwei Wegen ihre Interessen vertreten und gegen den Widerstand ihrer sozialen Gegenspieler durchsetzen: Sie schließen sich zu Gewerkschaften zusammen und sie wirken über die Parteien auf die Parlamente aller Ebenen ein.

Das wirksamste Instrument, Humanisierungsforderungen durchzusetzen, ist sicher der Tarifvertrag. Tarifverträge, notfalls mit Hilfe von Arbeitskämpfen erreicht, und Gesetze, die ihre Lage verbessern, zeigen den Arbeitnehmern den jeweils erzielten Fortschritt. Bundesregierung und Bundestag – Koalition wie Opposition – sollten die Gesetzgebung vorantreiben.

Politische und berufliche Bildung

Niemals hatten die Arbeitnehmer der Industrieländer mehr Zeit und Möglichkeiten, sich zu informieren, aber noch immer sind sie weitgehend nicht in der Lage, ihr Leben oder auch nur die maßgeblichen Rahmenbedingungen nach ihren eigenen Interessen zu bestimmen.

„Deutschland ... entwickelt sich seit mehr als einem Jahrzehnt auf das Schnittmuster der Zweidrittel-Gesellschaft zu, das heißt hin auf eine dualistische Struktur, in der das untere Drittel oder Viertel die Politik kaum mehr beeinflußt ... Die Frage, wer die Wahlen gewinnt, wird in der Oberwelt entschieden, nicht in der Unterwelt." *Peter Glotz*[71]

Die freiheitliche Staatsordnung lebt von der Zustimmung, Mitwirkung und Wachsamkeit ihrer Bürger. Wenn die Beteiligung am politischen Geschehen als unzureichend empfunden wird, wenn Interesselosigkeit großer Wählergruppen die Demokratie schwächt, sind sowohl die Gründe bisheriger Gleichgültigkeit bewußt zu machen als auch Wege zu finden, sie zu überwinden. Soll unsere Demokratie trotz Konzentration und Bürokratisierung lebensfähig bleiben, gilt es, Zentralisierung in den großen Organisationen zu verhindern und überall dort, wo dies möglich ist, Formen direkter Demokratie einzuführen.

Gesellschaftliche Verhältnisse sind meist ziemlich kom-

71 a. a. O., 105.

plex. Wichtige Zusammenhänge sind oft nicht ohne weiteres zu durchschauen. Mit Unverständnis, Argwohn und Mißbehagen steht der Bürger hilflos vor einem komplizierten Dschungel an Rechtsvorschriften, Verordnungen und bürokratischen Regelungen auf fast allen Gebieten des täglichen Lebens. Erhöhte Anteilnahme ist höchstens bei einigen kleinen Gruppen zu beobachten.

Erhöhte Komplexität der Gesellschaft trifft auf wachsende Teilnahmslosigkeit der Mehrheit. Notwendig sind zunehmende Interessiertheit und stärkere Suche nach Informationen, denn Demokratie funktioniert nur dann wirklich gut, wenn jeder seine Rechte kennt und sie selbstbewußt ausübt. Wer Demokratie nicht nur formal versteht und sie zur lebendigen Wirklichkeit in allen Lebensbereichen machen will, muß diese Aufgabe von zwei Seiten aus angehen: Aufklärung einerseits und Vereinfachung andererseits.[72]

Weil sich vieles schneller als jemals zuvor verändert, muß der einzelne – soweit es irgend geht – in die Lage versetzt werden, gesellschaftliche und wirtschaftliche Zusammenhänge zu durchschauen. Apathie ist auch auf mangelnde Informiertheit zurückzuführen. Eine bessere Kenntnis der Arbeitsweise demokratischer Institutionen würde das Interesse an politischen Vorgängen erhöhen und demokratischen Überzeugungen eine breitere Grundlage geben. In einer demokratischen Gesellschaft muß der einzelne Bildungsangebote vorfinden, die es ihm ermöglichen, schwierige gesellschaftliche, wirtschaftliche und politische Fragen besser zu durchschauen.[73] Bildungsarbeit könnte helfen, den milieubedingten Mangel an Selbstbewußtsein, insbesondere bei Ar-

---

72 Siehe *Hans Matthöfer*, „Von der parlamentarischen und partizipativen Demokratie", „WERDEN – Jahrbuch für die deutschen Gewerkschaften", Köln 1969, 7–13.

73 Vgl. *Hans Matthöfer*, „Zur inhaltlichen und methodischen Verbesserung der politischen Bildungsarbeit", Deutscher Bundestag (5)196, 10 573 – 10 575, 15.11. 1968.

beitern, zu überwinden. Sie wird wirksamer durch bessere Informationen und Möglichkeiten, an Entscheidungen teilzunehmen, die die Lebenswirklichkeit des Bürgers bestimmen, insbesondere in seiner Eigenschaft als Arbeitnehmer.

Nur durch ständige Bemühungen können wir unsere Gesetze übersichtlicher, einfacher, einheitlicher, verständlicher und praktikabler machen. Bundestag und Bundesregierung haben hier eine Leistung zu vollbringen, von der letzten Endes die Qualität unseres demokratischen Zusammenlebens abhängen wird. Demokratie gewinnt nur konkrete, inhaltliche Bedeutung, wenn es im täglichen Leben Gelegenheit zu sinnvollem demokratischem Verhalten gibt. Sie setzt Teilnahme voraus; überall dort, wo diese verhindert wird oder sich mehr oder weniger auf die Abordnung von Macht beschränkt, muß sie gegenüber andressierten autoritären Verhaltensmustern an Plausibilität und Anziehungskraft verlieren.

Der Machtzusammenballung in der Wirtschaft und der Formalisierung und Hierarchisierung in großen Organisationen sollten wir entgegenwirken, indem wir Mitbestimmungsrechte ausweiten, die Bürger stärker an Entscheidungen beteiligen und die innerparteiliche Demokratie stärken. Gewerkschaften zum Beispiel sollten nicht nur in ihrer Struktur demokratisch sein, sondern darüber hinaus bewußt das Unabhängigkeitsstreben ihrer Mitglieder, deren Initiative und Teilnahme an der innergewerkschaftlichen Willensbildung fördern.

Hier und da auftretende Dezentralisierung sollte uns nicht sorglos machen. Neue Techniken ermöglichen z. T. zentrale Kontrollen neuer und wirksamer Art. Wir müssen eifersüchtig unsere Freiheitsrechte verteidigen und versuchen, sie auszuweiten, jeden Eingriff zentraler Datensammler in unsere Intimsphäre verhindern, den „Übermut der Ämter" dämpfen und ihren Einfluß zurückdrängen.

Methoden politischer und gewerkschaftlicher Arbeit sollten noch stärker als bisher bei den Mitgliedern Teilnahme, Selbsttätigkeit und Selbstaufklärung bewirken. Wir haben schon lange nicht mehr den naiven Optimismus der Pioniere der Arbeiterbewegung, die noch nichts von schichtenspezifischen Sprachstrukturen und Bildungsmotivationen wußten und deshalb einen unmittelbaren Zusammenhang zwischen kürzerer Arbeitszeit und selbsttätigen Bildungsbemühungen der Arbeitnehmer vermuteten. Wir wissen seit vielen Jahren, daß es Bildungsbarrieren gibt, die unabhängig vom guten Willen des einzelnen wirksam sind.

Bildungsarbeit muß von den Interessen des einzelnen ausgehen, ihm helfen, Erfahrungen, Erlebnisse und Vorstellungen zu analysieren und zu verarbeiten, sein Leben auch als Ausdruck gesellschaftlicher Verhältnisse zu begreifen, ihm aus dem emanzipativen Gehalt demokratischer Ideale Maßstäbe vermitteln, mit deren Hilfe er die Flut der auf ihn einströmenden Informationen verarbeiten, Ideale mit der von ihm erlebten Wirklichkeit vergleichen und handlungsmotivierende Ansprüche an die politische Praxis stellen kann. Entscheidungsprozesse wären so zu organisieren, daß sie die Initiative großer Gruppen anregen und Erfolgserlebnisse schaffen, die die Wirkung der Bildungsarbeit noch verstärken.

Die Struktur der Arbeitslosigkeit und die Anforderungen für die Modernisierung der Wirtschaft verlangen, künftig mehr für die berufliche Aus- und Fortbildung, die Umschulung und die berufliche und regionale Mobilität zu tun. Das Risiko, arbeitslos zu werden und längere Zeit zu bleiben, ist weitgehend von der beruflichen Ausbildung abhängig.

„Wer Vollbeschäftigung nicht für machbar hält, kapituliert vor den Hindernissen, die dem Wirken des Marktmechanismus auf dem Arbeitsmarkt in den Weg gelegt werden. ... Der Vollbeschäftigung kann man sich allerdings nicht nur nähern, indem man den Lohnanstieg bremst oder gar die Löhne senkt. Eine andere Möglichkeit ist, die Produktivität zu steigern und den Strukturwandel hin zu technologie- und qualifikationsintensiven Produkten und Systemen mit hoher Wertschöpfung zu fördern, die das hohe Lohnniveau hierzulande rechtfertigen.

Dies verlangt Investitionen in Sach-, aber mehr noch in Humankapital. Nach einer Studie der American Society for Training and Development ist die berufliche Qualifikation der Erwerbsbevölkerung für die Wettbewerbsfähigkeit einer Volkswirtschaft entscheidend – und damit für Vollbeschäftigung. Wir sollten uns nicht an dauerhaft hohe Arbeitslosigkeit gewöhnen, sondern an höhere Investitionen für Bildung, Ausbildung und lebenslanges Um- und Dazulernen." *Stefan Baron*[74]

Die Jugend muß sich auf Veränderungen in Wirtschaft und Gesellschaft – in Deutschland und weltweit – vorbereiten können. Kenntnisse, Fähigkeiten und berufliche Bildung sind nicht nur für bestimmte Arbeitsanforderungen bedeutsam. Ihr Umfang wie ihre Inhalte können nicht allein wirtschaftlichen Verwertungsinteressen dienen, weil sie auf den Menschen, die Entwicklung seiner Fähigkeiten und Talente, auf seine Zukunftssicherheit hin gerichtet sein sollten.

Eine qualifizierte Berufsausbildung sollte jeden befähigen, einen Beruf auszuüben, den wirtschaftlich-technischen Wandel mitzumachen und sich weiterzubilden. Schon die Schule sollte Fragen der Arbeitswelt und wirtschaftliche, technische, politische Zusammenhänge stärker berücksichtigen. Inhalte der Ausbildung müssen verbessert, Bildungsstätten besser ausgerüstet werden; Abschlüsse der beruflichen Bildung sollten grundsätzlich allgemeinbildenden Abschlüssen gleichwertig sein.

74 Editorial, „WIRTSCHAFTSWOCHE" 46 (1992) 34, 3, 14. 8. 1992.

„Je mehr wir unsere Kinder dazu erziehen, maximale Fähigkeitspotentiale zu erlangen, um so leichter werden sie sich dem schnellen technologischen Wandel und der Umwandlung der Berufsstruktur anzupassen vermögen und einen hohen Stellenwert in der sich herausbildenden neuen sozialen Schichtung erreichen. Eine mobile industrielle Gesellschaft, eine Gesellschaft in permanentem Wandel bedarf der mobilen Arbeitskraft, und je bewußter diese Arbeitskraft mobil ist, je genauer sie weiß, wie sie ihr Fähigkeitspotential einzusetzen vermag, desto geringer werden die Störungen dieser Gesellschaft sein und um so mehr werden unsere Kinder an den Früchten einer Gesellschaft des Überflusses teilhaben können." *Theo Pirker*[75]

Das Tempo innerbetrieblicher Umstellungen und branchenübergreifender Veränderungen zeigt, wie wichtig vielfältig anwendbare Schlüsselqualifikationen sind:

- die Fähigkeit zum selbständigen Lernen,
- organisatorische Vorstellungskraft,
- Technikverständnis,
- das Vermögen, die eigenen wie die Interessen anderer richtig zueinander in Beziehung zu setzen.

Wo man früher Auszubildenden Abfolgen von Einzelhandgriffen einbleute, wird nunmehr größerer Wert auf vielfältige, dauerhaft verwendbare Schlüsselqualifikationen gelegt. Durch sie sind Arbeitnehmer besser vorbereitet, wenn die Beschäftigungslage sich wandelt. Ihre Qualifikationen bestünden weniger in Kenntnissen angehäufter Tatsachen, die schnell veralten, als vielmehr in einem Zugriffswissen, das Zugang zu Informationen vermittelt. Eine stärkere Betonung solcher – gewissermaßen horizonterweiternder – Grundqua-

75 „Drei Tage Arbeit – vier Tage Freizeit?", in „Die Gesellschaft der nächsten Generation", München 1966, 99.

lifikationen wird dem Interesse der abhängig Beschäftigten an mehr Entfaltungsraum gerecht.

Der Bedarf an ungelernten Arbeitskräften, die nur ausführende Handarbeiten verrichten, geht stetig zurück. Anforderungen an die Intelligenz, die Fähigkeit zum selbständigen Mitdenken, an geistige und berufliche Beweglichkeit nehmen zu. Untersuchungen zeigen, „daß das Humankapital die Spezialisierungsstruktur der westdeutschen Wirtschaft besser erklärt als die Sachkapital-Ausstattung. Humankapital, ... der Produktionsfaktor, dem die Bundesrepublik in starkem Maße ihre Stellung in der weltwirtschaftlichen Arbeitsteilung verdankt, ... steht für die Fähigkeit, qualitativ und technologisch hochwertige Erzeugnisse herzustellen, neue Produkte und Produktionsverfahren zu entwickeln und auf den Markt zu bringen oder Produktionskomplexe und Vertriebssysteme zu planen und zu organisieren."[76]

Wenn sich Angebot und Nachfrage nach Arbeitsplätzen decken sollen, wenn wir *allen* Menschen die Chance geben wollen, sich höher zu qualifizieren und einen ihrer Leistungsfähigkeit entsprechenden sozialen Status zu erwerben, müssen wir wegkommen von der Vorstellung einer Pyramide, in der alle von der vermeintlich oder – oft noch – tatsächlich untersten Stufe wegstreben hin zu einer übervölkerten Spitze von akademischen Berufen.

„Der Bundeskanzler persönlich maßregelte die Professoren: Sie sollten ‚mit größerer Kostenrationalität' mehr Studenten ausbilden, ‚ohne mehr Geld zu verlangen'. Damit leisteten sie ‚ein Stück Solidarität' zugunsten der Jahrgänge, ‚die da draußen noch vor der Tür stehen'. Die Schelte Helmut Schmidts ist 17 Jahre alt – und aktueller denn je. ... Immer mehr Stu-

---

76 *H. Browa, K. Eckerle* u. a., „Längerfristige Wirtschafts- und Arbeitsmarktentwicklung in der Bundesrepublik Deutschland und Baden-Württemberg sowie Handlungsmöglichkeiten zur Sicherung der Vollbeschäftigung und des Wirtschaftswachstums", PROGNOS AG, Basel 1978, K-52.

denten studieren immer länger, und immer weniger junge Leute beginnen eine Lehre.... Die Wirtschaft hofiert die Akademiker und beklagt gleichzeitig den Facharbeitermangel.... Die Bildungsausgaben steigen, aber noch schneller wachsen die ökonomischen Schäden durch das Hochschulsystem: Durch zu langes Studium gehen der Volkswirtschaft Arbeitsleistungen und Wachstum verloren, dem Staat Einnahmen. Und der Facharbeitermangel könnte zur Wohlstandsbremse werden." *Bernd Ziesemer*[77]

Alle Berufe sollten attraktiv und sozial anerkannt und die Berufswahl nicht von einer Wertehierarchie bestimmt sein, bei der im Grunde nur der Akademiker etwas gilt. Berufliche Bildung muß gleichwertiger und gleichberechtigter Teil des gesamten Bildungswesens werden und gleiche Berufs- und Lebenschancen eröffnen wie die sogenannte allgemeine Bildung.

Einige neue Aufgaben der Gewerkschaften

Neben der Durchsetzung weiterer Mitbestimmungsmöglichkeiten, der Humanisierung der Arbeit und der Verbesserung der politischen und beruflichen Bildung stehen andere wichtige Aufgaben vor den Gewerkschaften. Zunehmende Freizeit, wachsender Anteil der Angestellten und Teilzeitbeschäftigungen, Beseitigung gefährlicher gesundheitsschädigender Arbeitsplätze durch den technischen Fortschritt, Abnahme der Beschäftigung in der Industrie,

77 „Ein wichtiger Standortvorteil ist in Gefahr – Studium für Maurer – Der volkswirtschaftliche Schaden von Facharbeitermangel und Akademikerschwemme geht in die Milliarden", „WIRTSCHAFTSWOCHE", 46 (1992) 18, 40–48, 24. 4. 1992.

Zunahme im Dienstleistungsbereich, längere Ausbildungszeiten, höhere Qualifikation der Beschäftigten und ähnliches mehr werden die Stellung der Gewerkschaften wahrscheinlich nicht stärken, wenn sie ihre Politik nicht in entscheidenden Punkten ändern. Auch sie sollten deshalb versuchen, die technische, wirtschaftliche und gesellschaftliche Entwicklung der nächsten 10, 15 oder sogar 20 Jahre vorauszusehen, um dann ein Forderungsprogramm zu formulieren, mit dem man drohende Gefahren für die Arbeitnehmer vermindern und wünschenswerte Ziele verwirklichen kann.

„Es ist der sozialökonomische Strukturwandel, der sich mit den Schlagworten von der ‚dritten industriellen Revolution' und der ‚Dienstleistungsgesellschaft' global umreißen läßt, von dem die größten Herausforderungen für die Gewerkschaften ausgehen. Es handelt sich dabei einmal um die Umstrukturierung von Produktionsprozessen und die Rationalisierung der Arbeitsorganisation durch den Einsatz von Steuerungs-, Informations- und Kommunikationstechnologien und zum anderen um die Tertiarisierung der Berufsstruktur, d. h. die Verlagerung der Beschäftigung von herstellenden zu dienstleistenden Tätigkeiten." *Walther Müller-Jentsch*[78]

Während sich die Industriegesellschaft zentralisiert, ermöglichen neue Techniken die Dezentralisierung der Informationsgesellschaft. Jede vernünftige Dezentralisierung wäre zu unterstützen. Gefragt ist eine Dezentralisierung der Entscheidungen, weil zentrale Entscheidungen immer schwieri-

78 „Eine neue Topograhie der Arbeit – Organisationspolitische Herausforderungen für die Gewerkschaften", in: *Heidrun Abromeit/Bernhard Blanke* (Hg.), „Arbeitsmarkt, Arbeitsbeziehungen und Politik in den 80er Jahren", Opladen 1987, 159.

ger zu fällen sind. Wir sollten mit Nachdruck alles fördern, was die Fähigkeit der Bürger zur selbstverantwortlichen Lösung gesellschaftlicher und individueller Probleme im eigenen Lebens- und Arbeitsbereich verbessert.

Hier ist das Subsidiaritätsprinzip der Kirchen von enormer Modernität. Was die Familie entscheiden kann, soll nicht die Gemeinde tun. In das, was Gemeinde und Stadt tun können, soll sich das Land nicht einmischen, und aus dem, was das Land tun kann, soll sich der Bund heraushalten. Entscheidungen sind zu dezentralisieren, weil diejenigen, die unmittelbar betroffen sind, es besser wissen und mehr Informationen über die tatsächliche Lage haben als irgendwelche Leute weiter oben.

Die Gewerkschaften müßten dies ebenfalls in ihrer Organisations-, Bildungs- und Tarifpolitik beherzigen, wollen sie weiterhin wirksam und leistungsfähig bleiben. Es geht nicht nur um Dezentralisierung, Telearbeit usw., sondern auch um innerbetriebliche Möglichkeiten der Geschäftsleitungen:

„Eine Großfirma mit 40 000 Angestellten zum Beispiel hatte sie alle seit Generationen mehr oder minder über einen Kamm geschoren, ohne jeden differenzierenden persönlichen Unterschied. Sie mußte das tun, weil sie anders nicht durchgekommen wäre. Jetzt, mit Hilfe des Computers, kann sie durchaus differenzieren; jeden der 40 000 quasi individuell behandeln; jeden vielleicht sogar mit einem speziell auf ihn abgestimmten Arbeitsvertrag.

Außerdem können solche Großfirmen erstmals so etwas wie einen ganzen Auswahlladen von Betriebsvergünstigungen anbieten. Ein Angestellter kann sich bis zu einem gewissen Grade selbst entscheiden, wie seine Kombination von Gehalt, Pension, Gesundheitsfürsorge, Teilzeit und anderen betrieblichen Vergünstigungen aussehen soll. Der Computer vergißt garantiert nicht einen einzigen der bei der Einstellung ausgemachten Punkte, während früher ein unvertretbares Heer von Personalabteilungsangestellten dafür erforderlich gewesen war." *Naisbitt*[79]

Als Antwort auf diese Entwicklung schlage ich den Gewerkschaften eine Strategie vor, die man mit den Stichworten betriebsnahe Tarifpolitik und Bildungsarbeit, Mitbestimmung am Arbeitsplatz, Stärkung der Stellung der Vertrauensleute, Humanisierung des Arbeitslebens auch durch tarifvertragliche betriebliche Regelungen, betriebsbezogene Organisationsarbeit, noch mehr Einfluß der Mitglieder auf die innergewerkschaftliche Willensbildung, stärkere Zusammenarbeit mit den Wirtschafts- und Sozialwissenschaften usw. umreißen kann, die ich 1968 wie folgt begründete, ohne daß ich heute davon Abstriche machen müßte:

„Die deutschen Industriegewerkschaften haben bisher die Auseinandersetzung mit der konkreten Unternehmermacht im Betrieb weitgehend den Betriebsräten überlassen. Sie bestimmen nicht einmal die tatsächliche Höhe der Löhne und Gehälter. Das spiegelt sich auch im Bewußtsein der Arbeitnehmer wider, die den Gewerkschaften kaum Einfluß auf die im Betrieb verlangte Leistung, auf Arbeitsbedingungen usw. einräumen.

Es genügt, einige Probleme aus der Lebenswirklichkeit der Arbeitnehmer zu nennen, für die sich kaum Lösungen in den Tarifverträgen finden lassen, z. B. Springerzuteilung am Fließband, Beschleunigung des Arbeitstempos, Mehrmaschinenbedienung, willkürliche Versetzung von einem Arbeitsplatz zum anderen, Erholungszeiten, schlechte Luft in der Werkshalle, Festsetzung zusätzlicher ‚Leistungszulagen' nach Gutdünken des Meisters, Abbau betrieblicher Sozialleistungen. . . .

Eine gewerkschaftliche Betriebspolitik, die das Bedürfnis

79 a.a.O., 65.

nach Sicherheit, Gerechtigkeit, Freiheit und Würde durch eine betriebsnahe Tarifpolitik sinnvoll und wirksam befriedigt, [könnte] nicht nur eine bessere Grundlage für Bildungsarbeit sein, sie würde auch zu der notwendigen Aktivierung der Eigentätigkeit der Mitglieder führen. ...

Das durch die sich gegenseitig ergänzende, bestärkende Wechselbeziehung zwischen Aktion und Einflußnahme im Betrieb einerseits und Aufklärung durch Bildungsarbeit andererseits entstehende Selbstbewußtsein und der Glaube an die Kraft der eigenen Organisation bilden die Voraussetzung für ein stärkeres Engagement der Mitglieder, das seinerseits wiederum Voraussetzung für wirksame politische Bildungsprozesse ist."[80]

80 *Hans Matthöfer*, „Die Bedeutung der Mitbestimmung am Arbeitsplatz und im Betrieb für die politische Bildungsarbeit der Gewerkschaften", in: „DIE NEUE GESELLSCHAFT" 15 (1968) 1, 37–45.

Entwicklungspolitik

Notwendige Reformen[81]

Die Öffentlichkeit erkennt immer mehr, daß uns das Schicksal der Völker der Dritten Welt nicht gleichgültig sein darf. Ob wir den Frieden sichern, eine funktionsfähige Weltwirtschaft erhalten und die Umwelt schützen können, hängt davon ab, was in der Dritten Welt geschieht. Der verhältnismäßig kleinere Teil der Menschheit im Norden kann nicht Jahr für Jahr mehr verbrauchen und einen höheren Lebensstandard erreichen, während zwei Drittel zur gleichen Zeit in Elend, Not, Analphabetismus, Krankheit und Arbeitslosigkeit versinken.

Große Völkerwanderungsströme werden sich in die industriellen Metropolen ergießen, denen mit repressiven Maßnahmen allein nicht beizukommen ist, es sei denn, das krasse Wohlstandsgefälle zwischen armen und reichen Völkern wird abgebaut. Das wird beiden Seiten Beharrlichkeit, Geduld und Opfer abverlangen. Darum kann Entwicklungspolitik nur Teil einer in historischen Zeiträumen denkenden Friedenspolitik sein.

Entwicklung in der Dritten Welt wird gehemmt durch Arbeitslosigkeit, Kapitalmangel, ungenügende Bildungsmöglichkeiten sowie Verelendung auf dem Lande und in den städtischen Ballungsräumen. Man muß sich konkret vor Augen führen, was es bedeutet, in einer Hütte aus Lehm zu leben, mit einem nicht wetterfesten Dach, mit Fenstern ohne Glas, mit offener Feuerstelle, geplagt von Darmparasiten,

81 Ich beziehe meine Beispiele in der Regel aus Lateinamerika, der Region, die ich am besten kenne.

Darminfektionen, Hakenwürmern und Hautausschlägen und mit Fieber; was es bedeutet, wenn die Kinder sterben, die Frau krank liegt; was es heißt, in der Stoßzeit in praller Sonne 14, 15 Stunden täglich zu arbeiten, dann wieder monatelang arbeitslos zu sein und einen großen Teil des Verdienstes an denjenigen abführen zu müssen, dem der Boden gehört. Man muß sich in die Lage eines solchen schwer arbeitenden, geplagten, rechtlosen Menschen versetzen, um zu ahnen, was es bedeutet, wenn es Hunderten von Millionen ähnlich geht.

Entwicklungshilfe sollte immer Hilfe zur Selbsthilfe sein. Die ernüchternde Bilanz von 40 Jahren Entwicklungspolitik hat die Stimmen derer gestärkt, die sagen, die Völker der Dritten Welt müßten sich auf ihre eigenen Kräfte besinnen. Man könne Entwicklung nicht von außen durch Kapital, Bildung, Technik oder Menschen an sie herantragen. Entwicklung sei nichts anderes, als daß mehr Menschen durch Ausbildung und wirksamere Techniken und durch bessere wirtschaftliche und soziale Strukturen in den Stand gesetzt werden, ihre Lebensbedingungen eigenverantwortlich selbst zu gestalten.

Wie die Wachstumspolitik der Industrieländer nicht auf Entwicklungsländer zu übertragen ist, – genau so versagen andere theoretische Instrumente der Volkswirte, wenn man sie in simpler Übertragung auf ganz andersartige Umstände in der Dritten Welt anwendet und z. B. behauptet, ungleiche Einkommensverteilung sei Voraussetzung wirtschaftlichen Wachstums. Die Ursachenkette: ungleiche Einkommensverteilung = hohe Sparquote = Investitionen = Arbeitsplätze, die im Europa des 19. Jahrhunderts richtig gewesen sein mag, versagt dort, wo die Reichen durch Luxuskonsum, Kapitalflucht oder Verschwendung Gewinne verbrauchen, anstatt sie zu investieren wie ihre kapitalistischen Vettern in Europa oder in den USA, und wo Arbeitsplatzangebote auf kranke, unterernährte, industrieungewohnte Analphabeten stoßen, mit denen eine moderne Produktion nicht aufzubauen ist.

Gerechte Einkommensverteilung und Wachstum hängen zusammen.

Leute, die nicht gesund und nicht gebildet sind, die nicht das Recht haben, sich zu organisieren und frei zu betätigen, sind weniger produktiv als diejenigen, die das sind oder können.

Da es auch hier keine Patentrezepte gibt, bleibt nichts anderes übrig, als uns auf Feldern zu bemühen, die seit Jahren wenigstens teilweise Erfolg versprechen:

- Grundbedürfnisse befriedigen,
- ländliche Gebiete entwickeln, die Erzeugung und Weiterverarbeitung von Nahrungsmitteln verbessern,
- Bildung und technische Leistungsfähigkeit verbessern,
- Korruption bekämpfen,
- überflüssige Rüstungsausgaben verhindern,
- arbeitsintensive Technologien entwickeln,
- Reformkräfte unterstützen und die Achtung der Menschenrechte durchsetzen.

Wo liegen die Ursachen für die Not der Dritten Welt, dafür, daß Hunderte von Millionen keine produktive Arbeit finden, daß etwa 15 Prozent der Weltbevölkerung unterernährt ist und gleichzeitig fruchtbare Erde brachliegt? Finanzielle Leistungen der Industriestaaten sind jedenfalls nur *ein* Beitrag zur Beseitigung dieser Ursachen – und nicht einmal der wesentlichste. Andere Maßnahmen sind ausschlaggebend für die Entwicklungschancen.

„Die Menschheit hat Hunderttausende von Jahren gebraucht, um im Jahre 1800 bei einer Milliarde Menschen anzukommen. Sie hat dann ein Jahrhundert gebraucht, das ganze 19. Jahrhundert, um sich auf 1,5 oder 1,6 Milliarden zu vermehren. Vom Jahre 1900 an bis heute ... hat sich die Weltbevölkerung auf über sechs Milliarden vervierfacht. ... Gegenwärtig nimmt die Bevölkerung der Welt jedes Jahr um

100 Millionen zu.... Dies geschieht zu 95 Prozent im sogenannten Süden, in der Dritten Welt.... Wenn das so weitergeht, ist die Vorstellung, der Norden könne dem Süden finanziell wesentlich helfen, auf einen vernünftigen Lebensstandard zu kommen, schierer Unfug." *Helmut Schmidt*[82]

Wer Wachstum in der Dritten Welt will, muß ungerechte und entwicklungshemmende Strukturen überwinden, für breite Schichten Arbeitsplätze schaffen und Bildung auf die Bedürfnisse der Mehrheit ausrichten, kurz, eine Politik für alle und nicht nur für bevorzugte Minderheiten betreiben. Entwicklung muß ausgehen und getragen werden von dem Bemühen, Arbeitskraft, Lernvermögen und Motivationen breiter Schichten zu mobilisieren. Entwicklungshilfe allein löst nichts. Wenn es überhaupt Chancen gibt, eine sich selbst tragende Dynamik der Produktivkräfte herbeizuführen, muß man Verschwendung, Korruption, sinnlose Waffenkäufe im Ausland, Unterdrückung und Gewalt bekämpfen. Fortschritte sind nur möglich, wenn breite, bisher von wirtschaftlichen Entwicklungen weitgehend ausgeschlossene Schichten einbezogen werden.

Die Erfahrung widerlegt die These, wir bräuchten uns nur um Wachstum zu kümmern, das höhere Sozialprodukt werde schon allen Schichten zugute kommen, auch den unteren. Was nützen aber zum Beispiel stabilere Rohstofferlöse eines Entwicklungslandes, wenn sie auf private Auslandskonten abfließen und nichts dazu beitragen, das Land zu entwickeln; im Gegenteil: Oft genug wäre es besser für dessen Entwicklungschancen, wenn seine Rohstoffvorkommen nicht allzu hemmungslos im Privatinteresse ausgebeutet würden.

Es nützt nichts, einem Land finanziell zu helfen, wenn sich gleichzeitig auf den Fluchtkonten der Oberschichten – oder wie im Falle Zaires, eines einzelnen Diktators – in der

82 Vor der SPD-Bundestagsfraktion am 23. 6. 1992.

Schweiz, in den USA oder sonstwo enorme Gelder ansammeln oder wenn das Land sich in einem brudermörderischen Rüstungswettlauf befindet oder große Summen ausgibt, um in den Besitz modernster Flugzeuge oder militärischer Elektronik zu gelangen.

Kapitalzufuhr in einen kleinen modernen Bereich, der nicht organisch mit der übrigen gewerblichen Wirtschaft, dem traditionellen Handwerk und der Landwirtschaft verbunden ist, bewirkt kein dauerhaftes Wachstum. Dieses erfordert vor allem Selbsthilfe durch Nutzung interner Hilfsquellen. Entwicklungspolitik hat nur dort eine Chance, wo sie es ermöglicht, neu und besser zu produzieren. Wie man es falsch machen kann, zeigte die sogenannte grüne Revolution in den 60er und 70er Jahren. Sie nützte den armen Bauern zumeist nichts, weil sie sich Bewässerung, Pflanzenschutzmittel oder Dünger nicht leisten konnten, die von ihnen bearbeiteten Parzellen zu klein waren oder ihnen gar nicht gehörten.

Die Arbeitslosigkeit in der Dritten Welt ist so ungeheuer groß, daß es nicht reicht, einige neue Arbeitsplätze in einzelnen Produktionsstätten zu schaffen. Ohne Reformen wird die Arbeitslosigkeit weiter wachsen, das Elend vieler Menschen noch größer, die ungleiche Einkommensverteilung noch ausgeprägter. Entscheidend ist, ob das Land selbst damit beginnt, seine Politik dem Ziel der Arbeitsbeschaffung und der Förderung kleiner und mittlerer Unternehmen unterzuordnen.

Wo Beschäftigungsprogramme durchgeführt werden, sollten wir helfen, indem wir arbeits- und umweltbezogene Bildungssysteme fördern, die Planungs- und Organisationsfähigkeit der Regierungen stärken, Grundlagen des gewerblichen Sektors verbreitern, die Agrarstruktur durch Landreformen verbessern und das nationale Kreditsystem für Bauern und kleine und mittlere Unternehmen öffnen helfen.

Wo Regierungen nichts gegen Vorrechte der Oberschichten unternehmen, müssen wir die Lage sozial Schwacher verbessern, Reformkräfte unterstützen, ihre Organisationen finanzieren und die Achtung der Menschenrechte durchsetzen. Und wenn Reformer gesiegt haben, müssen wir ihren Regierungen helfen, damit ihr Beispiel und die Tatsache, daß sie besser unterstützt werden als andere, Kräfte in anderen Ländern ermutigt, Korruption, Verschwendung, Rüstung usw. zu bekämpfen. Nur so werden wir Entwicklungen in Gang setzen, die es den Völkern erlauben, ihre Probleme selbst zu lösen.[83]

Gegen die Korruption

Korruption und Ungleichheit verstärken sich gegenseitig. Am Wechselspiel zwischen korrupten Machthabern und ausländischen Unternehmen wird diese verheerende Mechanik besonders deutlich. Vom untersten Beamten oder Angestellten bis zum Minister oder Staatschef werden Bestechungsgelder machtproportional verteilt, dienen der Befestigung ihrer Stellungen, der Abkapselung von der Bevölkerung und fördern Gleichgültigkeit und Zynismus. Aufträge erhalten nicht Unternehmen, die für die Entwicklung bedeutsame und kostengünstige Investitionen planen, sondern die, welche die meisten Schmiergelder für die richtigen Personen lockermachen.

Viele unsinnige Gesetze, Verordnungen, Eingriffe in unternehmerische Entscheidungen, die dynamische Kräfte behindern und verschleißen, sind nur dadurch zu erklären, daß

83 Vgl. *Hans Matthöfer*, „Denken in Divisionen sichert den Frieden nicht. Die immer bedrohlicher werdende Situation in Lateinamerika erfordert eine neuartige Politik", „FRANKFURTER RUNDSCHAU", 11. 6. 1969.

sie die Bestechung zynischer Politiker und Beamter notwendig machen. *Gunnar Myrdal* meint sogar, Industrieländer könnten Entwicklungsländern nur in einer Hinsicht bei Reformbestrebungen behilflich sein, indem sie nämlich ihre eigenen Geschäftsleute daran hindern sollten, die Beamten und Politiker in jenen Ländern zu bestechen. Damit würde eine der stärksten Ursachen der wachsenden Tendenz zur Korruption eliminiert.

Wir müssen einen internationalen Feldzug gegen die Korruption organisieren. Wo von uns Korruption in die Dritte Welt getragen wird, muß sie an ihrem Ursprung, nämlich in den Industrieländern, bekämpft werden. Wenn wir das nicht können, sollten wir wenigstens aufhören, die Zahlung von Bestechungsgeldern auch noch steuerlich zu privilegieren.[84]

Wir sollten die Doppelmoral in der Abgabenordnung beseitigen, die in der Abzugsfähigkeit von Schmiergeld- und Bestechungszahlungen als Betriebsausgaben liegt. Gelänge es, solche Zahlungen im In- und Ausland strafrechtlich gleichzubehandeln, so wäre dies ein wichtiger Beitrag. Warum sollte Bestechung und Bestechlichkeit von Amtsträgern nur bei uns, nicht aber in der Dritten Welt strafbar sein? Ganz abgesehen von der entwicklungspolitischen Bedeutung einer Neuregelung, halte ich die jetzige Einstellung zu Bestechungs- und Schmiergeldern für abträglich, weil sie auf das moralische Klima und das Rechtsbewußtsein in Deutschland zurückwirkt.

Obwohl ich meine, auf diesem Gebiet nicht weltfremd zu sein, bezweifle ich, daß Bestechungs- und Schmiergelder wirtschaftlich notwendig sind. Es könnte sogar als Markenzeichen oder Gütesiegel der deutschen Industrie unseren Exportbemühungen nützen, wenn allgemein bekannt wäre, daß die Deutschen grundsätzlich nicht bestechen und jeder –

84 Vgl. *Hans Matthöfer*, Zur entwicklungspolitischen Konzeption der Bundesregierung, Protokoll Deutscher Bundestag (6) 115, 6 783–6 785, 28.4.1971.

privater Angestellter, Beamter oder Politiker –, der uns einen Auftrag erteilt, damit gleichzeitig öffentlich und überzeugend demonstriert, daß er nicht korrupt ist. Ich schlage aber keinen nationalen Alleingang vor, da wären die Risiken zu hoch und deshalb die Widerstände zu stark. Dieses Problem kann nur eine gemeinsame internationale Anstrengung aller Industrieländer lösen. Das wäre ein gutes Thema für einen der nächsten Weltwirtschaftsgipfel!

Rüstungslasten und Entwicklung

Man kann nicht Friedenspolitik verkünden, die Vergeudung knapper Mittel in Rüstungswettläufen beklagen und dann den Export von Waffen in diese Länder anheizen, um im eigenen Land Gewinne zu erzielen oder Arbeitsplätze zu erhalten. Wer Waffen liefert, trägt nicht zur Entwicklung bei und beseitigt nicht Hunger und Elend. Jede Mark, mit der Waffen gekauft werden, fehlt beim Aufbau der erforderlichen Infrastruktur. Deshalb hängen Bemühungen, überall abzurüsten und Hunger und Elend zu bekämpfen, unmittelbar zusammen.

Es wäre fatal, wenn die auf Entspannung und Abbau militärischer Konfrontation gerichtete Politik der Großmächte uns glauben machte, die Gefahr von Kriegen gehöre der Vergangenheit an. In Nahost, Asien und Afrika ist der Krieg nie von der Tagesordnung verschwunden. Die Wahrscheinlichkeit von Konflikten wurde durch den Zusammenbruch des Sowjetsystems nicht geringer. Grenzen, die sich nicht mit gewachsenen, einheitlichen Volksgruppen oder Nationen dekken, religiöse Spannungen, traditionelle Feindschaften, schärfere soziale Gegensätze, Rohstoffmonopole, wachsender Bevölkerungsdruck, Ernährungskrisen, Umbrüche in internen Herrschaftsverhältnissen, Umstürze und interne

Machtkämpfe geben Anlaß zu großer Sorge. Sie könnten Explosionen auslösen, deren Sprengkraft in strukturellen Spannungen liegt.

Noch lagern Tausende von Atombomben, z. B. in den Arsenalen der ehemaligen Sowjetunion. Immer mehr Staaten kaufen Waffen mit immer größerer Zerstörungskraft, um alte Konflikte zu ihren Gunsten zu lösen und Machtverhältnisse umzukehren. Gelänge es noch mehr Ländern in Afrika, Asien und Lateinamerika, sich nukleare Waffen zu verschaffen, wäre das Risiko gewaltsamer Auseinandersetzungen nicht mehr berechenbar.

„Die Beendigung des Kalten Krieges hat die Welt von einem Alpdruck befreit: von der Gefahr eines großen nuklearen Krieges. Statt dessen ist eine neue Konfliktarchitektur entstanden. Begrenzte Kriege sind wieder möglich. Die typischen Konflikte der Zukunft sind Kriege um Wasser (z. B. im Nahen Osten), Hungerrevolten (z. B. in Afrika), ethnische Auseinandersetzungen (z. B. in Osteuropa oder im Kaukasus), religiös motivierte Kämpfe (im Fernen wie im Nahen Osten) oder Strafexpeditionen (z. B. zur ‚Entwaffnung' einer aggressiven Regionalmacht, die sich in den Besitz von Nuklearwaffen bringt). Die europäische Linke muß auf eine Sicherheitspolitik dringen, die den Prozeß der Abrüstung weiterführt." *Peter Glotz*[85]

Man möchte verzweifeln, wenn man sieht, wie weit wir noch von wirklicher Abrüstung – sowohl in den Industrie- als auch in den Entwicklungsländern – entfernt sind. Seit die Konfrontation zwischen den Machtblöcken durch Versuche wirtschaftlicher und politischer Zusammenarbeit abgelöst wurde, ist jedoch die Chance größer, Mittel für Entwicklungshilfe freizumachen. Wir Sozialdemokraten werden weiterhin

85 a.a.O., 183.

gegen jede Politik der Stärke sein und für Fortschritte bei Rüstungskontrolle und Rüstungsbegrenzung, auch damit zusätzliche Mittel für Entwicklungsinvestitionen verfügbar sind.

Arbeitsintensive Technologien

Wir müssen nicht nur die Frage beantworten, wie man in Deutschland Vollbeschäftigung erreicht, sondern auch Wachstum in der ganzen Welt, und wie dieses beschaffen sein sollte, damit es nicht nur materiellen Wohlstand und soziale Sicherheit ermöglicht, sondern auch die Umwelt schont und sie überall lebenswert macht.

„Wenn das bestehende Wirtschaftssystem nicht von Dauer sein kann, wie würde dann ein ökologisch beständiges aussehen? ... Eine solche Wirtschaft verfügt über eine stabile Bevölkerung, die sich mit den natürlichen Lebensgrundlagen im Gleichgewicht befindet, ein Energiesystem, das weder den Pegel der Treibhausgase anhebt noch das Klima der Erde beeinträchtigt, sowie ein Niveau der materiellen Nachfrage, das weder den langfristigen Ertrag der Wälder, Grasländer und Fischereigebiete übersteigt noch systematisch die anderen Arten vernichtet, mit denen wir den Planeten teilen. ... Soll die Menschheit den massenhaften Zusammenbruch natürlicher Systeme abwenden, muß nicht bloß die Zunahme der Zahl der Menschen verlangsamt werden, sondern unsere Bedürfnisse müssen auch auf weniger ressourcenintensive Weisen erfüllt werden." *Lester A. Brown* u. a.[86]

---

86 „Zur Rettung des Planeten Erde – Strategien für eine ökologisch nachhaltige Wirtschaft", Frankfurt am Main 1992, 9 und 119.

Industrieländer können für Entwicklungsländer weder in der Produktionsweise noch in den Verbrauchsgewohnheiten beispielhaft sein, noch im geschichtlichen Weg, den sie zurücklegten. Wenn wir für uns ein weniger Rohstoffe verbrauchendes, umweltfreundlicheres Wachstum für notwendig halten, sollten wir dazu beitragen, daß andere aus unseren Erfahrungen lernen und unsere Fehler nicht wiederholen.

„Wenn wir die ostmitteleuropäischen Gesellschaften heute dazu überreden, die gleichen Entwicklungsschritte zu unternehmen, die die westeuropäischen in den 50er und 60er Jahren vollzogen haben, werden wir die natürlichen Ressourcen des kleinen Kontinents Europa endgültig ruinieren. Es geht darum, die nachholende Modernisierung des Ostens und die – inzwischen kritisch erörterte – Modernisierung des Westens miteinander zu koppeln." *Peter Glotz*[87]

Was für unsere europäischen Nachbarn im Osten zutrifft, gilt noch mehr für die Länder der Dritten Welt. Die kapitalintensive industrielle Technik des Nordens reicht nicht aus, genügend Arbeitsplätze für die Dritte Welt zu schaffen. Was folgt daraus für die Praxis? Wie baut man zum Beispiel Straßen? Mit teueren, devisenverschlingenden Straßenbaumaschinen, die kapital- und nicht arbeitsintensiv sind, oder mit Hilfe von Organisationsformen, die den gewaltigen Reichtum dieser Länder an Arbeitskraft nutzen?

In der Dritten Welt liegt die Arbeitskraft von Hunderten von Millionen Arbeitsloser oder Unterbeschäftigter brach. Ich bin überzeugt, daß die Verbreitung arbeitsintensiver Technologien und Produktionsformen eine Voraussetzung dafür ist, daß eine von breiten Bevölkerungsschichten getra-

87 a.a.O., 47.

gene Entwicklung in Gang kommt, die mit möglichst einfachen, robusten, heimischen Hilfsmitteln Böden bearbeitet und ertragreicher macht, Infrastrukturen für Verkehr, Bildung, Hygiene und Gesundheitsvorsorge schafft oder Wohnverhältnisse verbessert.

Dazu braucht man vor allem Organisationen, Bildung, Motivation der unmittelbar Betroffenen, nicht aber irgendeine aus dem Ausland eingeführte Technik. Investitionen von Unternehmen aus Industrieländern sind von einer komplizierten, in den Entwicklungsländern kaum nachahmbaren Technik abhängig und benötigen hohe Kapitalinvestitionen. Ihre Erzeugnisse sind – zumal wenn man knappe Devisen mit ihren wirklichen Kosten kalkuliert – zu teuer, um Grundbedürfnisse breiter Schichten zu befriedigen.

In der „FRANKFURTER RUNDSCHAU" (9. 6. 1992, 6) lese ich, daß die Weltbank den zusätzlichen jährlichen Kapitalbedarf für die Dritte Welt auf 75 bis 100 Milliarden Dollar schätzt. Bedenkt man, daß aus der alten Bundesrepublik jährlich etwa genau so viel in die neuen Länder fließt, so sieht man gleich, wie unzulänglich diese Schätzung ist. „Schmähliche Armut menschlichen Begehrens", würde *Maxim Gorki* sagen.

Die Wahrheit ist: Es gibt einfach nicht genug Kapital, um die Arbeitslosen der Dritten Welt mit den Techniken der Industrieländer zu beschäftigen. Ein industrieller Arbeitsplatz kostet mindestens 80 000 Mark, oft sehr viel mehr, nämlich Millionen. Eine einfache Rechnung zeigt, daß es nicht genügend Kapital gibt, um für die große Zahl der Arbeitslosen Arbeitsplätze dieser Art zu finanzieren. Wer in der Dritten Welt Arbeitslosigkeit ernsthaft bekämpfen will, muß über arbeitsintensive Technologien verfügen. Weil ich an die Steuerbarkeit des technischen Fortschritts glaube, halte ich es auch für möglich, moderne, angepaßte arbeitsintensive Technologien als Beitrag zur umweltfreundlichen

Lösung der Beschäftigungsprobleme der Dritten Welt zu entwickeln.[88]

Der indische Vertreter bei der Gründung der Sozialistischen Internationale im Sommer 1951 in Frankfurt am Main, *Ramonohar Lohia*, versuchte als erster, mir die Notwendigkeit zu erklären, Beschäftigung schaffende, d. h. arbeitsintensive, an besondere Bedürfnisse der Entwicklungsländer angepaßte Technologien zu entwickeln, was ich damals noch nicht verstand oder für rückwärtsgewandte Romantik, bestenfalls für eine konservative Marotte hielt, deren Unhaltbarkeit sich nach meiner damaligen, von Kenntnissen der Wirklichkeit in den Entwicklungsländern nicht getrübten Überzeugung bald erweisen würde. Aber ich hatte unrecht.

Im Laufe der Zeit wurde der weit verbreitete Glaube erschüttert, in den Industrieländern sei stetiges quantitatives Wachstum möglich und ihre unter ganz anderen Umständen und Kostenbedingungen entstandenen Produktionsmethoden seien ohne größere Probleme auf Entwicklungsländer übertragbar. Offensichtlich können die quantitativen Wachstumsraten im Norden nicht aufrechterhalten werden, und das schon gar nicht, wenn man gleichzeitig die Entwicklungsländer auf eine vergleichbare Stufe bringen will. Selbst bescheidene Fortschritte des Lebensstandards in diesen Ländern würden ein enormes Wachstum des Rohstoff- und Energiebedarfs zur Folge haben. Die Umwelt würde noch stärker verschmutzt und zerstört.

„Die weitere Zukunft wird entscheidend bestimmt werden von der Lösungsfähigkeit der globalen Konflikte aus Unterentwicklung, Armut, Naturzerstörung und Bevölkerungswachstum. Um für die große Mehrheit der Weltbevölkerung

---

88 Siehe Hans Matthöfer, „Für die Mehrheit planen. Technologietransfer muß sich an den Bedürfnissen der Entwicklungsländer orientieren", „DIE ZEIT", 29 (1974) 52, 40. Für zahlreiche Beispiele solcher Techniken vgl. *Lester A. Brown* u. a., a.a.O.

nur ein Mindestmaß an menschenwürdigen Existenzbedingungen zu erreichen, muß der Anteil der Entwicklungsländer an der Energie- und Rohstoffnutzung wesentlich erhöht werden. Die Voraussetzungen hierfür sind ökologische und soziale Strukturreformen in den Industrieländern." *Michael Müller* (SPD)

Es besteht also Bedarf an Technologien, die

- Hunderten von Millionen Arbeitslosen und Unterbeschäftigten ohne übergroßen Kapitalaufwand Arbeit verschaffen,
- den dringendsten Bedarf bei den Grundbedürfnissen Ernährung, Gesundheit, Wohnung, Kleidung und Bildung befriedigen und
- gleichzeitig die Umwelt nicht belasten.

Man sollte auch über Jahrhunderte gewonnene Erfahrungen der einheimischen Bevölkerungen – z. B. in der Landwirtschaft – auswerten und nutzen. Entwicklung setzt Lern- und Umstellungsvermögen der Betroffenen voraus. Technologien, die es ermöglichen, für den eigenen Lebensbedarf zu produzieren, müssen von denen, die sie anwenden sollen, so beherrscht werden, daß sie sie weiterentwickeln können.

Techniken, die breit nachahmbar sind, dürfen patentrechtlich nicht geschützt sein. Deshalb können wir nicht immer erwarten, daß private Firmen sie stets und vollständig auf eigene Kosten entwickeln. Für Unternehmen, die mit Kapital, Arbeitskraft und technischen Kenntnissen nach betriebswirtschaftlichen Gewinnmaßstäben handeln, gelten notwendigerweise andere Rahmenbedingungen als für volkswirtschaftliche Entwicklungsplanungen.

„Technischer Fortschritt setzt sich durch, wenn Profitchancen bestehen, er unterbleibt, wenn seine Realisierung den Unternehmern nicht lohnend erscheint. Profitüberlegungen sind ausschlaggebend für die Richtung des Fortschritts, sie bestimmen, ob sich der Fortschritt vorwiegend arbeits- oder kapitalsparend auswirkt, sie bestimmen auch, in welchen Produktionsrichtungen er realisiert wird und welche Strukturveränderungen dadurch hervorgerufen werden." *Manfred Neumann*[89]

Arbeitsintensive Technologien für notwendig zu halten, bedeutet nicht, Produktivität und Kosten zu mißachten, sondern Beschäftigungsmöglichkeiten zu suchen, die mit geringeren Kosten das Volkseinkommen vergleichbar steigern. Vergleiche zwischen kapital- und arbeitsintensiver Technik ergeben meist, daß arbeitsintensive Techniken entweder geringere Produktivität versprechen oder höhere Kosten verursachen. Diese Rechnungen sind aber oft unvollständig und oberflächlich. Ein häufiger Fehler ist die künstliche Verbilligung des (Devisen-)Kapitals. Es werden zum Beispiel Zinssätze unseres Kapitalmarktes oder gar Zinssätze für Entwicklungshilfe und künstliche Wechselkurse zugrunde gelegt.

Noch schwerer wiegt es, nicht zu bewerten, was Beschäftigung und Entlohnung für sonst von Arbeitslosigkeit betroffene Menschen bedeuten. Arbeit hilft ihnen, ihren Lebensunterhalt selbst zu bestreiten. Es entsteht Kaufkraft, die stärker den Bedürfnissen der Bevölkerung entspricht als die bisher vorherrschende Konzentrierung auf eine kleine Schicht von Reichen. Arbeitsplätze vermitteln zudem Bildung und Erfahrung. Ohne Arbeit kann sich keine Initiative zeigen, Verhältnisse zu verbessern.

Verbindet sich guter Wille in den Industrieländern, technologisches und organisatorisches Wissen sowie Kapital zu übertragen, mit dem Reformwillen großer Gruppen in den Empfängerländern, so ist es noch möglich, entwicklungshemmende Verhältnisse zu beseitigen und Voraussetzungen für

89 „Kapitalbildung, Wettbewerb und ökonomisches Wachstum", Berlin 1968, V.

eine Verbesserung der Lebensumstände auf dem Lande und in den Elendsvierteln der Städte zu schaffen, die die arbeitslosen Massen einbezieht.

Industrieländer verfügen über einen ständig wachsenden Fundus an Wissen, technischen Kenntnissen und Fachleuten, die gelernt haben, Probleme zu analysieren und neue Lösungen zu erarbeiten. Hier könnten wir Deutsche etwas Besonderes beitragen, denn wir brauchten unsere organisatorische, technologische und wissenschaftliche Problemlösungskapazität diesen Ländern nicht immer kostenlos zur Verfügung zu stellen; wir könnten sie wenigstens zum Teil als Dienstleistung verkaufen.

Die Völker der Dritten Welt müssen ihre Ziele selbst bestimmen. Dazu gehört, daß sie technische Möglichkeiten beurteilen können und nicht nur von unseren Empfehlungen abhängig sind. Es herrschen dort andere klimatische Bedingungen, was Techniken im Wohnungsbau, in Bekleidung und Ernährung oder im Verkehr beeinflußt. Korrosionsanfälligkeit oder andere Materialeigenschaften gewinnen an Bedeutung. Es gibt Rohstoffe, die in Industrieländern nicht bekannt, weil nicht vorhanden sind und deren Verwendbarkeit nicht geprüft ist. Medizinische Technologien sind wegen unterschiedlicher Krankheitsbilder, Hygiene- und Ernährungsstandards, physischer Belastbarkeit und anderer Besonderheiten besonders abhängig von der Umwelt, in der sie eingesetzt werden. Industrieländer sollten also Technologien nicht nur für eigene Interessen und Bedürfnisse entwickeln und durch Investitionen, Lizenzverträge oder Handel übertragen, sondern der Dritten Welt behilflich sein, ein eigenes Potential aufzubauen, damit sie selbst über anzuwendende Techniken entscheiden können. Technologietransfer muß die Leistungs- und Entscheidungsfähigkeit der Wissenschaftler, Techniker und der Verantwortlichen in Regierungen und Wirtschaft der Dritten Welt verbessern. Er ist deshalb mit einem hohen personellen Beratungsaufwand verbunden.

Arbeitsintensive Technologien nutzen vor allem ländlichen Gebieten. Trotz sprunghaft wachsender städtischer Ballungsräume lebt in diesen Ländern noch immer die Mehrheit der Bevölkerung auf dem Lande. Die Vorstellung, moderne industrielle Wachstumspole würden sich allmählich ausbreiten, hat in der Praxis versagt. In den Städten entstehen nicht genug Arbeitsplätze, um die vom Land zuströmenden Arbeitslosen zu beschäftigen.

„Die meisten Städte haben sich ... so aufgebläht, daß sie Zuwanderer nicht mehr absorbieren können. Die Zahlen sind erschreckend: Während 1950 erst 734 Millionen Menschen auf der Erde in Städten lebten (29 Prozent), waren es 1990 schon 2390 Millionen (45 Prozent); nur London und New York hatten vor 40 Jahren mehr als acht Millionen Einwohner; heute gibt es 20 Megastädte mit mehr als acht Millionen Einwohnern, davon 14 in der Dritten Welt, wo 1950 noch nicht eine solche Agglomeration existierte; während die Entwicklungsländer 1950 ungefähr 39 Prozent der städtischen Weltbevölkerung beherbergten, waren es 1990 bereits 63 Prozent." *Klaus Natorp*[90]

Ein großer Teil des Volkseinkommens wird in den Ballungsräumen der Dritten Welt durch industrielle Produktion, Dienstleistungen und Handel erzeugt. Es entsteht aber kein entsprechender Wohlstand für die Masse der Bevölkerung. Die Grundbedürfnisse Ernährung, Wohnung, Kleidung und Gesundheit können auf dem Lande mit geringeren Mitteln besser befriedigt werden. Weil sich weltweit ein Ernährungsdefizit und unumkehrbare Zerstörungen natürlicher Ressourcen abzeichnen, sollten alle nutzbaren Flächen er-

90 „FRANKFURTER ALLGEMEINE ZEITUNG", 7. 5. 1992. *Natorp* zitiert den Weltbevölkerungsbericht des Bevölkerungsfonds der Vereinten Nationen (UNFPA): „Wo immer Städte zu rasch wachsen oder eine gewisse Größe überschreiten, da sind die Folgen Verbrechen, Vergiftung und Umweltzerstörung."

halten bleiben. Vor allem ist Erosion, Versteppung, Wüstenbildung und Vergiftung von Luft und Gewässern zu verhindern, um das ökologische Gleichgewicht der Erde zu bewahren.

Umweltschutz hat eng mit Technologietransfer zu tun. Dies gilt nicht nur für Techniken, deren Emissionen bei uns im Mittelpunkt der Umweltschutzbemühungen stehen. Es gilt auch für Produkte. Eine Kraftfahrzeugdichte wie in Deutschland würde in indischen oder chinesischen Großstädten zur Smogkatastrophe führen, wie sie sie regelmäßig schon heute in Mexico Stadt auslöst.[91]

„Die Inhalierung der Luft von Bombay entspricht heute dem Konsum von zehn Zigaretten täglich. ... In Bangkok haben zwei Millionen Autos und die Nutzung minderwertigen verbleiten Benzins die Luft der Stadt in eine Suppe 38 verschiedener Chemikalien verwandelt." *Lester A. Brown* u. a.[92]

Beim Technologietransfer, wie bisher praktiziert, wird bei uns erarbeitetes Wissen übertragen; denn neue technische Erkenntnisse, Einrichtungen und Verfahren kommen nach wie vor fast ausschließlich aus Industrieländern. Entwicklungsländer können vorerst nur in Ausnahmefällen – wie Brasilien – selbst etwas fortentwickeln oder völlig neue Techniken finden, die ihren Bedürfnissen besser entsprechen. Zwar haben sie hervorragende Wissenschaftler. Aber die meisten von ihnen können ihre Leistungsfähigkeit nicht in ihrer Heimat, sondern nur in den Laboratorien der Industrie-

91 Siehe *Hans Matthöfer*: „Braucht Indien eine Autowelle?" „VORWÄRTS", 29. 11. 1973. Der Biologe *Paul Ehrlich* sagt („NEWSWEEK", 25. 5. 1992, 56): „India has 860 million people. If India manages to get family size down from 4, where it is today, to 2-plus by 2030, the population would continue to grow to the end of the next century, when there will be about 2 billion Indians, about as many people in India as there was on the planet when I was born. Worse yet, what if they start using their supply of coal? How would that affect the atmosphere?"
92 a.a.O., 22–23.

staaten zeigen. Aber ohne Möglichkeiten, selbst zu forschen und eigene Techniken zu entwickeln, verstricken diese Länder sich noch auswegloser in Abhängigkeiten und bekommen keine Chancen, Benachteiligungen zu mildern.

Zur Bedeutung der Agrarhilfe schrieb ich vor 20 Jahren und halte es auch heute noch für richtig:[93]

„In städtischen Ballungsräumen, deren krebsartiges Wachstum durch ständige Landflucht genährt wird, werden Arbeitsplätze und ausreichende Bildungseinrichtungen nur für eine Minderheit geschaffen werden können. Trotz aller Schwierigkeiten sollte auf jeden Fall alles unternommen werden, um das oft auch nur in der Vorstellung der Landbevölkerung vorhandene Gefälle zwischen Land und Stadt abzubauen. Wir sollten alle Bemühungen unterstützen, eine organisch aus der Landwirtschaft wachsende und mit ihr verflochtene Entwicklung auf dem Land in Gang zu bringen.

Es ist falsch, in den Schulen der Dritten Welt Lehrinhalte zu vermitteln, die die Schüler der Landwirtschaft entfremden, anstatt ihnen Fähigkeiten beizubringen, auf der Grundlage des auf dem Lande Vorhandenen aufzubauen.

Es müßten Möglichkeiten geschaffen und gefördert werden, landwirtschaftliche Erzeugnisse auf dem Land weiterzuverarbeiten und landwirtschaftliche Produktionsmittel mit auf dem Land verfügbaren Techniken zu verbessern. Durch die Ausweitung ländlicher Produktionen würde neue Kaufkraft auf dem Land geschaffen, die ihrerseits als Nachfrage neue Produktion stimulieren kann ...

Gerade in der Landwirtschaft müßte es Beispiele geben, in denen die mechanische Übertragung von Technologien aus den Industrieländern nicht die optimale Lösung darstellt. Viele kostspielige landwirtschaftliche Geräte dienen in den Industrieländern ausschließlich dazu, menschliche Arbeits-

93 „DER TROPENLANDWIRT" (1974) Oktober, 133–140.

kräfte einzusparen, die aber in den Entwicklungsländern gerade beschäftigt werden sollen.

Soweit Maschinen dazu beitragen sollen, bessere Ernten zu erzielen, steht nicht von vornherein fest, ob dasselbe oder ein ähnliches Verfahren auch unter ganz anderen klimatischen Verhältnissen und bei anderen Böden sinnvoll ist. Außerdem müßte bei der Suche der volkswirtschaftlich besten Technologie berücksichtigt werden, ob Geräte im eigenen Lande hergestellt werden können oder ob sie für teure Devisen importiert werden müssen. Schließlich ist es wesentlich, ob eine importierte Technologie sich bei den Einheimischen durchsetzt und ob sie dem Bildungsstand der breiten Bevölkerung entspricht ...

Die Dürrekatastrophe in der Sahel-Zone hat die Aufmerksamkeit auf die Frage gelenkt, wie das ökologische Gleichgewicht in solchen Problemgebieten am besten geschützt werden kann. Wir sollten dieses Problem nicht unterschätzen, nicht zuletzt deshalb, weil hier ein wichtiger Ansatzpunkt liegt, in unserer Öffentlichkeit den Zusammenhang zwischen Entwicklungspolitik und den langfristigen Interessen auch der Industrieländer deutlich zu machen."

In den Industrieländern gehören technisches Wissen und Forschungskapazitäten meist Unternehmen, die dieses Kapital im Interesse ihrer Unternehmensziele verwalten (was ihnen niemand vorwirft). Sie forschen und entwickeln, um mit neuen oder veränderten Produkten Absatzchancen zu erschließen oder Kosten zu verringern und haben keinen Anreiz, Techniken zu entwickeln und weiterzugeben, die große Gruppen ohne übermäßigen Kapitalaufwand benutzen können. Unternehmen, die nach betriebswirtschaftlicher Rentabilität kalkulieren, können nur im beschränkten Maße Geld in Forschungen und Entwicklungen investieren, deren technischer Erfolg und wirtschaftliche Marktchancen ungewiß sind. Lohnend ist es dagegen für Privatunternehmen, Lizenzen (deren Entwicklungskosten sich schon auf dem einheimischen Markt amortisiert haben) noch einmal zu verkaufen, insbesondere wenn dies mit der Auflage verbunden wird, nicht in Märkte zu exportieren, auf denen der Lizenzgeber selbst verkaufen will.

Kapitalflucht und Verschuldung

Kapitalflucht war lange Zeit eine Dauerkrankheit Lateinamerikas. Inflationsraten, die immer wieder in dreistellige Zahlen hineinwachsen, untergraben das Vertrauen in die eigene Währung fast irreparabel. Selbst Schichten mit nur bescheidenen Einkommen müssen kunstvolle Techniken anwenden, um die Kaufkraft ihrer Löhne nicht allzu schnell verfallen zu lassen.

Um ein Vielfaches mehr wurden die Reichen angereizt, Geld ins Ausland zu bringen, zumal sie oft über bessere Beziehungen verfügen, Umtauschgewinne erzielen oder Steuern umgehen können. Zwar hat sich das Schuldenproblem in den letzten Jahren entschärft, es bleibt aber immer noch eine schwere Belastung. Ob die nach den verlorenen 80er Jahren, in denen das Pro-Kopf-Einkommen unter den Durchschnitt der 70er zurückfiel, festzustellenden Rückflüsse von Fluchtgeldern nach Lateinamerika von Dauer sind, bleibt abzuwarten.[94]

---

94 Siehe z. B. *Hildegard Stausberg*, „Zuversicht in Lateinamerika", „FRANKFURTER ALLGEMEINE ZEITUNG", 15.4.1992: „In Lateinamerika gibt man sich seit einiger Zeit wieder optimistisch. Allenthalben heißt es, die verlorenen 80er Jahre – mit Schuldenkrisen, Kapitalflucht und wirtschaftlicher Stagnation – seien vorbei und ein ‚Jahrzehnt der Hoffnung' habe begonnen. ... hat Lateinamerika im letzten Jahr mehr als 40 Milliarden Dollar privates Kapital angezogen, davon über ein Drittel als Direktinvestitionen. 1990 waren es erst 13,4 Milliarden Dollar. Müßig zu sagen, daß da Fluchtgelder zurückflossen, allein in Mexiko fast sechs Milliarden."

Die Regierungen Lateinamerikas nahmen Ende der 70er, Anfang der 80er Jahre vom internationalen Bankensystem angebotene Kredite auf, ohne dieses mit Zins- und Wechselkursrisiken behaftete Auslandskapital für ein nachhaltiges Wirtschaftswachstum einzusetzen, weil der Gegenwert der aufgenommenen Kredite oft genug von den Reichen dieser Länder – unter Ausnutzung künstlicher Wechselkursvorteile – sofort ins Ausland transferiert wurde, wo hohe Zinsen unversteuert kassiert wurden.

Es ist nun sicher richtig, eine faire Umschuldung zu verlangen, die das Wachstum in den betroffenen Ländern nicht abwürgt. Es ist aber auch nicht unbillig, darauf zu bestehen, daß endlich die argentinischen, venezolanischen oder mexikanischen Reichen (und die der anderen lateinamerikanischen Länder) für Vermögen und Zinseinkünfte im Ausland zu Hause Steuern zahlen müssen – wie Bürger entwickelter Industriestaaten auch. Sonst wäre ein großer Teil der Außenverschuldung Lateinamerikas nichts anderes als ein Instrument zur Umverteilung des Volkseinkommens zugunsten der oberen Einkommensschichten. Schuldenerlaß würde bedeuten, daß wieder einmal die weniger Verdienenden (Bankkunden und Steuerzahler) der reichen Länder für die Reichen der armen Länder zahlten.

Entwicklungsländer müssen Schuldendienst leisten können, ohne in Umschuldungen, Abhängigkeiten oder plötzliche Sparzwänge zu geraten. Zu diesem Zweck wäre

- ihre Exportfähigkeit zu steigern,
- in die Rohstoffpreise eine gewisse Stetigkeit zu bringen,
- die Abhängigkeit vieler Länder von der Ausfuhr nur eines Rohstoffs zu vermindern.

Gewiß ist der gegenwärtige Schuldendienst zu hoch, je nach Land zwischen 20 Prozent und 60 Prozent der Exporterlöse, um darüber hinaus noch die notwendigen Investitionen finanzieren zu können. Den Schuldendienst zu erleichtern, ist eine notwendige, aber nicht hinreichende Bedingung für nachhaltiges Wachstum. Regierungen in Lateinamerika stehen oft vor der nicht lösbaren Aufgabe, Umschuldungsverhandlungen alten Musters führen zu sollen, aber Stabilisierungsprogramme nicht mehr durchsetzen zu können, die dem IWF seinerseits nicht weit genug gehen.

Dieses Dilemma ist kurzfristig nicht zu lösen, weil das Sozialprodukt Lateinamerikas nicht ausreicht, Schulden von über 400 Milliarden Dollar zu bedienen, zugleich die Bereicherung der Oberschicht, ihren Luxuskonsum, ihre Kapitalflucht und den Unterhalt einer aufgeblähten Militärkaste zu ermöglichen, und außerdem notwendige Investitionen vorzunehmen und den Lebensstandard breiter Schichten zu verbessern. Die Lösung kann nicht allein darin bestehen, den Kapitalabfluß des Schuldendienstes zu vermindern oder ihn durch Zuführung neuen Kapitals auszugleichen, solange Kapitalflucht, Korruption, Rüstung und importierter Luxuskonsum der Oberschichten das Bermuda-Viereck bilden, in dem jede noch so große Kapitalzufuhr nutz- und spurlos versikkern würde.

Lateinamerikanische Oberschichten haben in verschwenderischen und unproduktiven Verhältnissen immer wieder überlebt. Diese Gewohnheit kann und darf nicht fortgesetzt werden. Mit Argumenten und Überredungskünsten allein wird es jedoch nicht gelingen, alte Verkrustungen aufzubrechen und Verhaltensweisen zu ändern. Nur der harte Zwang wirtschaftlicher Tatsachen wird früher oder später Veränderungen auslösen. Verschuldung ist eine Folge falscher Strukturen und falscher Politik. Es gilt ihre Hebelwirkung zu nutzen, um im Interesse der betroffenen Völker Veränderungen auszulösen, indem man mit der Erleichterung der Schuldenlast Bedingungen verknüpft, die zu einer produktiven Investition knapper Mittel und zu mehr Wachstum führen, indem man eine bessere Wachstumsstrategie sucht und Umschuldung mit ihrer Durchsetzung verbindet.

Vor allem darf man die Verschuldung nicht als außenstehenden Sündenbock für alles und als einzige Ursache der Unterentwicklung darstellen, um von den eigentlich Verantwortlichen abzulenken. Es gibt andere, wichtigere, in der Verantwortung der Entwicklungsländer liegende strukturelle Probleme (private und öffentliche Verschwendungssucht, die alles durchdringende Korruption, riesige Haushaltsdefizite als Quelle der Inflation, Kapitalflucht, Rüstungswettlauf, Fehlverwendung öffentlicher Mittel, Bevölkerungswachstum usw.), die nur im eigenen Lande gelöst werden können.

Weltwährungspolitik

Man muß Währungspolitik sorgfältig von Entwicklungspolitik trennen. Gewiß sind große finanzielle Mittel in die Dritte Welt zu übertragen. In der Weltwährungspolitik gibt es aber keinen Trick, mit dem dies mühe- oder schmerzlos geschehen könnte. Die Industrieländer müssen darauf verzichten, den eigenen materiellen Lebensstandard zu erhöhen, wenn sie helfen wollen. Da gibt es keine Zauberformel, mit der etwa internationales Kunstgeld, sprich Sonderziehungsrechte, geschaffen werden könnte.

Der Versuch, neue Sonderziehungsrechte in größerem Umfang für Entwicklungshilfe einzusetzen, oder eine laxe Kreditpolitik des Internationalen Währungsfonds (IWF) könnten in einer Weltinflation enden. Weltweit die Liquidität zu erhöhen, nützte niemandem, wenn dies inflationäre Wirkungen hätte. Das wäre das Schlimmste, was passieren könnte. Geldentwertung untergräbt das Vertrauen, die Bereitschaft und die Mechanismen zu Kapitalbildung und Investition.

Erfolge des IWF bei der Überwindung der Zahlungskrisen

lateinamerikanischer Länder in den 80er Jahren zeigen, daß die monetären Mechanismen des Weltwährungssystems funktionsfähig bleiben müssen und nicht mit Kapitaltransferaufgaben belastet werden dürfen, die sie nicht leisten können oder die ihre Hauptaufgabe beeinträchtigen. Der monetäre Charakter des IWF, die revolvierende Natur seiner Mittel sowie die Konditionalität seiner Maßnahmen müssen erhalten bleiben, d. h., die Vergabe von Krediten muß weiterhin an die Erfüllung bestimmter Bedingungen geknüpft werden. Konditionalität ist die Quelle des Vertrauens, das der IWF auf den Finanzmärkten genießt. Sie ist die Vorbedingung dafür, daß seine Kredite ergänzende Finanzströme aus anderen Quellen anregen. Wie der IWF seiner währungspolitischen Aufgabe treu bleiben muß, so sollte die Weltbank darauf achten, nicht durch Darlehen zur Strukturanpassung in den Bereich der Zahlungsbilanzkredite vorzudringen. Der Beitrag der Weltbank liegt auf dem Gebiet der Projektfinanzierung, die auch der Zahlungsbilanz zugute kommt und den Zusatznutzen hat, daß Projekte nach strengen Maßstäben ausgewählt und durchgeführt werden.

Faire Austauschbedingungen

Man kann nicht Solidarität mit den Hungernden in der Dritten Welt bekunden und gleichzeitig die zu jeder Entwicklung notwendigen Exportchancen vermindern. Wenn diese Länder Arbeitsplätze schaffen wollen, benötigen sie auch die Chance, Industrien aufzubauen und deren Produkte auszuführen. Das wirkt sich auf Produktion und Arbeitsplätze in den Industrieländern aus.

Europa kann sich nicht abschotten. Es wäre gefährlich, wenn einzelne Länder oder Ländergemeinschaften glaubten, sich absondern und ihr Heil im Alleingang suchen zu können. Die Europäische Gemeinschaft mag zu Beginn der 90er Jahre noch mit erheblichen Konstruktionsmängeln behaftet sein, aber sie muß Führungskraft zeigen und beweisen, daß sie sich in Krisenzeiten als eine Kraftquelle zur Stärkung der friedlichen und demokratischen Bewegungen in der ganzen Welt bewährt.

Spannungen zwischen Nord und Süd abzubauen, verlangt auch von den Industrieländern der EG finanzielle Opfer. Nur so entschärfen sie rechtzeitig Konflikte, die sich sonst gewaltsam und mit unabsehbaren Folgen entladen könnten. Gewiß wird erhöhte Entwicklungshilfe den Zustrom Asylsuchender und anderer Zuwanderer in die Wahlstandsburgen des Nordens nicht stoppen können, genau so wenig wie Elektrozäune, Schießbefehle oder Massendeportationen.

„Den Menschen in den armen Ländern zu helfen, bevor sie sich auf den Weg ins reiche Europa machen – das klingt plausibel. Konkret werden mag aber niemand, aus gutem Grund. Die internationale Armen- und Entwicklungshilfe hat den Wettlauf mit dem Bevölkerungswachstum längst verloren. Bis zum Jahre 2025 wird die Zahl der Menschen in den Industriestaaten lediglich um etwa 150 Millionen, die der Entwicklungsländer aber um weitere drei Milliarden gewachsen sein. Wieviel Hunderte von Milliarden Dollar wären nötig, ihnen Arbeitsplätze oder Wohnraum zu verschaffen? In welchem Zeitraum wollen die Bonner Entwicklungsstrategen den Entwicklungs-Etat verzehnfachen? ... Die national-egoistische Wirtschaftspolitik der Reichen zielt nun wirklich nicht darauf ab, daß die Armen konkurrenzfähig werden können. Ob Bekleidung aus Afrika oder Indien, Futterpflanzen aus Thailand oder Rindfleisch aus Lateinamerika – wo die armen Länder wettbewerbsfähig zu werden drohen, schließen die Reichen zum Schutz der eigenen Branchen die Schlagbäume."[95]

---

95 „DER SPIEGEL" 46 (1992) 15, 33.

Wenn wir die Hilfe an die Dritte Welt als eine Aufgabe betrachten, die unsere wissenschaftlichen und technischen Möglichkeiten, das Organisationstalent und Engagement der Volkswirte, Techniker oder Consulting-Unternehmen fordert, werden sich scheinbare Opfer vielleicht als entscheidende Chance einer Weltwirtschaft im Umbruch erweisen. Es wäre dabei kurzsichtig, im Aufbau neuer Industrien ausschließlich Chancen für Anlagenexporte zu sehen. Nur wenn wir es diesen Ländern möglich machen, mit ihren Produkten Markt- und Absatzerfolge auf unseren Märkten zu erzielen, kommt stabiles Wachstum in Gang.

Zusätzliche Kaufkraft, neue Beschäftigungs- und Wachstumsmöglichkeiten können dazu führen, daß Infrastrukturen aufgebaut werden, die Bevölkerung besser versorgt wird und eine breite Nachfrage nach Konsumgütern entsteht. Es wäre für die Industrieländer falsch und letztlich aussichtslos, sich mit künstlichen Wettbewerbsschranken und Dauersubventionen gegen weltweit verursachte Umstrukturierungszwänge zu stemmen.

Die Textilbranche in der Bundesrepublik war eine der ersten, die die Wirkungen des Aufbaus von Massenfertigungen in Niedriglohnländern zu spüren bekam. Sie weiß aufgrund ihrer Erfahrungen: Eine Rückkehr zu Protektionismus kommt nicht in Betracht. Sie muß in zunehmendem Maße andere Märkte, den Wettbewerb der Niedriglohnländer, aber auch Kooperationsmöglichkeiten mit ihnen in ihre Rechnung einbeziehen.

Die Ergebnisse, die die Bekleidungsindustrie mit einer Strategie erzielt hat, die sich aktiv auf den Strukturwandel einstellt, können sich durchaus sehen lassen. Zwar ist die Zahl der Arbeitsplätze in der Bundesrepublik ständig zurückgegangen, und die Kapitalintensität der Fertigungen nahm ständig zu, aber es gelang, die Produktion auf hohem Niveau wettbewerbsfähig zu halten.

Multinationale Unternehmen

Über nationale Grenzen hinausgehende Unternehmensstrategien versuchen, Rohstoff- und Transportkosten oder Steuern zu sparen, günstigere Investitionsbedingungen zu nutzen oder öffentlichen Auflagen im eigenen Land auszuweichen, zum Beispiel beim Umweltschutz oder der sozialen Sicherheit. Oft erweist sich Industrialisierung als ein Versuch ausländischer, meist kapitalstarker Unternehmen, die billige, leicht verfügbare Arbeitskraft und geringere soziale Rechte und Kampfmöglichkeiten der Arbeiter auszunutzen. Dies war besonders im Chile des Diktators *Pinochet* der Fall.[96]

Können multinationale Konzerne nennenswerte Beiträge zur Behebung von Arbeitslosigkeit und Unterbeschäftigung in der Dritten Welt leisten? In der Hoffnung, dies sei der Fall, besteht ein wesentliches Motiv der Entwicklungsländer in ihrem oft ruinösen Wettbewerb um Investoren. Tatsächlich ist die Beschäftigungswirkung einer Industrialisierung nach westlichem Muster unbedeutend. Ungeachtet zum Teil enormer Steigerungsraten der Investitionen bleiben die Arbeitslosenzahlen nahezu gleich. So verharrte in Puerto Rico trotz eines jährlichen Anwachsens ausländischer Investitionen um etwa 30 Prozent die Arbeitslosenquote konstant bei zwölf Prozent. Hinweise der Unternehmen auf die oft beträchtlichen absoluten Zahlen der in den Tochtergesellschaften Beschäftigten besagen demgegenüber wenig, weil sie negative Beschäftigungswirkungen aus der Verdrängung einheimischer Wettbewerber, verstärkter Landflucht und Konzentration nicht berücksichtigen. Diese negativen Wirkungen – wegen der fast durchgängigen Anwendung kapitalintensiver Fertigungsmethoden – lassen

96 Vgl. „The Greening auf Santiago – Chile tries to clean up Pinochet's Polluted Legacy", „NEWSWEEK", 10. 8. 1992, 37.

bezweifeln, ob die bisherige Investitionsförderungsstrategie dauerhaften Erfolg verspricht.[97]

Klassische Instrumente der Kontrolle wirtschaftlicher Macht werden stumpf: Wettbewerb, staatliche Einflußnahme und gewerkschaftliche Gegenmacht halten auf internationaler Ebene nicht Schritt mit der straffen Organisation privatwirtschaftlicher Unternehmen. Führungsmethoden der Spitzengesellschaften multinationaler Konzerne ermöglichen eine weltweite Steuerung ihrer Tochtergesellschaften nach eigenen Spielregeln.

Die Entwicklungsländer müssen für den Umgang mit der Wirtschaftsmacht multinationaler Konzerne neue Kontrollinstrumente schaffen und die klassischen wieder wirksam machen. Zwar betrifft der Widerspruch zwischen grenzüberschreitender Unternehmenspolitik und an Grenzen gebundener Gegenmacht und Kontrolle im Grundsatz Industrie- und Entwicklungsländer gleichermaßen. Doch stellt er sich für ein Entwicklungsland, das mit seiner ohnehin schwachen eigenen Wirtschaftskraft nur als Gastgeber auftreten kann, wesentlich schärfer.

Multinationale Unternehmen verstehen sich selbst als einheitliche, weltweit ausgerichtete Gebilde, gliedern sich aber in rechtlich selbständige nationale Gesellschaften. Sie nehmen Schutz und Fürsorge der Nationalstaaten in Anspruch, ohne sich mit deren Zielen und Plänen zu identifizieren oder nationaler Kontrolle zu unterliegen. Da es internationale Kontrollinstanzen nicht gibt, leben sie in einer eigenen Welt ohne ersichtliche Verantwortlichkeit und vor allem ohne wirksame Kontrollen.

Sozialdemokraten haben kein vollkommenes Modell für eine humane und soziale Wirtschaft. Sie beanspruchen nicht,

---

97 *Hans Matthöfer*, „Multinationale Konzerne und Entwicklungsländer", in: *Gerhard Leminsky* u. a. (Hg.), „GEWERKSCHAFTEN UND ENTWICKLUNGSPOLITIK", Köln 1975, 423–428.

der ganzen Welt ein einheitliches Muster aufzudrängen. Daher müssen sie die freie Bestimmung der Wirtschaftsverfassung in jedem Staat gegen die Gefahr verteidigen, durch eine zunehmend international verflochtene kapitalistische Überstruktur eingeengt zu werden. Dies heißt nicht, für Kleinstaaterei in der Wirtschaft und für eine Einschränkung des internationalen Wirtschaftsaustausches einzutreten. Im Gegenteil. Aber noch so freizügiger Handel, noch so freizügiger Austausch technischer Kenntnisse und noch so enge Firmenkooperationen dürfen nicht die Freiheit dieser Staaten beschränken, ihre Ziele selbst formulieren und durchsetzen zu können.

Zusammenfassung

Grundsätze für eine zukunftsbezogene Gesellschaftspolitik

Menschen, die jahrelang politisch tätig waren, haben die Pflicht, sich zu melden, wenn wichtige Grundsätze nicht mehr beachtet und langfristige Ziele kaum noch angestrebt werden. Dieses Buch soll zeigen, in welchen Bereichen ich solche Probleme sehe. Ich möchte dies in acht Punkten zusammenfassen:

1. *Wirtschafts- und Finanzpolitik*
   In diesem Bereich – vor allem in der Steuerpolitik – sind in den letzten Jahren große Fehler gemacht worden. Die Ergebnisse sind: hohe Schulden des Staates, hohe Arbeitslosigkeit, zu hohe Preissteigerungen und ein gefährdetes Wirtschaftswachstum.
   Vor allem eine langfristig ausgerichtete, umweltverträgliche Vollbeschäftigungspolitik ist notwendig, wenn die Bedingungen für die freie Entfaltung einzelner Bürger verbessert werden sollen. Arbeitslosigkeit ist keine Bedrohung, der wir hilflos gegenüberstünden. Der Staat muß zielstrebig, entschlossen und frei von Vorurteilen handeln, wenn sich Beschäftigungseinbrüche abzeichnen.
   Zwischen den wichtigen volkswirtschaftlichen Größen (Investitionsquote, Kapazitätszuwachs, Wachstum der Masseneinkommen, Nachfrageentwicklung, Lagerbildung, Absatzerwartungen und neue Investitionsentscheidungen) gibt es im gleichgewichtigen Wachstumsprozeß notwendige und nicht willkürlich zu verändernde Beziehungen, von denen auch Beschäftigungswirkungen ausge-

hen. Die Verwendung des Sozialprodukts muß sich in der derzeitigen wirtschaftlichen Situation dadurch verändern, daß die Investitionen stärker wachsen, und zwar bei gleichzeitiger Steigerung der Masseneinkommen, d. h. des privaten Verbrauchs. Wachstum erfordert nämlich stetig zunehmende Massenkaufkraft. Dieser Zusammenhang wird zur Zeit nicht gesehen. Wachstum hängt allerdings nicht allein von einer erhöhten Nachfrage ab. Es kommt vor allem auf Faktoren an, die die Produktivität bestimmen: Investitionen, Innovationen, Initiative, Risikobereitschaft, Wettbewerb und sozialer Friede.
Auch ich halte eine größtmögliche Preisstabilität für die beste Wachstumsvoraussetzung. Geldwertverschlechterung kann oder darf kein Mittel der Beschäftigungspolitik sein, denn sie ist ihr größter Feind.

2. *Außenhandel*
Ein großer Teil der Beschäftigung in Deutschland beruht darauf, daß wir über 30 Prozent des Volkseinkommens durch Ausfuhren verdienen. Deutschland muß deshalb ein großes Interesse an einem freien Welthandel haben, der sich gerade in schwierigen Zeiten bewähren muß und allen Völkern eine Teilnahme am wirtschaftlichen Fortschritt ermöglichen soll.

3. *Förderung des technischen Fortschritts*
Die Verantwortung des Staates für Vollbeschäftigung und Wirtschaftswachstum ist groß. Will der Staat hohes Wachtum erzielen, gehören Förderung wissenschaftlichen und technischen Fortschritts, Umweltschutz, Beschäftigungs-, Struktur- und Steuerpolitik, Bildungsreform, Mitbestimmung und Humanisierung der Arbeit zusammen und können nicht voneinander getrennt werden. In den öffentlichen Haushalten sind größere Mittel für Bildung, Forschung, Entwicklung neuer Technologien, Innovation,

Wagnisfinanzierung und Zukunftsinvestitionen bereitzustellen.
Jahrelang hatte die amerikanische Flugzeugindustrie ein Monopol, weil sie von den Entwicklungsinvestitionen der amerikanischen Luftwaffe profitierte. Auch der europäische Airbus ist nur deshalb einigermaßen wettbewerbsfähig, weil er staatlich unterstützt wird. Es ist deshalb eine Ideologie zu sagen, daß nur der Markt technischen Fortschritt hervorbringt. Von wenigen Ausnahmen abgesehen wurde kaum eine bedeutende Erfindung der letzten drei, vier Jahrzehnte ausschließlich mit privatem Risikokapital finanziert. Oft waren Krieg und Rüstung Haupttriebkräfte der Technik. Wenn auch hoffentlich nicht aufgrund von Krieg und Rüstung, so wird doch der Staat auch in Zukunft eine entscheidende Rolle bei der Förderung des technischen Fortschritts spielen. Dazu bedarf es einer langfristig angelegten Technologiepolitik.
Zwar kann kein Politiker beanspruchen, die technischen Einzelheiten eines Fachgebietes und die Notwendigkeiten ihrer Weiterentwicklung besser zu kennen als diejenigen Menschen, die in diesem Bereich arbeiten. Gleichwohl muß *politisch* entschieden werden, was gefördert werden soll. Dafür gibt es Maßstäbe: Alles ist vernünftig, was auf ein Wachstum zielt, das weniger Rohstoffe und Energie verbraucht, umweltfreundlich ist und in seiner Wertschöpfung einen hohen Anteil an qualifizierter Arbeit hat, was die Arbeitswelt humanisiert und die öffentliche Infrastruktur, das Gesundheitswesen, Information und Kommunikation der Bürger verbessert. Auf jeden Fall muß eine leistungsfähige Prognosekapazität aufgebaut werden.

4. *Energiepolitik*

Die Energiepolitik hat das Wachstum des Energieverbrauchs drastisch zu verringern. Das verlangt aber eine andere Wirtschaftspolitik, die neue Rahmenbedingungen dafür schafft. Der Energieverbrauch darf auf keinen Fall weiter so steigen wie in den letzten Jahrzehnten. Weder die Energiequellen der Erde, noch die begrenzte Schnelligkeit, mit der neue Techniken eingeführt werden können, schon gar nicht die Umweltprobleme würden dies erlauben.

Energiesparende Techniken sind zu entwickeln, und neue, sichere, kostengünstige, umweltschonende und unbegrenzt verfügbare Quellen zu erschließen, d. h. Wasser, Wind, Sonne und Erdwärme müssen stärker genutzt werden. Es lohnt sich dabei, zusätzliche Anlaufkosten in Kauf zu nehmen.

5. *Höherer Anteil der öffentlichen Hand*

In den vergangenen Jahrzehnten sind Millionen Beschäftigte von der Landwirtschaft in die Industrie und dann in die privaten Dienstleistungszweige abgewandert. In Zukunft wird die Nachfrage nach öffentlichen Dienstleistungen zunehmen, auch wenn die Wanderung der Beschäftigten in die privaten Dienstleistungen noch längst nicht beendet ist. Wegen der damit zusammenhängenden Nachfrageverschiebungen ist auf lange Sicht ein höherer Staatsanteil am Volkseinkommen notwendig.

Angesichts zunehmend gesättigter Nachfrage nach Industriegütern, dem ungebrochenen Wachstum der Produktivität in der Privatwirtschaft und der zunehmenden Nachfrage der Verbraucher nach öffentlichen Dienstleistungen ist die Steigerung des Staatsanteils unabwendbar. Die Befriedigung der erhöhten Nachfrage nach kulturellen Aktivitäten, Erziehung, Gesundheitsversorgung, Umweltschutz, Sicherheit und Vollbeschäftigung sind ohne höhere öffentliche Ausgaben nicht denkbar.

6. *Mitbestimmung*

Mitbestimmung muß dazu beitragen, die immer weiter um sich greifende Einstellung zur Arbeit als verlorene Lebenszeit abzubauen, als etwas, das man opfert, um in der Freizeit wirklich zu leben. Deshalb ist Mitbestimmung ein Teil fortschreitender Demokratisierung, die autoritäre Beziehungen durch freie Selbstbestimmung und freiwillige Kooperation ersetzt. Sie ist Inbegriff humanistisch verstandenen gesellschaftlichen Fortschritts, nicht allein auf den Betrieb beschränkt, sondern unter Einbeziehung aller sozialen Beziehungen und Bindungen.

Leistungsfähigkeit einer Volkswirtschaft hängt nicht nur von herausragenden Forschungsergebnissen einiger weniger ab, sondern sie ist Ergebnis technischen Verständnisses, verantwortlichen Mitdenkens und Mitentscheidens vieler einzelner. Menschen arbeiten produktiver, wenn sie an den Entscheidungen beteiligt sind, die ihre Arbeit betreffen. Deshalb brauchen wir gerade in Deutschland schöpferische Arbeiter, Techniker und Ingenieure, die selbständig Initiativen ergreifen. Mitbestimmung muß deshalb wieder substantieller Teil einer Modernisierungspolitik sein.

7. *Berufliche Bildung*

Wenn wir allen Menschen die Chance geben wollen, sich höher zu qualifizieren und einen ihrer Leistungsfähigkeit entsprechenden sozialen Status zu erreichen, müssen wir wegkommen von der Vorstellung einer Pyramide, in der alle von den unteren Stufen wegstreben hin zu einer übervölkerten Spitze von akademischen Berufen. Es ist deshalb anzustreben, daß alle Berufe attraktiv und sozial anerkannt werden und die Berufswahl nicht von einer Wertehierarchie bestimmt wird, bei der im Grunde nur der Akademiker etwas gilt. Berufliche Bildung muß hierzu gleichwertiger und gleichberechtigter Teil des gesamten

Bildungswesens werden und die gleichen Berufs- und Lebenschancen eröffnen wie die sogenannte allgemeine Bildung.

8. *Entwicklungspolitik*
In kaum einem Politikbereich gibt es so viele Mißerfolge wie im Bereich der Entwicklungspolitik. Deshalb geht es um ein Engagement vor allem in den Bereichen, die seit Jahren wenigstens teilweise erfolgversprechend sind: Grundbedürfnisse befriedigen, ländliche Gebiete entwickeln, die Erzeugung und Weiterverarbeitung von Nahrungsmitteln verbessern, Bildung und technische Leistungsfähigkeit verbessern, Korruption bekämpfen, überflüssige Rüstungsausgaben verhindern, arbeitsintensive Technologien entwickeln und Reformkräfte unterstützen, die die Achtung der Menschenrechte zum Programm erheben.
Wenn die Regierungen der Entwicklungsländer nichts gegen die Vorrechte der Oberschichten unternehmen, müssen wir die Lage sozial Schwacher verbessern, Reformkräfte unterstützen, ihre Organisationen finanzieren, die Achtung der Menschenrechte durchsetzen. Wenn Reformer gesiegt haben, müssen wir ihren Regierungen helfen, damit ihr Beispiel und die Tatsache, daß sie besser unterstützt werden als andere, Kräfte in anderen Ländern ermutigt, Korruption, Verschwendung, Rüstung etc. zu bekämpfen. Nur so werden wir eine Entwicklung in Gang setzen, die es den Völkern erlaubt, ihre Probleme selbst zu lösen.
In der Dritten Welt liegt die Arbeitskraft von Hunderten von Millionen Arbeitsloser oder Unterbeschäftigter brach. Ich bin davon überzeugt, daß die Verbreitung *arbeitsintensiver Technologien* und Produktionsformen eine Voraussetzung dafür ist, daß eine von breiten Bevölkerungsschichten getragene Entwicklung in Gang kommt.
Es besteht also ein Bedarf an Technologien, die Arbeitslo-

sen und Unterbeschäftigten ohne großen Kapitalaufwand Arbeit verschaffen, den dringendsten Bedarf bei den Grundbedürfnissen Ernährung, Gesundheit, Wohnung, Kleidung und Bildung befriedigen und gleichzeitig die Umwelt nicht belasten. Dabei sind über Jahrhunderte gewonnene Erfahrungen der einheimischen Bevölkerungen – z. B. in der Landwirtschaft – zu nutzen und auszuwerten.

Einige Ratschläge an Freunde in der SPD

Wir sollten unser tägliches Handeln an den historischen Zielen der Sozialdemokratie ausrichten: Frieden, Freiheit, Solidarität, Gerechtigkeit, Gleichheit der Chancen, die Achtung der Würde des Menschen überall in der Welt. Wenn wir Vollbeschäftigung organisieren, die Natur schützen, die Arbeitswelt humanisieren, uns für mehr Mitbestimmung, gleiche Ausgangschancen und für eine Rahmenplanung der Wirtschafts- und Technologieentwicklung einsetzen, dann werden es uns die Produktivkräfte in den nächsten Jahrzehnten erlauben, die Menschen freier, unser Leben reicher, interessanter, leichter, bunter und die Gesellschaft vielfältiger und demokratischer zu machen. Wir wollen auf den verschiedenen politischen Ebenen – von den Gemeinden bis zur UNO – und in den gesellschaftlichen Bereichen durch Überzeugen die Mehrheiten erringen, die man braucht, um eine Gesellschaft der Freien und Gleichen zu bauen, die mit sich selbst und mit anderen in Frieden lebt.

Jeder Zugewinn an Menschlichkeit und sozialem Fortschritt erfordert lange Bemühungen und Auseinandersetzungen. Es gibt keine einmalige, schlagartige Veränderung, die alle Probleme löst. Es gibt kein letztes Gefecht, keine allerletzte Schlacht, die zu bestehen ist, um ein für alle Male im gesellschaftlichen und wirtschaftlichen Paradies zu leben.

Wer in der Politik mitwirken will, muß sich mit meist unbefriedigenden Handlungsalternativen auseinandersetzen, sich mit den Details täglicher Entscheidungen befassen und sich auf die Mühsal demokratischer Mehrheitsbildung einlassen.

Dieser sich auf überzeugte Mehrheiten stützende Weg ist schwierig und nicht frei von Rückschlägen, aber es gibt keinen anderen, der zum Erfolg führt. Er erfordert langwierige Bemühungen, das Bewußtsein der Arbeitnehmer in den Betrieben und der Wähler in den Wohngebieten zu verändern. Dazu braucht man Geduld, viel Arbeit und eine starke sozialdemokratische Partei, verbündet mit großen und leistungsfähigen Gewerkschaften und anderen sozialen Bewegungen.

Weil wir schon lange die Schwächen unserer technisch-industriellen Zivilisation nicht nur von einer unverbindlichen, romantischen oder illusionären Warte aus kritisieren und nie darauf spekuliert haben, aus einem krisenhaften Zusammenbruch des kapitalistischen Systems werde wie durch ein Wunder eine neue, alle Probleme lösende und die sozialen Interessengegensätze überwindende Gesellschaftsordnung zum Vorschein kommen, in der über Nacht alle Menschen das „richtige" Bewußtsein haben, können wir auch weiterhin Fortschritte nur Schritt für Schritt unter sorgsamer Absicherung des Erreichten anstreben.

In einer freien Gesellschaft kann nur jeder einzelne für sich selbst entscheiden, wie er sein Leben führen will. Das muß nicht lange erörtert werden. Der Staat darf sich nicht anmaßen, allgemeingültige Maßstäbe für anzustrebende Lebensqualität aufzustellen. Er soll Freiheitsräume seiner Bürger erhalten und vergrößern und Rahmenbedingungen schaffen, die es ihnen erlauben, ihr Leben nach eigenen Vorstellungen zu leben, und zwar in der gesellschaftlichen Wirklichkeit, nicht nur auf geduldigem Papier. Was für den einzelnen letztlich zählt, ist die Summe der für ihn wirklich vorhandenen frei wählbaren Möglichkeiten. Alle sollten frei von Fremdbestimmung ihre Persönlichkeit, Leistungsfähigkeit und Talente ins Spiel bringen können, frei von staatlichen oder wirtschaftlichen Zwängen und – soweit das möglich ist – frei von vermeidbaren Krankheiten, von materieller Not, gesellschaftlicher Unterdrückung und sozialer Unsicherheit. Die SPD begreift sich als die politische Kraft, die gleiche staatsbürgerliche Rechte in gleiche soziale Chance umsetzt, für jede Frau und jeden Mann, gleichviel als was sie und wo sie geboren sind und wohin es sie verschlagen oder vertrieben hat.

Die Dynamik wissenschaftlicher Erkenntnis, technischen Erfindergeistes, der Ausweitung der Produktivkräfte bleibt bestimmend. Flucht aus der technischen Zivilisation ist bisher eine Flucht von Minderheiten in künstliche Oasen, die nur scheinbar selbständig sind. In Wahrheit sind sie auf Zulieferungen aus dem sie umgebenden Wohlstandsmilieu und der technisierten Welt angewiesen.

Es gibt keine Möglichkeit, sich der Auseinandersetzung zu entziehen zwischen der Technik, ihren Anwendungen und Nebenfolgen, zwischen der wirtschaftlichen Entwicklung im Rahmen bestimmter, nicht kurzfristig veränderbarer Institutionen und den daraus für die politisch Handelnden entstehenden Zwängen.

Die SPD hat – obwohl drei Jahre in der Regierung der Großen Koalition und 13 Jahre führende Regierungspartei mit den Bundeskanzlern *Brandt* und *Schmidt* – bisher auf Bundesebene noch bei keiner Wahl eine Mehrheit der Wählerstimmen auf sich vereinigen können; sie ist immer noch in der Minderheit, sowohl im Bundestag wie meist auch im Bundesrat. Wenn man vernünftige Lösungen durchsetzen will, kommt es also darauf an, die SPD noch stärker zu machen und sie in die Lage zu versetzen, die jetzt dringend gebotene Politik mit Erfolg vertreten zu können. Dazu gehört erst einmal, mit großer freiwilliger Disziplin die Geschlossenheit der Partei zu bewahren oder wiederherzustellen. Geschlossenheit im Programm, im Auftreten nach außen und in der Aktion, das muß der Maßstab sein, an dem jeder einzelne sein Handeln mißt. In diesem Geist muß die innerparteiliche Diskussion geführt werden. Wir dürfen es nicht zulassen, daß sich in der Partei in Nebenfragen völlig falsche Fronten auftun, die uns daran hindern, das von allen als notwendig Erkannte zu tun.

Auf einem wichtigen Gebiet hat die SPD Nachholbedarf: der Nutzung moderner Informationstechnologien. Immer schon in der Geschichte – und in der sich jetzt entwickelnden Informationsgesellschaft noch mehr – sind zeitnahe und umfassende Informationen und ihr schneller Austausch Voraussetzung für zielgerichtetes politisches, wirtschaftliches und organisatorisches Handeln. In allen geschichtlichen Auseinandersetzungen hatte von jeher die Gruppe entscheidende Vorteile, die zutreffende Informationen über die Außenwelt und zeitnahe Kommunikation untereinander hatte.

In einer verflochtenen Weltwirtschaft, in der man mit bildschirmunterstützten Arbeitsplätzen in Sekundenschnelle Kunden- oder Produktinformationen abrufen und über Datendienste und Netze privater oder öffentlicher Anbieter verteilen kann, müssen selbstverständlich auch SPD und Gewerkschaften die neuen Kommunikations- und Datenverarbeitungstechnologien sicher beherrschen. Sie sollten auf diesem Gebiet sogar an der Spitze marschieren, wenn sie in Zukunft und auf Dauer die Interessen ihrer Wähler und Mitglieder wirksam vertreten wollen. Tun sie das nicht, werden ihre Organisationen unweigerlich nach und nach an Boden verlieren und nicht mehr in der Lage sein, ihre Ziele zu verwirklichen.

Wenn wir nicht zulassen wollen, daß andere Kräfte sich erfolgreich z. B. als „Arbeiterpartei" stilisieren, dann dürfen wir unser enges Bündnis mit den Gewerkschften nicht ohne Not gefährden, weil es Voraussetzung und Grundlage unserer Erfolge bei der Verteidigung und beim Ausbau der Demokratie, bei der Sicherung des Friedens und der Festigung der sozialen Sicherheit war, ist und bleiben wird. Deshalb findet uns die deutsche Gewerkschaftsbewegung immer an ihrer Seite und in ihren Reihen. Soziale Bewegung müssen wir bleiben, weil wir unser Ziel verfehlen werden, wenn wir nicht eng verbunden bleiben mit allen Schichten des deutschen Volkes, wenn wir nicht neue Entwicklungen berücksichtigen und neue Strömungen in uns aufnehmen. *Erhard Eppler* hat recht:

„Die Sozialdemokratie hat die Regierungsmacht in der Bundesrepublik verloren, als die neuen sozialen Bewegungen gegen die alten, die Erben der Arbeiterbewegung, antraten. Sie wird erst wieder zur bestimmenden Kraft, wenn die alten und neuen Bewegungen sich finden. Das Berliner Programm war von Anfang an gedacht als Plattform für die Begegnung dieser Bewegungen. Es ist kein Kompromiß zwischen den Forderungen der einen und der anderen, sondern die mühsam erarbeitete Synthese. Die Wirkung dieses Programms hängt davon ab, ob es als solche erkannt und anerkannt wird. Wird es als Synthese angenommen, so ist es die Plattform für ein neues gesellschaftliches Bündnis, für eine neue Mehrheit."[98]

Konservatives Bewußtsein drückt sich seit Jahrzehnten in einem rückwärtsgewandten, bestehende Verhältnisse festigenden Wahlverhalten aus. Es zu einer vorwärtsweisenden Synthese zu bringen, ist nach allen geschichtlichen Erfahrungen und theoretischen Erkenntnissen außerhalb gesellschaftlicher Krisensituationen, die immer auch – besonders bei uns – große demokratiegefährdende Potentiale in Bewegung bringen, fast unmöglich.

Es gibt nichts Schwierigeres, als in normalen Zeiten festgefügte Meinungen und das Verhalten von Erwachsenen zu

98 „Plattform für eine neue Mehrheit", Bonn, 1990, 107.

ändern. Man stößt schon bei dem Versuch, einfache und leicht einsehbare Zusammenhänge zu vermitteln, auf tiefverwurzelte und mit starken Gefühlen besetzte Vorurteile. Wir müssen es gleichwohl unablässig versuchen.

Nachwort

Als nach dem Jahr, in dem der amerikanische Präsident *Richard Nixon* vorzeitig zum Rücktritt gezwungen wurde, das Nachrichtenmagazin „TIME" einen „Mann des Jahres" suchte, schlug jemand *Nixons* demokratischen Gegenkandidaten *George McGovern* vor. Warum? „For never having said: I told you so." Ich könnte eine so begründete Auszeichnung nicht beanspruchen, denn in die Forderungen, die ich hier aufstelle, habe ich vieles hineingepackt, was ich auf Feldern, auf denen ich jeweils längere Zeit arbeitete, seit Jahren, ja Jahrzehnten so vertreten habe.

Das ist insbesondere dort der Fall, wo nach meiner Meinung die späteren Entwicklungen meine damaligen Einschätzungen bestätigten. Ich weiß zwar, daß es fast sinnlos ist, der SPD und den Gewerkschaften von außen etwas zu empfehlen, besonders wenn man damit schon einmal als Insider gescheitert ist, ich wollte es aber trotzdem noch einmal versuchen. Dixi et salvavi animam meam.

Am Ende der Straße ist es angebracht, daß ich noch einmal einigen Freunden danke, die mir unterwegs auf vielfache Weise geholfen haben, auch Artikel, Vortrags- und Redetexte, Broschüren und Bücher zu produzieren: *Hermann Huss*, vor allem Dr. *Jürgen Wefelmeier* und Dr. *Wilfried Haesen*, *Alwin Steinke* und *Karlheinz Stanzick*. Für diesen Text in der jetzigen Form bin ich allein verantwortlich. Frau *Erika Haub*, Frau *Astrid Grant* und Frau *Irene Stützle* haben geduldig und kompetent verschiedene Fassungen des Manuskripts erstellt. Auch dafür bedanke ich mich.

Im Januar 1993 H. M.

Über den Autor

Hans Matthöfer, geboren 1925 in Bochum, Diplomvolkswirt, 1953–1972 Angestellter der IG Metall, 1961–1987 Abgeordneter des Deutschen Bundestags, 1972–1974 Parlamentarischer Staatssekretär beim Bundesminister für wirtschaftliche Zusammenarbeit, Erhard Eppler, 1974–1978 Bundesminister für Forschung und Technologie, 1978–1982 Bundesminister der Finanzen, Mai–Oktober 1982 Bundesminister für das Post- und Fernmeldewesen, 1985–1987 Schatzmeister der SPD, ist heute ehrenamtlicher Vorsitzender des Aufbaustabs der Entwicklungsregion Neuruppin und Vorsitzender des Vorstandes der Gewerkschafts-Holding BGAG.

Die Deutsche Bibliothek – CIP-Einheitsaufnahme

Matthöfer, Hans:
Agenda 2000: Vorschläge zur Wirtschafts- und
Gesellschaftspolitik/Hans Matthöfer. – Bonn: Dietz, 1993
(Politik im Taschenbuch; Bd. 8)
ISBN 3-8012-0193-7
NE: GT

Lieferbare Bücher in der Reihe:
Politik im Taschenbuch

Bd. 1
Erhard Eppler
Plattform für eine neue Mehrheit
Ein Kommentar zum Berliner Programm der SPD
ISBN 3-8012-0158-9

Bd. 2
Dieter Dowe/Kurt Klotzbach (Hg.)
Programmatische Dokumente der deutschen Sozialdemokratie
ISBN 3-8012-0100-7

Bd. 3
Waldemar Besson/Gotthard Jasper
Das Leitbild der modernen Demokratie
Bausteine einer freiheitlichen Staatsordnung
ISBN 3-8012-0163-5

Bd. 4
Wolfgang Gisevius
Leitfaden durch die Kommunalpolitik
ISBN 3-8012-0164-3

Bd. 5
Horst Heimann
Die Voraussetzungen des Demokratischen Sozialismus und die Aufgaben der Sozialdemokratie
ISBN 3-8012-0174-0

Bd. 6
Christa Müller
Beschäftigungsgesellschaften
ISBN 3-8012-0179-1

Bd. 7
Gine Elsner
Risiko Nachtarbeit
ISBN 3-8012-0191-0